普天之下·盡是好書

普天 出版家族
Popular Press Family

凌雲 文創

一個熱血澎湃的男子，一個血腥殘暴的皇帝

洪武大帝朱元璋

EMPEROR OF THE MING DYNASTY

朱元璋是中國歷史上罕見的奇人，他的輝煌功績足以與劉邦、李世民媲美，
他的政治謀略和軍事才能足以與張良、韓信比肩，他的狡詐凶狠足以和曹操稱兄道弟。
這個小時候窮到不行的怪胎，最後登上皇帝的寶座，
靠的是像狼一樣的非常手段與非常權謀！
他有拔劍而起的勇氣，也有忍氣吞聲的韌性；他有悲天憫人的善心，也有濫殺無辜的歹毒；
他有求賢如渴的衝動，也有狂殺功臣的惡行……

神馬浮雲 著

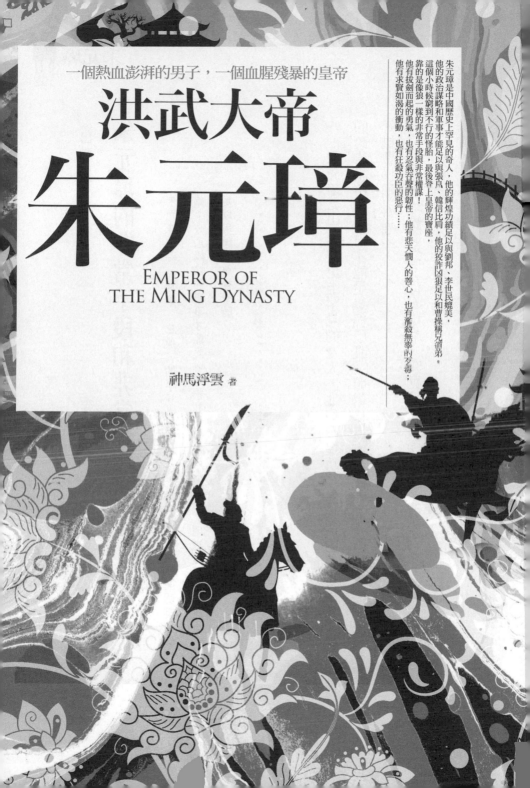

《出版序》

朱元璋的非常手段和非常權謀

朱元璋是一位身兼「三傑」的罕見奇人：輝煌業績足以與漢唐開國英主媲美；政治謀略和軍事才能足以與張良、韓信比肩；「文明通達，博古通今」足以與魏武曹操爭勝。

朱元璋是中國歷史上罕見的奇人，他的輝煌功績足以與劉邦、李世民媲美，他的政治謀略和軍事才能足以與張良、韓信比肩，至於他的狡詐凶狠，則足以和厚黑奸雄曹操稱兄道弟。

這個小時候窮到不行的怪胎，究竟是如何登上皇帝寶座的？

答案是：狼性！

他既具備了狼的智慧，也展現出狼一樣的非常手段與非常權謀！

時勢造英雄，英雄也在造時勢。

而在英雄當中，有辦法像朱元璋這樣中社會的最底層爬到最高層的，可謂鳳毛麟角，屈指可數。

漢高祖劉邦與明太祖朱元璋，都是從平民走向皇帝的傑出人物，兩人都有極爲不平凡的經歷，相較之下，朱元璋的出身地位比劉邦更低，所受的苦難也比劉邦更多。從起事開始算起，劉邦至少也是沛公出身，而朱元璋不過是一個小兵。劉邦小時候，清貧都可能算不上，因爲他不僅衣食不愁，還養成了遊手好閒的習氣，當過小亭長，有縣衙裡的一幫朋友。可朱元璋呢？一來到這個世界上，註定就是受苦的命，衣不遮身、食不果腹，餓得嗷嗷叫，飽嘗人間的磨難……

可是，這樣一個無依無靠的農家子弟、放過牛的孩子、化過緣的沙彌，最終居然登上了皇帝寶座。

這到底是憑什麼？

歸納起來，就是：想幹事的原始衝動、能幹事的卓越才能、敢幹事的超常勇氣、會幹事的非常權智。

俗話說，窮則思變，既然已經到了山窮水盡的地步，要嘛坐地等死，要嘛奮起一搏，除此以外，別無選擇。

一個人被逼到如此地步，求生存的原始衝動必定會激起自身天不怕地不怕的勇氣，所以朱元璋勃發而起，爲活命奮起一搏，這是可以理解的。

可是，在朱元璋的時代，像他那樣必須奮起一搏的人極多，爲什麼只有他能夠幹出如此驚天地泣鬼神的大事？

這就是能幹事的卓越才能。一個人，不管遇到多好的機遇，如果自身是個窩囊廢，那就什麼都不用談。豬趕到北京還是豬，如果是金子，放在任何地方都會發光。

毫無疑問，朱元璋是一塊金子！

有才能還不夠，是否具備膽量，這是能否闖出大事業的重要因素。朱元璋人小膽大，甚至膽大包天，小孩童敢殺牛、小和尚敢罰神……試想，沒有這樣的膽量，怎麼能夠捨掉身家性命，去幹開創天下的大事？

具備以上三點，還不足以當皇帝，朱元璋最終當上皇帝，與他的非常手段、非常權智密不可分。他有拔劍而起的勇氣，也有忍氣吞聲的韌性；他有悲天憫人的善心，也有濫殺無辜的歹毒；他有思賢如渴的衝動，也有大殺功臣的惡行。

正因爲這些因素，他成爲九五之尊！

從人性的角度說，他帶點獸性，就像荒原上的一匹餓狼：掙扎、拚殺、嗜血，最終成爲頭狼；同時，他也有不少人性，就像一位潦倒人物：拚搏、算計，建功立業，最終開創明朝，在歷史和文化上寫下嶄新的一頁。

因此，我們可以說，朱元璋是一位身兼「三傑」的罕見奇人：輝煌業績足以與漢唐開國英主媲美；政治謀略和軍事才能足以與張良、韓信比肩；「文明通達，博古通今」足以與魏武曹操爭勝。

必須告知讀者的是，本書原名《朱元璋的那些事兒》，由於舊版已經銷罄，特地精心修訂後推出全新版本。

現在，就來揭開屬於洪武大帝朱元璋的那些事兒……

第3章 頭狼的資本是嚎叫，做事的資本是號召

狼是最善於交流的食肉動物，不僅僅依賴單一的交流方式，而是隨意使用各種方法。牠們使用複雜精細的身體語言，還利用氣味來傳遞資訊。

第4章 因饑餓才想飽食，有雄心方能成事

草原的生態指標是狼的存在，沒有狼，草原也就沒了魂。狼是草原生物鏈的一個重要環節，沒有了這個環節，草原就會退化。

第5章 狼披著羊皮還是狼

狼在饑餓無力的時候，即使面對一頭乖巧的羊，也不會仰天長嘯、瘋狂撲捉，而是以靜制動、引蛇出洞，置敵於死地。

第6章 整合天下力，同心創大業

狼在地球上生存已經超過一百萬年了，當其他動物為個體的利益各自為戰、爾虞我詐時，狼卻從來沒有忘記族群存繼的根本——合作、交流、忠誠和堅韌。

第7章 剛柔並濟，內方外圓

狼是一種極具耐性的動物，在牠們捕獵的時候，如果一次不成功，就要進行第二次、第三次……直到捕到獵物為止。

第8章 心狠如狼，為求江山永固

狼是一種複雜的動物，兼具很多性格特徵：野、貪、殘、暴、狡猾、狼毒、陰險，所以相關的形容多不脫狼子野心、狼心狗肺、引狼入室……

第 1 章

拚命掙扎能持久，不怕吃苦長才幹

狼生存的環境是非常殘酷的，或者說，環境對狼的生存能力要求極苛刻。有時候，狼會一連好幾天沒有食物吃，卻憑著堅強的意志存活下來。

1 由貧窮造就的英雄

朱元璋的出生是否充滿神奇，我們不去考究，可成長環境的確極為惡劣。但他沒有向惡劣環境低頭，反而如餓狼一樣，經受了種種磨難，練就了堅韌的意志，造就非凡的才能與發展。

當風調雨順的年景，草原上水草豐茂，草食動物飽食終日，一個個肥頭大耳，狼群們自然輕而易舉就可以吃個肚兒圓圓。可當環境惡劣，草食動物日漸稀少時，狼群們的狩獵就大不容易了，往往得拚上命才能吃個半飽。

最終，能夠戰勝自然淘汰、經受住大浪淘沙的狼群，雖然差不多成了皮包骨頭，卻也成爲草原上的菁英霸主。

朱元璋，就是這樣的一隻餓狼，在人生道路上苦苦掙扎，練就出卓越的吃苦本領和生存能力。貧寒使得他不得不抗爭，也因此成爲英雄。

西元一三二八年，距離現在已經很遙遠了，放眼漫長的歷史長河，只能算是「彈指一瞬間」，並不引人注目。在元朝的大事年表中，這確實是一個普通的年份，可對於後來的明朝，卻可以在史書中大書一筆。

這年七月，元朝皇帝也孫鐵木耳在大都（今北京）去世，不久，宮廷內部爆發了帝位之爭。也孫鐵木耳生前所立的皇太子阿速吉八，當時只有九歲，在上都開平（今內蒙古境內）正藍旗。按理說，阿速吉八接位當皇帝是順理成章的，燕鐵木兒卻以武力擁立已故的武宗次子圖帖睦爾在大都即位。丞相倒刺沙等人聞訊，當即立阿速吉八爲帝，於是形成上都與大都對峙的局面。

經過一番激戰，燕鐵木兒獲勝，攻入上都，阿速吉八不知所終。圖帖睦爾就是歷史上的元文宗，這一年即天慶元年。

歷史上，中國封建社會大都如此，開國的時候尊崇「民貴君輕」、「休養生息」，會出現一兩個短暫的繁榮期，一般稱之「盛世」，而到後期，暴亂、宦官專權開始輪番上演。天高皇帝遠，民少相公多；一日三遍打，不反待如何？

官逼民反的混亂年代，蒙古貴族統治集團為爭奪最高權力，打得不可開交。這一年，在安徽鍾離縣東鄉（今安徽鳳陽東北），一座破舊的二郎廟裡，誕生了一位改朝換代的人物，他就是我們要說的餓狼——朱元璋。

歷史學家吳晗在《朱元璋傳》一書中，這樣概括了朱元璋叱吒風雲的一生：

朱元璋出身窮佃戶，當過和尚，從軍以後和儒生文人接近，沾上書卷氣，會談古論今。又以出身微賤，故作神奇，神道設教，嚇唬老百姓，和道士和尚串通，假造許多事蹟。

他會寫散文，主張文章應明白顯易、通道術、達務實。對歷史尤其熟，跟宋濂讀《春秋》、《左傳》，跟陳南賓讀《洪範》、《九疇》。

他執法極嚴，令出必行，事必躬親，沒有休息，也無假期，生活尚節儉，不肯窮奢極侈。他智力極高，長於計謀，見得大處，當機立斷，更善於接受好建議，不自以為是。

他的相貌不很體面，晚年尤難看，一臉凶相，曾找了許多畫工，畫像十分逼真，總不洽意。後來一個聰明人畫的像，一臉和氣與慈祥，這才對了竅。

說到朱元璋的相貌，讓我們想到了他流傳至今的兩張主要畫像，形貌相異，一張保存在北京故宮博物院，一張懸掛在南京明孝陵享殿內。

同樣是朱元璋的畫像，爲何形貌不同？對此，民間有個傳說：

朱元璋登基後，詔傳天下丹青妙手爲自己畫像。

第一位被召進宮的畫師，對坐在龍椅上威風凜凜的朱元璋，悉心描摹，畫得維妙維肖，不但形似而且神似：黑臉，額頭和太陽穴高高隆起，顴骨突出，寬闊的下巴要比上顎長出好幾分，大鼻子、粗眉毛，眼裡射出冷酷兇狠的光芒。

朱元璋看後，龍顏大怒，雙手將腰間的玉帶往下按，正是他要殺人的習慣性動作。畫師嚇得魂不附體，也不知出了什麼差錯，跪倒在地不停地磕頭，口中連聲說：「皇上聖明！皇上聖明！」

只聽得朱元璋大吼一聲：「來人，給我拖出去！」

就這樣，倒楣的畫師被砍掉了腦袋。

第二位畫師被召進宮裡，畫得更加用心，但同樣落得遭斬首的命運。

第三位畫師很聰明，悟出了前兩位畫師被殺的原因，描摹時刻意將皇帝畫得滿臉和氣，慈祥仁愛，還顯得威嚴沉穩。朱元璋看後，龍心大悅，不僅重賞畫師，還詔諭將這幅畫像另外摹寫多張，分贈諸王和公主。

《明史》本傳記載，朱元璋「姿貌雄偉，奇骨貫頂」，乍看好像不錯，但仔細想想就知道，這絕對是一副奇特古怪的容貌。

言歸正傳，明太祖朱元璋的傳奇人生，打從一出生就開始了。

西元一三二八年農曆九月十八日，正值秋高氣爽的農忙季節。中午時分，安徽省鍾離縣東鄉一位貧苦佃戶朱五四的妻子陳氏，挺著大肚子，在一座破舊的茅屋中收拾著碗筷。丈夫和孩子們都下地幹活去了，要不是有孕在身，她也不捨得花時間在家洗碗抹桌，畢竟家裡人口多，再加上戰亂，已經窮得揭不開鍋了。

忙完家務，她像往常一樣，到地裡幫助丈夫播種小麥。不料走到半路，只覺腹中陣陣疼痛，她意識到自己快要臨盆了，忙咬緊牙關，忍著劇痛，轉身又往家裡趕。沒走出多遠，實在撐不住了，她只好挪動著身子，走向附近的二郎廟。剛剛邁進廟門，她就靠著牆壁大口大口地喘著粗氣，身不由己地倒在地上。不一會兒工夫，男嬰的啼哭打破寺廟的寂靜，一個小生命降臨了。

丈夫朱五四聞訊趕來，俯下身子，端詳妻子懷中的嬰兒，驚喜不已，忽然想起今天早上妻子對他說，昨天晚上做了一個夢，夢見自己在麥場上幹活，忽然有一位頭戴黃帽、身披紅袍的道士從西北方向飄然而至，取出一顆白色藥丸，讓她吃下去。

那藥丸閃閃發光，嚥下去只覺得滿口清香，必定是吉祥之兆。

望著熟睡的嬰兒，朱五四心裡升起一線朦朧的希望，可回到現實，家裡又多了一口人、多了一張嘴、多了一份難以承受的負擔，不覺露出一絲無奈的苦笑。

朱元璋當上皇帝後，不知是授意編造，還是鄉親們太以他為榮，關於他的出生，出現了各種各樣的傳說。

一說，朱元璋出生那天，他家的屋頂上一片紅光，左鄰右舍還以為失火了，紛紛拿著臉盆、水桶跑來幫忙滅火。到了朱家一看，沒有著火，而是一個不同凡響的男嬰降生了。又說，連土地公都不敢驚擾這東鄉的真命天子，趁晚上偷偷將土地公廟往路東給遷移了幾十步。

朱元璋出生時，家裡窮得叮噹響，連給嬰兒裹身子的布片都沒有，幸好朱五四到河邊提水時，撈到一塊破爛的紅綢布，勉強做了襁褓。這件事在流傳中也走了樣，說是廟裡的和尚把朱元璋抱到河裡洗澡，恰好漂來一塊紅綢布，便撈起來為他裹身，這塊紅布乃天神所賜的紅羅幛。

朱元璋能夠當皇帝，也有人說，這是因為他們家祖先葬於風水寶地。

據說，朱元璋的祖父精通水性，經常潛入深潭捕魚，浮沉自如，技術超人，故人呼之曰「下得海」。有一次，下得海至潭底捕魚出來，遇一劉姓仙師覓龍至潭畔，見直龍結在潭底，因不諳水性，無法下潭獵龍，正在凝思，突見一人從潭中浮起，急呼之登岸，詢以姓名，下得海則以綽號告。劉仙師聞之，欣喜萬狀，即與下得海商量，約定某日各攜祖骸至此，共遷深潭龍穴。

既至吉日，二人攜祖骸至潭畔，劉仙師告以潭底某處有石爲犀牛下海形，某時某刻會開口，待開口時，將祖骸投入牛口內，牛口即必合攏。

下得海因所攜祖骸沒有包好，臨時見田中有青菜，乃取菜葉包之，攜之下潭，果見潭底一巨石，西東方向，儼然石牛張口吐唇，便把兩包骸骨放進牛口。石牛喜吃青草蔬菜，瞥見菜包，即搶食之，於是下得海之親骸被吞入肚內。石牛食入後，口唇合攏，無法再把劉仙師之祖骸投入牛口，遂上岸實告。劉仙師無可奈何，乃托其將骸分成二包，分掛於石牛角上。

下得海再入潭底，將骸骨分掛牛角上，返報劉仙師，劉仙師即祝曰：「左角爲臣相，右角爲臣相，牛口出和尙。」

下得海聽至牛口出和尙一語，當下憤慨不已，劉仙師見此情景，迫不得已即改呼曰：「左角左臣相，右角右臣相，朱家天子劉家相，改朝換國不換相。」

下得海聽到「朱家天子」才息怒，打躬謝恩而回。

朱元璋在劉基的輔佐下當上了皇帝，這個傳說頗爲接近事實，可劉基最終死於朱元璋的「關心」，劉氏不再爲相，又與傳說不相符。由此可知，風水絕不是朱元璋得天下的原因。

朱元璋大概是出生在寺廟裡沒錯，康熙《盱眙縣誌》曰：「崗在二郎廟旁，明太祖生於其地。」這是否權威，會不會也受到民間傳說的影響，不得而知，但朱元璋與廟的確大有關係，曾經當過皇覺寺的沙彌，是不爭的事實。

沒有人算出朱元璋後來會當上皇帝，那個時候的歷史記錄者根本不會去記錄他是如何出生的。他是怎麼出生的也並不重要，不是我們今天眞正感興趣的，畢竟還是要歸結到那句老話上：王侯將相，寧有種乎！

但有一點是肯定的——他生在一個窮得叮噹響的家庭。

中國古代的傳統，窮人家的孩子都是按照父母的年歲或排行起名。當時，朱五四的哥哥朱五一有四個孩子，分別叫重一、重二、重三、重五，朱五四則已有三個孩子，分別叫重四、重六和重七，於是，夫婦倆爲這個孩子取名重八。

朱元璋在大家庭排行第八，因而得名朱重八，也就是朱老八。後投靠郭子興，娶了郭子興的義女馬氏，人們對他的稱呼就變了，不再叫他朱重八，而尊稱他為朱公子，也正是從這時起，他取名朱元璋，字國瑞。由於登基後使用洪武做年號，後人又稱他為洪武皇帝。

朱元璋當上皇帝後，他出生的村莊被尊稱為趙府村，又稱為靈跡村、靈跡鄉。二郎廟旁邊的山崗亦得名為躍龍崗，或者被稱作孕龍基。

說來也巧，朱元璋的祖籍原在沛縣，漢朝開國皇帝劉邦的故鄉。不知從哪一代起，朱家祖先從沛縣遷到集慶路的句容縣（今南京市句容縣），後來輾轉流浪到河南鍾離縣東鄉。

或許是歷史巧合吧！朱元璋與劉邦之間有著驚人的相似，都是同鄉人，同為中國歷史上命運相似的兩個皇帝，這更增添了朱元璋的神秘。

眞要說起朱元璋的祖籍，也是一段辛酸史。

朱五四出生的時候，南宋已經被元朝滅了，一家由宋朝臣民變成元朝的順民。元朝把居民都編成固定的戶籍，有民戶、軍戶、匠戶、灶戶、站戶、鹽戶、礦戶等好幾十種，不同的戶籍要向朝廷承擔不同的賦役。朱五四一家被編為礦戶中的淘金戶，每年得向官府繳納定量的黃金，可哪裡有那麼多黃金可淘？朱五四一家無奈，只好種糧，再用賣糧的錢，到遠處的集市上換成黃金繳納上貢。這樣折騰下來，沒幾年就維持不下去了。

後來，一家人遷移到淮河岸邊的盱眙縣（今江蘇盱眙縣）。那時，盱眙縣有大片荒蕪的土地，朱家在那裡開荒種地，辛勤勞動下，日子漸漸有了些起色，朱五四和哥哥都娶上了媳婦。

朱五四的媳婦姓陳，比他小五歲。陳氏的父親是揚州人，南宋末年當過兵，參加過抗元戰爭，失敗後逃回揚州。爲躲避元兵追捕，又跑到盱眙，靠給人算命卜卦混口飯吃。家有二女，二女兒嫁給朱五四，成了明朝開國皇帝的母親。

然而好景不長，一年，朱元璋的祖父因急病去世，剛剛有點轉機的家庭立即又垮了下來，朱五四不得不攜家帶眷，再次流浪。他先遷到靈壁，又遷至虹縣（今安徽泗縣），最後移居到鍾離的東鄉，在此處定居下來，後世的史學家大多把這裡視爲朱元璋的祖籍。

朱家可說是不幸的，朱元璋上面有兩個姐姐、三個哥哥。大姐在朱元璋出生時，已經嫁給了盱眙縣太平鄉的王七一，但婚後不久便染病死去。二姐後來也出嫁了，丈夫是鍾離縣東鄉的漁民，叫李貞。大哥年歲大，已經成了家。二哥、三哥因爲家裡窮，沒有媳婦上門，只好給入贅給別人當女婿，背景離鄉，倒插門。這種婚姻在當時是最被人瞧不起的，可是迫於生活困窘，也只好忍辱接受。

朱五四忠厚勤勞，主張「守分植材」，自食其力，靠勤勞的雙手脫貧自救。他常對朱元璋說：「凡人守分植材，如置田地，稼穡收穫，歲有常利，用之無窮。若悖理得財，如貪官污吏，獲利雖博，有喪身亡家之憂。」

這是朱元璋的父親一生恪守的信條，勤勤懇懇，埋頭苦幹，起早貪黑，省吃儉用，期望以此建立一個幸福安穩的家庭。

朱元璋雖是兄弟姐妹中最小的一個，但也逃脫不了挨餓受凍的日子。不僅如此，家境還越來越壞，常常是朝不保夕，捉襟見肘，用他自己的話來形容，是「農業艱辛，朝夕彷徨」。有人把劉邦與朱元璋相比，說兩人都是布衣出身的皇帝，但劉邦還是好些，出身中農，而且當過秦朝的亭長。中國歷史上，出身最爲貧窮而得天下者，非朱元璋莫屬。

朱元璋在家裡是老么，「皇帝愛長子，百姓愛么兒」，所以深得父母寵愛，雖然日子不寬裕，還是把他送到私塾念了幾個月的書。

陳氏對這個孩子寄予很大的希望，曾對丈夫說：「人們常說三十年河東，三十年河西，我覺得咱們家肯定會出 個有出息的人，我看其他幾個兒子都不善治產業，只有重八還有點像樣。」

朱五四對此也有同感，只是實在沒錢為重八營造一個良好的生活、學習環境，也只能說無奈。

朱元璋十歲那年，全家搬到西鄉，租土地耕種。沒幾年，地主收回土地，又遷到太平鄉的孤莊村，給地主劉德當佃戶。男人為主人種地，女人為主人做雜活，窮人的孩子早當家，朱元璋也不得不為地主劉德放牛。

朱元璋的出生是否真如民間傳說，充滿神奇，我們不去考究，可以肯定的是成長環境的確極為惡劣。但他沒有向惡劣環境低頭，反而如餓狼一樣，經受了種種磨難，練就了堅韌的意志，造就非凡的才能與發展。

2 從遊戲裡磨練膽識

一鍋肉吃完，天已快黑，該要回家了。這時，小夥伴們才意識到事情不妙：少了一頭小牛，回去怎麼向主人交代？只見朱元璋若無其事地抹抹油嘴說：「不怕，就說小花牛鑽進岩洞裡了，我們拉不出來！」

「狼性」並不都是後天形成的，往往在幼小的時候就已經顯露無遺，比如說殘忍、貪婪、超群的智慧。

人常說初生之犢不怕虎，其實並不盡然，初生的狼才是眞正的不怕虎，正如小時候的朱元璋，宰了地主的小花牛「大宴群臣」，回去後非但不害怕，還找藉口說「牛鑽進了岩洞裡」。

朱元璋不是狼，但他像狼，自小就顯出了狼性。

《明太祖實錄》說朱元璋「聰明過人」，格外受家人疼愛，祖輩由於不識字吃了不少的虧，希望他習點文墨，改變窮苦命，因此曾把他送到私塾去讀了幾個月的書。也就是那幾個月的學習生涯，使得本來就聰明過人的朱元璋更勝人一籌，對事物的理解和處世方法，不同於一般的農家孩子。

但是，由於多次搬家，家裡日子越發不濟，連飯都吃不上，史書上說「取草之可茹者雜米以飲」，更不要說交學費了，朱元璋只得「輟學」回家幫大人幹活，減輕經濟負擔。那一年，他十三歲。

輟學回家，小小年紀的朱元璋爲地主劉德放牛，一起放牛的還有周德興、湯和、徐達等小夥伴。這些人，後來多成爲明朝的開國元勳。

朱元璋和夥伴們協議好，把牛趕到山坡上，任牠們自個兒吃草，大夥則聚在一起玩耍。

所有夥伴中，數朱元璋最會出主意，大夥也都聽他指揮。他們最愛玩的遊戲是當皇帝，別看朱元璋光著腳，穿著一身破爛不堪的短衣褲，每回都搶著要當皇帝。

玩起當皇帝，大夥都很來勁。他們用青草搓繩，拴住水車的破輻板，當成皇帝的帽子，又把一些幅板劈成兩半，作爲大臣的笏板，分給小夥伴每人一塊。然後，朱元璋戴上皇帝的帽子，端坐在高大石台上，叫小夥伴們手拿笏板，一個一個地向他三跪九叩，高呼萬歲，樂得大家屁顛屁顛的。

一天，大夥玩完朝見皇帝的遊戲後，肚子餓得咕咕叫，一個個沒精打采的。山上沒有食物充饑，回家又不是時候，不敢走，只得忍著，這個說能吃幾碗白米飯就好了，那個說有幾塊肉解解饞才快活哩……

朱元璋嘴上不說話，心裡想：這荒郊野外，青黃不接，去哪搞呢？此時，猛然看見自己放的小花牛走過來，便招呼大家把牠逮住，高聲喊道：「今天皇帝請客，大宴群臣！」

大夥一看便知道了，朱重八要大膽一次，請吃牛肉。早就饞得不行了，有肉吃是多麼棒啊！於是團團地圍住小花牛，扳頭的扳頭、抓腿的抓腿、拽尾巴的拽尾巴，把牛按倒在地。朱元璋隨手抽根柴禾當刀，向牛頸戳去。

本來只是鬧著玩的，爲了提提大夥的神，來點勁，再玩一會兒就可以回家了，但不知是「柴刀」使重了，還是大家認爲眞的要吃牛肉，很賣勁地幹，小花牛的脖子竟眞被弄斷了，鮮血噴出，染紅一大片山石。

朱元璋看了，一不做二不休，吩咐剝牛皮、拾柴禾，自己在山坡千層石上鑿個坑當鍋，然後點火燒起牛肉來。

沒要多長時間，牛肉燒爛了，大夥圍著「鍋台」，一個個吧嗒吧嗒地吃著說：「真香，真好吃！」那股饞勁簡直可以用瘋狂來形容。

一鍋肉吃完，天已快黑，該要回家了。

這時，小夥伴們才意識到事情不妙：少了一頭小牛，回去怎麼向主人交代？弄不好要連累家人，命都保不住。

只見朱元璋若無其事地抹抹油嘴說：「不怕，就說小花牛鑽進岩洞裡了，我們拉不出來！」

大夥一想，也是，到這個時候也只能這樣了。於是一齊動手，埋好牛皮、牛骨頭，把牛頭塞進大山石一端的裂縫中，只露出牛尾巴，然後各自趕著牛往回走。

朱元璋在大夥的面前表現得很穩重，嘴上說「不怕」，其實心也很緊張，上下翻滾，忐忑不安。

回到村裡，主人發現少了一頭小花牛，責問朱元璋，朱元璋說：「那牛不知怎麼搞的，鑽進山縫裡出不來了。」

「這是哪對哪啊！主人當然不是傻瓜，哪肯相信，朱元璋又說：「不信我也沒辦法，總之是鑽進去了，你可以自己去看看。」

朱元璋領著主人，找到那塊大山石，藉著火光一看，果然有條小牛尾巴露在石縫外面，那尾巴的毛色，與小花牛的一樣。

主人當即用手去拽牛尾巴，說來也奇怪，不僅絲毫拽不動，山石的另一邊還傳出了「哞哞」的牛叫聲。朱元璋心裡一塊石頭落了地，對主人說：「不騙你吧！你親眼看見了。」

主人見狀，垂頭喪氣地回去了。

這是不是事實，史書沒有詳細記載，不過，民間可是傳得沸沸揚揚的。當然，這極有可能是朱元璋或他的追隨者編造出來的又一個故事，但也展現出他從小就具備著不凡的膽識與領袖氣質。

3 千里送鵝毛，情義最重要

朱元璋拿起鵝毛放在嘴邊吹了兩下說：「千里送鵝毛，禮輕情義重。」汪大娘應詔進京受賞，只是一個傳說故事，卻為民間津津樂道。因為它反映了善有善報的道理，也說明了朱元璋是一個不忘恩的人。

對於嚴峻的生存環境，狼有著驚人的適應能力。在寒冷的冬天，在肆虐的暴風雪中，牠們仍然能夠蜷縮成一團，用尾巴遮住臉部，安詳地睡覺。

元朝末年，幾乎連年爭戰，社會一片混亂，人民流離失所、無家可歸。戰爭、燒殺、搶劫、暴動同時，必然伴隨著破產、流亡、饑餓、死亡等悲慘景象。

當時流傳一闋小令《醉太平》，是這樣唱的：

堂堂大元，奸佞當權，開河變鈔禍根源，惹紅巾萬千。官法濫，刑法重，黎民怨。人吃人，鈔買鈔，何曾見？賊做官，官做賊，混賢愚，哀哉可憐。

史書記載：歲甲申（元至正四年，一三四四年），上（指朱元璋）年十七，值四方旱蝗，民饑，疾厲大起。四月六日乙丑，仁祖（朱五四）崩，九日戊辰，皇長兄（重四）甍，二十二日辛巳，太后（陳氏）崩。上連遭三喪，又值歲歉，與仲兄極力營葬事。既葬，念仁祖太后嘗許從釋氏，乃謀於仲兄以九月入皇覺寺。

朱元璋一家，在動亂的年代，經歷了幾次生死離別。

那一年，朱元璋十七歲，尚未完全長大成人，卻不幸遇上「四方旱蝗，民饑，疾厲大起」，天降災禍，「戶戶有新喪，家家起新墳」的悲慘景象，成了司空見慣的事。這在少年朱元璋心中，烙下了一個不可抹滅的傷疤。

朱家的生計本來就難以維持，生活十分窘迫，連著好幾年的自然災害，農田幾乎顆粒無收，租稅卻有增無減，哪還有錢交沉重的賦稅？只能咬牙過著家徒四壁、一貧如洗的日子，一天不如一天，極爲悲慘。

也在這時，瘟疫的陰影籠罩了這個弱不禁風的家庭。

至正四年四月初六，朱元璋的父親朱五四最先死去。三天後，朱元璋的哥哥朱重四跟著走了。十二天之後，朱五四的老伴陳氏也抱病身亡。約莫半個月的時光，「連遭三喪」，全家九口人死了三分之一。

朱元璋當皇帝後，曾經很動情地回憶說：「因念微時，皇考皇妣凶年艱食，取草之可茹者雜米以炊。艱難困苦，何敢忘之。」

令朱元璋最爲難的，是安葬逝去的雙親。

按照禮教觀念和傳統習俗，爲雙親送終，最根本也是最起碼的一條要求，就是讓死者魂歸故土，使遺體能有個安置的地方，而非暴屍荒野，任憑飛禽啄食踐踏。這麼做，不僅讓自己能夠安心，更是對死者的尊重和懷念。

可朱家現在是上無片瓦、下無立錐之地的赤貧人家，純正的無產階級。常居一地的大姓大族，還有公共墳山，朱家一直以來遷徙不斷，完全沒有可以利用的公共墳地，只有硬著頭皮向人討要了。

朱氏兄弟最先去求劉德，畢竟朱五四曾爲劉德種地多年，沒有功勞也有苦勞。他們盼望劉德多少施捨一點，給一塊能安葬的地也可以。誰知劉德是個爲富不仁的傢伙，把他們臭罵一頓後直接掃地出門。

朱元璋一家一籌莫展，哭成一團，幸虧劉德的兄嫂劉繼祖夫婦贈送了一塊地，葬地這個基本難題總算解決了，但之後還有一連串的困難等待著他們，死者用的棺材、入殮的衣物，還有祭奠用的酒食等等，全都沒有著落。最後，棺材用的是草席，入殮穿的衣褲是死者生前用的破舊貨，沒有「散漿」祭奠，不得不拿家裡度荒的草蔬糲飯充用。

勞累一生的朱五四就這樣死了，他本想透過自己的辛勤勞動換得家人的安生，誰知是心比天高，命比紙薄啊！

家破人亡、生離死別的慘劇，使得朱家一片呼天搶地的淒切哭聲，令人耳不忍聞、目不忍睹。若干年後，朱元璋親撰《皇陵碑》，用血淚交織的感人文字追述了這段悲慘的家史，讀來令人痛切傷情：

昔我父皇，寓居是方，農業艱辛，朝夕徬徨。俄而天災流行，眷屬罹殃。皇考終於六十有四，皇妣五十有九而亡。孟兄先死，闔家守喪。田主德不我顧，呼叱昂昂。既不與地，鄰里惆悵。忽伊兄之慷慨，惠此黃壤，殯無棺槨，體被惡裳，浮淹三天，奠何殽漿。既葬之後，家道惶惶，仲兄少弱，生計不張，孟嫂攜幼，東歸故鄉。值天無雨，遺蝗騰翔。甲人缺食，草木為糧。予以何有，心驚若狂。乃與兄計，如何是常。兄云去此，各度凶荒。兄為我哭，我為兄傷。皇天白日，泣斷心腸。兄弟異路，哀動遙蒼。

關於朱元璋安葬父母，還有這樣一個傳說：

據說下葬那天，天氣燥熱，朱元璋與二哥將父母的遺體放在兩扇捆綁在一起的門板上，抬出去下葬。走到山坡下，突然雷閃雷鳴，暴雨驟至，只好放下門板，跑到附近的一棵大樹下避雨。

大雨過後，兄弟倆跑回一看，門板不見了，原來這一帶山坡土質鬆軟，暴雨把土坡沖塌了一塊，正好將屍體掩埋起來。

兩人就在上面又添些泥土，算是安葬了。

回到家中，空對四壁，想起今後難以謀生，哥倆又痛哭起來。哭聲驚動了隔壁的汪大娘，她趕來安慰，表示願意收養朱元璋，朱元璋自是感激涕零，認汪大娘爲乾娘。

可是在瘟疫和災荒的侵襲下，汪大娘家也是難以維持，因此提起了當年朱五四曾在皇覺寺許過願，答應讓重八捨身爲僧的事。

據說，朱元璋小的時候體弱多病，不喝奶，肚子卻總脹得鼓鼓的，朱五四爲此非常憂心。一天夜裡，他做了一個夢，夢裡有人指點說只有菩薩才能救活孩子，讓他把孩子捨給廟裡。他馬上抱著重八走進一座大廟，可裡頭一個和尚也沒有，只好又抱了回來。

夢做到這裡，忽然被孩子的哭聲吵醒，睜眼一看，重八居然正在妻子的懷裡吃奶。夫妻兩人覺得重八得到了菩薩保佑，就很虔誠地到附近的皇覺寺許了孩子長大要爲僧的願。

現在，汪大娘提起這件事，勸朱元璋去做和尚，一來還了願，二來還有口飯吃。朱元璋覺得有理，於是走上了皇覺寺出家之路。

飛黃騰達之後，朱元璋沒有忘記好心的汪大娘，洪武三年（西元一三七一年），傳旨要汪家派人進京受賞。

汪大娘特意抓了兩隻鵝、提著一罈酒去見朱元璋，不料在路上，鵝跑了、酒罈砸了，最後只得帶著幾根鵝毛和一個破酒罈去跟皇帝見面。

見到了朱元璋，汪大娘說：「乾娘老了，沒用了，我從家帶了兩隻大白鵝來，過渡時跑水裡去了，我沒抓住，只抓了幾根鵝毛，我逮鵝時，嗨！又碰翻了酒罈子，一罈家鄉的酒也給弄灑了。」

朱元璋聽了，忙扶著乾娘：「娘呀！這鵝毛我收下，這酒罈我也收下。」說著，捧起空酒罈聞了聞道：「好酒，好酒，這醉翁之意不在酒，在於娘有心意。」又拿起鵝毛放在嘴邊吹了兩下，說：「千里送鵝毛，禮輕情義重。」

汪大娘應詔進京受賞，只是一個傳說故事，卻為民間津津樂道，因為它反映了善有善報的道理，也說明了朱元璋是一個不忘恩的人。

4

倔勁一發，菩薩也敢打

朱元璋的舉動，看似率性，實質頗有深意，他敢於向菩薩挑戰，痛打受人們頂禮膜拜的神像，等於公開表明了自己對於所謂權威的蔑視，而在菩薩背後寫上「發配三千里」，更象徵自身懷抱遠大志向。

「天有不測風雲」，狼也會遇到暴風雪，這時，狼群們不會選擇背風的地方，而是迎著風衝上前去。

雖然迎風向前寒冷異常，但不會被雪埋葬。

朱元璋在皇覺寺裡受到不平的待遇，他沒有忍氣吞聲，更沒有貪戀寺裡的相對安逸，毅然決然走上了「化緣」的道路。

朱元璋到了皇覺寺，法師見他身體結實，頭腦靈活，且寺廟裡的雜活確實需要一個勤快的人來幹，便收下了朱元璋，並指派他司行僧之職。

行僧其實就是一個小雜工，相當於今天飯店裡打雜的，是一個受人差遣和侍候人的角色。

行僧要幹的事情非常多，也非常繁重，每天得打掃、上香、掌管樂器，給老和尚們端茶送水、做飯洗衣。這還不算什麼，關鍵是每每幹完這些活，輪到朱元璋吃飯的時候，別的和尚早已經吃過，只留下剩飯。而且由於身份低，每天都得看長老們和師兄們的臉色。

面對這一切，朱元璋的心中很不平，萬萬沒想到佛門淨地竟如此等級森嚴，整天宣講「衆生平等」的長老和師兄，偏偏對自己如此苛刻。

由於心中不平，朱元璋幹了幾件令和尚們目瞪口呆的事：

每天打掃佛殿是行僧的份內職責。有一天，高彬長老看到佛殿裡的香燭被老鼠咬壞了，就追查起這是誰的責任，並指著朱元璋大罵了一通。朱元璋有氣發作不得，只好忍受著長老的指責，等到長老一走，就拿起掃帚把菩薩打了一頓，指責菩薩掌管大殿，整天光吃供奉不幹活，竟縱容老鼠爲害，實在該打。

還有一次，朱元璋在打掃佛殿的時候，被伽藍菩薩的腿絆了一跤，想到自己辛辛苦苦，起床比雞早、幹活比驢多，可吃的比豬還差，全都是殘湯剩飯，泥胎菩薩卻有收受不盡的供奉，氣不打一處來，再加之以前曾因老鼠咬香燭的事情被長老責罵，憤怒之下，不顧師兄弟們驚詫的目光，在伽藍菩薩的背後寫上「發配三千里」幾個字。

眞是豈有此理，膽大妄爲！老和尚看了，憤怒之餘，心下也暗暗驚歎，這個小行僧非同一般啊！

由此可以看出，朱元璋並不是一味地屈服，也不是一味地伸，而是一屈一伸，張弛有道。

面對著大環境的不可抗拒，他在無奈之下接受命運的擺佈，成爲皇覺寺的一名行僧和尚，但他一生的志向，絕不僅止於此。他的志向，是成爲一名像外公那樣的英雄，有膽量和能力抗擊元朝統治的好漢。

在寺廟裡得不到公平對待，朱元璋敢於反抗、仇視不平的性格便逐漸顯現出來。他具有很強的叛逆心理，對身邊發生的事有自己的一套想法和判斷標準。

香燭被老鼠咬壞，長老們出於對徒兒們的嚴格要求，自然要做出責罰，這是無可厚非的，找到朱元璋的頭上，也並不冤枉。但從另一方面看，朱元璋心裡確實非常委屈，本來就做了很多的事情，哪裡還有辦法分出精力來照看香燭呢？

他不能不聽長老的話，只好在人前承擔下來，然後把內心的氣發洩到佛像上，以一種另類的方式進行反抗，完成自己在「屈」之下的「伸」。朱元璋的舉動，看似率性，實質頗有深意，絕不僅僅是在耍孩子脾氣。他這樣做，最大目的是向師兄弟以及長老們表明態度，告訴他們自己確有不滿。

他敢於向菩薩挑戰，痛打那些受人們頂禮膜拜的神像，等於公開表明了自己對於所謂權威的蔑視，而在菩薩背後寫上「發配三千里」，更象徵自身懷抱遠大志向，不甘於永爲蓬蒿之客。

朱元璋在皇覺寺做小行僧的日子，並不太長。

連年旱情沒有結束的跡象，主要靠收地租和接受佈施以維持的寺院，自然是入不敷出。供養二十來個新舊弟子吃用，所存的錢糧所剩無幾。同年十一月初，高彬長老無奈之下只得對徒弟們說寺內要罷粥，要徒兒們有家歸家，無家可回者就遊方去化緣。

入寺僅僅五十天的朱元璋還不會念經做佛事，卻學會了做雜活，便自恃能幫人幹活，背起包袱遊方化緣去了。

朱元璋離寺外出化緣，還有一種說法：方丈的恐懼和嫉妒。

據說，有一天，朱元璋耽誤了打掃大殿的時間，心中發急，掃著掃著，順口說道：「大菩薩、小菩薩，快快站到一邊去，別妨礙我掃地。」

說來奇怪，不知怎麼，大小菩薩一個個眞的都站到了掃過的一邊，他也不問三七二十一，兩三下掃得一乾二淨。

然後，索性又說：「大菩薩、小菩薩，地已打掃完畢，各歸各位吧！」

大小菩薩十分聽話，一個個回到了原位。

常言說「沒有不透風的牆」，朱元璋「發配」菩薩的事，被人告發到方丈那兒。方丈半信半疑，就去看個究竟，果然見到伽藍菩薩身上寫有五個字，很是生氣，一面叫人把字擦掉，一面去找朱元璋算帳。不料，一進大殿，竟看見朱元璋在支使菩薩，便惶恐不安地念著「阿彌陀佛」，低頭走了。

回到方丈室，他心想：「這小行僧造化不小，竟能支使神靈，這樣下去，如何了得？」於是便藉口寺裡管不起飯，打發他雲遊四方。

不管是什麼原因，朱元璋只當了五十多天行僧，就走出皇覺寺，當起化緣的和尚。他憑著自己的聰明才智，邊打聽邊走，往受災較輕的地方化緣，所經路線包括現在的合肥、河南固始、光山、信陽、汝州、淮陽和鹿邑等地。他敲擊著木魚向人乞討，受盡了豪門的白眼、冷嘲熱諷，然而為了生存，不得不極力適應自己所處的各種環境。

這段經歷造就了他能屈能伸的性格，同時也結交了不少朋友，體驗到人間的患難真情。

朱元璋懂得忍耐，當遇到不可抗拒的困難時，不會拿自己的前途與生活做硬碰硬的對抗，而是努力去適應，掌握進退屈伸之道。對一個已經擁有獨立思考能力並胸懷大志向的人，這種做事態度是明智的。

第 2 章

靠磨難開拓眼界，交朋友積聚人才

一些狼之所以成為餓狼，那是無數的艱難險阻使得牠們無法飽食，而不是懶惰，牠們的奮鬥精神本身是令人敬佩的。

5 雲遊四方，廣知天下

少年時期的悲慘遭遇和曲折經歷，對朱元璋早年的思想形成和發展起到了舉足輕重的作用。四年的雲遊生涯又讓他開拓了眼界，接觸到各方面的人，思想因而比一般同齡者人更加複雜、深遠。

狼從一出生就面臨著不可預測的危險，天敵環伺、獵人追捕，每一次出去覓食都可能走上不歸路。但正是經受了這樣的磨難，才成爲草原上的強者。

一些狼之所以成爲餓狼，那是環境中無數的艱難險阻使得牠們無法飽食，而不是懶惰。牠們的奮鬥精神，無疑是令人敬佩的。

在極不情願的狀況下，朱元璋邁出了人生的第一步，沒有想到的是，正是這一段雲遊四方的經歷，讓他更加瞭解百姓的疾苦，並廣交四方朋友，奠定日後功業的根基。「雲遊」是佛門語，又叫「化緣」，意思是乞求佈施。當然，這是好聽的說法，其實上也就是行乞、討飯。

朱元璋上路了，背著小包袱，「篤篤」地敲著木魚，口中念念有詞，沿途向大戶人家乞討。

他先往南到廬州（今安徽合肥），然後向西去固始（今河南固始）、信陽（今河南信陽），再往北到汝州（今河南臨汝）、陳彬（今河南淮陽），往東經過河南鹿邑（今屬安徽）到穎州（今安徽阜陽）。一路上，跋山涉水姑且不說，還經常化不到緣，忍饑挨餓，往往連棲身之地都沒有，露宿野外是常有的事。

有這樣一個故事，很能說明朱元璋化緣時的淒苦。

一日，他來到舊縣的獅龍橋酒館要飯，正巧鎮上幾個舞文弄墨的傢伙聚在酒館飲酒，其中還有個秀才。見酒店門口來了個小要飯的，還是和尚，其中一個想賣弄文才，趁機拿朱元璋開心，便提議道：「兄弟們，下面的行酒令，就圍繞門前這個要飯的，每人作詩一首，作不出的罰酒三杯。」

其他人一聽便起鬨說：「行！但思考的時間不得超過半袋煙。」

於是首先提議的那位略一思考，隨口吟道：

一輪明月掛枝頭，長絲垂地飄悠悠。

晚風一陣吹過來，枝擺影斜露光溜。

吟完後，其他幾人一起鼓掌，齊叫：「好！好！」

旁邊的文人看了幾眼朱元璋，見他兩條濃鼻涕已經快要拖到嘴唇邊了，便用筷子向桌邊一敲吟道：

山下飛出兩白龍，不知不覺過草叢。

眼看游到黃河邊，嗖地一聲回龍洞。

吟完還做出深深地吸鼻子的動作，引得眾人哄堂大笑。

下一位看朱元璋身上穿著件綴滿補丁的破衣服，腰間繫著根稻草繩，草繩上別著頂破帽子，拖著一雙破鞋，手扶一根打狗棍，噗哧一笑，搖頭晃腦吟道：

錦衣金帶一美男，帽海鞋江遊宇寰。

牽著一匹棗紅馬，晨在河邊暮在南。

吟完之後，不見眾人鼓掌，此人瞪大眼睛說：「是我做得不好？還是你們沒注意聽？」

有人提問道：「你說的那帽海鞋江是什麼意思？」

作詩之人回答：「自古不是有海無邊、江無底之說？」

經他這麼一解釋，大家再細看朱元璋腰裡別著的破帽子和腳下拖著的破鞋子，頓時會意過來，一邊笑一邊鼓掌說：「好！好！」

朱元璋在一旁氣得臉色發青，心想你們不給飯吃也就算了，還在這裡賣弄文才，拿我開心，眞不是東西！壓不下心頭的怒火，他先是瞪著那群傢伙，把手中打狗棍在地上敲得啪啪響，吸引衆人的注意力，然後用棍子指著那幾位文人道：

嘰嘰喳喳幾隻鴉，滿嘴噴烘叫呱呱。

今日暫別尋開心，明早個個爛嘴巴。

吟完，呸地朝地面吐出一口痰，憤憤地說：「有朝一日我得天下，首先要你們這些酸不溜丟的傢伙好看！」

朱元璋當了皇帝以後，果然專找文人毛病，揑著過錯就下手砍殺，釀成好幾樁震驚朝野的「文字獄」，嚇得很多文人墨客不敢再吟詩作對。

作爲一個雲遊四方的和尚，遭人白眼、受人冷落，基本是家常便飯。動亂的年代裡，不要說救濟別人，很多人家根本連自身都難保。一個和尚，即使有再好的口才或再堅定的信仰也是徒勞。慈善的人，愛莫能助，因爲給了你吃的，自己就沒得吃了；而那些有錢有勢的，哪一個不是爲富不仁呢？

朱元璋所受的苦難，可想而知。但也正因爲飽嘗了人世間的艱辛，使他深刻體會到農民的疾苦，所以後來非常注重農業生產。

這段經歷，是朱元璋的一筆寶貴財富，讓他得到戰勝各種艱苦打擊的力量。他始終認定，連化緣那樣的苦日子都熬過來了，還有什麼挫折挺不過？

難得的是，在化緣經歷中，他意識到幫助別人和與人合作的重要性。

在廬州雲遊時，他遇見兩名道士，三人便結伴而行。一天晚上，在路邊的土地廟裡歇腳。半夜，朱元璋突然覺得渾身無力，還滿口胡話，兩名道士懂點醫術，趕快弄了些柴草點起火，並脫下外衣給他蓋上。第二天，他倆又討來些薑熬成湯，配上白蘆根，讓他服下。

多虧這兩人的細心照料，朱元璋才逃脫了一場厄運。

朱元璋對那場病記憶深刻，日後再回想起，總是感慨不已。

在四處漂泊的乞討生活歷練中，他逐漸成長起來，熟悉了中原地區的人情世故、民風民俗、百姓的生活方式和生存狀態，從而對人生有了一番感悟。

對少年朱元璋衝擊、影響最大的，莫過於當時已遍佈各地的白蓮教活動。

在他雲遊化緣這段時間，白蓮教的南方教首彭瑩玉正在淮西進行秘密傳教活動，而在宗教的幌子下隱藏的眞正用意，是反抗元朝的統治。

白蓮教創於南宋高宗紹興初年，創始人是昆山（今江蘇昆山）佛僧茅子元。此教原本爲元朝政府承認。蒙古人信奉藏傳佛教，由於兩派同宗，入主中原以後，對白蓮教的發展採取支持的態度，使得教派勢力急速發展、迅速膨脹。但也正是由於元朝政府的插手，使得白蓮教發生了兩極分化，上層的教首與官府勾結，走到了人民的對立面，下層的貧民則出於對元朝統治者的不滿，藉參加教派活動之名，私下聚集以商討反元大計。

由於參加白蓮教的人越來越多，引起了元朝統治者的警惕，官府於是下令禁止傳教活動，命令信徒回鄉務農，但因爲領導階層政策屢有反覆，打著白蓮教的旗號進行反元活動的風氣越來越盛。

北方首領韓山童的祖父是教士之一，在趙地灤州非常有名。元朝曾經在北方取締白蓮教，其祖父因此被官府捕獲並流放，但矢志不移。韓山童繼承了祖父的事業，繼續利用白蓮教進行秘密反元活動，取得了百姓的信任。

他利用「天下當大亂，彌勒佛下生，明王出生」爲宣傳口號，暗示元朝的統治已經不能再繼續下去了，天下不久就會陷入戰亂，取而代之的明王已經下凡，而且還是彌勒佛轉生來的。這句口號有很強的感召力，頗有效果，老百姓紛紛入教以求精神上的安慰。

彭瑩玉則是南方的白蓮教首領，據說出生時有紅光映照半邊天空，群衆自然對充滿神奇色彩的他非常崇拜，利用這樣的群衆基礎，彭瑩玉積極開展政治鬥爭，舉兵起義，凡是參與者後背上都寫有「佛」字，意爲佛祖保佑，刀槍不入。由於元朝的派兵鎮壓，彭瑩玉在白蓮教信衆的掩護下逃到淮西，繼續進行反元活動。

朱元璋化緣時遊歷的淮西一帶，當時正是彭瑩玉最主要的活動區域。老百姓非常信奉白蓮教，正好白蓮教也是佛教的一支，作爲一個和尚，朱元璋自然有更多接觸信衆並瞭解白蓮教的機會，從中受到了不小的影響。

朱元璋對於元朝的殘酷統治非常不滿，對地主階級隨意盤剝佃農的風氣更是十分痛恨。直覺告訴他，期待當權者良心發現是不可能的事情，就拿他自身的經歷來說，如果不是由於元朝統治者的壓榨無度，祖父母和父母一家兩代人何以顛沛流離？如果不是由於不合理的土地政策，爲什麼朱家幾代勞作，卻沒有一畝薄田屬於自己？

如果社會公平無差，爲什麼父母死後，竟然沒有一塊可供安葬的土地？

這些問題，一直困擾著朱元璋。

過去，他只是個孩子，沒人指點，沒讀過多少書，再加上整天放牛，沒有機會接觸外面的世界，知識閱歷的侷限性使他的反抗僅能藉殺小牛、打佛像等方式發洩。儘管在自編自導的反抗中取得了成功，但無法改變大局，對提高他的思想覺悟也沒有太大幫助。

長達數年的遊方化緣經歷後，朱元璋的成熟度得到極大的提高，尤其是在淮西一帶，他接觸了許多和自己一樣對不公平的社會深有不滿，並進行自覺反抗的人，從他們那裡明白了許多道理。

這一番出遊的經歷，尤其是與白蓮教的接觸，對朱元璋的後半生，產生極深遠的影響。

化緣過程中，朱元璋親眼目睹了元朝統治者給民衆帶來的苦難，面對貧苦的農民和富足的地主，他體會到了社會分配的不合理。

另一方面，幾年的遊歷生涯，也使朱元璋熟悉了淮西、豫東一帶的地勢特點、風土人情，爲以後的領兵打仗打下良好基礎。

少年時期的悲慘遭遇和曲折經歷，對朱元璋早年的思想形成和發展起到了舉足輕重的作用。四年的雲遊生涯又讓他開拓了眼界，接觸到各方面的人，思想因而比一般同齡者人更加複雜、深遠。

更重要的是，命運的無助、生活的窘迫，使朱元璋所固有的勇敢、堅強、果斷得到加強，助他在以後的日子裡不斷取得輝煌成就，直至當上皇帝。

6 該出手時才出手

說早期的朱元璋是一個心地善良並富有正義感的熱血漢子，過於冠冕堂皇，但其勇敢反抗的舉動還是令人欽佩的。要做大事，在未能完全看清發展跡象時，是要冒一定風險的，畏畏縮縮幹不出什麼大事業。

餓狼經常外出狩獵，但也常常空手而歸，因爲沒有誰敢靠近牠們。其實機會就在餓狼身邊潛伏著，只需要牠們選準合適時機，主動出擊。

朱元璋回到皇覺寺，坐看風雲起伏，終於被形勢「逼上梁山」，參加郭子興的義軍。沒有想到，此舉改變了他的一生。

朱元璋是在官逼民反、走投無路的狀況下加入反元隊伍的。

被趕出皇覺寺，遊方化緣了幾年，他想：長期在外漂泊，哪裡才算是終點站呢？越想越不是滋味，思鄉之情油然而起，乾脆回家算了，說不定還可以有一兩畝地，畢竟自己才二十來歲，人生的路還長著呢！

於是，朱元璋回到了闊別已久的家鄉，那一年是至正八年，他二十一歲。可是，家鄉已經沒有所謂的「家」了，他不由想起了皇覺寺。

到皇覺寺一看，才發現寺裡的光景也是大不如昔，廟宇破敗不堪、香火冷冷清清，高彬長老早已謝世，把自己趕出去的方丈也歸天了，有家的師兄們樹倒猢猻散，各找各的家去，只剩幾個與朱元璋一樣沒地方去的和尙，日子過得緊巴巴的。

故人相見，分外親切，大家聽了朱元璋的遭遇，都勸他留在皇覺寺算了，雖然沒有什麼發展，至少可以平平安安度過此生，保住性命。

朱元璋雖然不願意待在皇覺寺，但是眼下實在無處可去，只得留下來，這一待又是三年。幾年的遊歷，使他長了見識，有了反抗不平的意識，回到寺裡這幾年，沒有讓光陰虛度，而是忙裡偷閒，博覽群書，爲自己充電。

至正十一年（西元一三五一年），元朝的統治已經出現明顯的敗勢，矛盾重重，可謂日落西山，一蹶不振了。統治階層內部各個派系之間爭權奪利，非常殘酷，對王位的爭奪尤爲激烈，謀權篡位不時發生。

中國封建社會裡，皇帝是終生制，誰當了皇帝，絕不會輕易讓位，元朝出現四十年之內換了九位皇帝的現象，可以想見，一定是被推翻或被迫的。元朝在最爲混亂的致和元年（西元一三二八年）到元統元年（西元一三三三年）六年期間，每年都有一次新皇換舊皇的政變，就是政治不穩的顯著表現。

每一位皇帝登基，都是對百姓的一場浩劫。爲了表彰獎賞支持自己的人，新皇帝經常大肆賞賜，而所需的財物自然是從農民那裡搜刮來的。那些因皇帝的更替而得到官職的人，更是把爲官當成了發財之道，一上任便瘋狂斂財，人民生活的困苦可想而知。

這當中，最爲腐敗的現象就是賣官。只要出錢，就可以做官，而且明碼標價，各取所需。當任官就像進超市一樣，只要有錢，什麼都可以拿走、什麼都可以得到的時候，這個政權也差不多走到盡頭了。

不但文職官員可以拿錢買到，就連維繫著國家命脈的軍隊也腐敗到了極點。由於講究世襲以及賣買官職，軍隊沾染上了種種壞習氣，虧空軍餉、貪污腐化，曾經縱橫天下的蒙古軍根本已經不堪一擊。

元順帝即位後，零散的、規模不大的農民起義時有發生，且越演越烈，一系列小規模但遍佈全國各地的農民暴動，實際上已爲日後大規模的起義做好了思想上、組織上等各方面的準備。

由於政治昏庸殘暴，貪官污吏巧取豪奪，農民的勞動果實根本不夠這些人搜刮，官逼民反，人民紛紛起來反抗。

最先起義的是江浙一帶的農民。這一地區常年遇水旱災疫，居民死亡過半，田地荒蕪。面對如此悲慘的局面，元朝統治者竟然不聞不問，置之不理，任憑百姓自生自滅。百姓不堪忍受，不得不高舉起手中的鋤頭，揭竿而起。

接著，河南、四川、廣州、廣西也爆發了農民起義。

面對日益嚴峻的局面，元朝統治者不從自身找原因，反而認爲這些人都是「刁民」，發動武力鎮壓。爲了鎮壓人民的反抗，元朝政府加重了刑罰，頒佈的詔書中就有「強盜皆死」的命令，企圖以高壓手段來鎮壓起義。

正所謂「民不畏死，奈何以死懼之」，這些舉動更觸怒了百姓，於是有人打出了這樣的旗號：天高皇帝遠，民少相公多；一日三遍打，不反待如何！

此時，白蓮教正在民間蓬勃發展，北方首領韓山童巧妙策劃，先是編了一句童謠「石人一隻眼，挑動黃河天下反」，讓人廣爲傳唱，然後又刻了個只有一隻眼睛的石人，埋在黃河堤的工地裡，並在石人的背上也刻上了「莫道石人一隻眼，此物一出天下反」的字樣。等到河工開挖之後，果然挖出了石人，人們驚詫萬分，立刻流傳開來。

拿今天時尚的話來說，這就是炒作。類似的炒作在歷史上屢見不鮮，當年，陳勝吳廣起義的時候，預先把「大澤鄉，陳勝王」的紙條置於魚腹中，與此同時，大造聲勢，待人們無意吃魚而發現紙條，起義就是名正言順的了。

至正十一年（西元一三五一年），韓山童看到時機已經成熟，於是會同劉福通等一同起義，頭上裹著紅巾、打著紅旗，在白鹿莊進行祭天禱告。但是由於事有不巧，被官府事先得到了消息，遭到鎮壓，韓山童被元軍擒獲後當場砍頭。

從隊伍裡逃出來的劉福通接替了韓山童的位置，擁韓山童之子韓林兒爲帝，舉兵河南汝潁，正式拉起了隊伍，隨後在固始、光山、羅山、息縣、確山等地，打敗了元朝派來增援的軍隊。義軍發展到數十萬，聲勢浩大，以紅巾爲標誌，歷史上稱之爲北系紅巾軍。這支起義軍曾一度成爲全國農民起義的旗幟，並建都亳州，奪取開封，國號宋，年號龍鳳。

同年，徐壽輝亦起義於蘄黃，佐其起義者有陳友諒、倪文俊、明玉珍，亦以紅巾爲標誌，歷史上習稱爲西系紅巾軍，擁有湖廣、江西、四川等廣大地盤，國號天完，年號治平。後來，陳友諒殺死徐壽輝，於江州自立爲帝，改都武昌，國號漢，年號大義。

陳友諒篡位後，徐壽輝手下重將明玉珍於四川宣佈自立爲帝，以重慶爲都，國號夏，年號天統。

這個時期的天下局勢，可謂是七分天下，各自爲首。在劉福通英勇起義精神的鼓舞下，各地的起義隊伍風起雲湧，南方的彭瑩玉、湖北的鄒普勝、邳州人芝麻李、鄧州王權、張椿也打出了反元的旗號，大半個中國陷入了轟轟烈烈的反元風潮當中。

農民起義的浪潮很快席捲了朱元璋的家鄉，至正十二年（西元一三五二年），濠洲的郭子興宣佈起義，也成立了一支紅巾軍。

郭子興是安徽定遠縣的豪強，父親出身貧苦，由於時機把握得準確，不但使自己躋身地主豪強之列，同時也使三個兒子各自擁有一份不錯的產業。

郭子興排行第二，早就看出元朝的統治不會長久，於是暗中加入白蓮教，準備時機一成熟就舉兵起事。

至正十二年，郭子興與其門客孫德崖等集數千人襲取濠州，自稱元帥。不久，徐州起義頭領彭大、趙均用被元將脫脫打敗，退至濠州，郭、孫等共同擁戴彭、趙為領袖，彭稱魯淮王，趙稱永義王。

至正十三年，泰州人張士誠據高郵起義，數敗元兵，自稱誠王，國號大周，年號天佑。至正十五年冬至十六年春，由通州渡江，攻佔平江（蘇州）、松江、湖州、杭州、常熟等經濟繁華地區，改平江為隆平府，將國都由高郵遷至平江。

朱元璋雖然身處皇覺寺，但一直在暗中觀察著局勢的發展。

在雲遊化緣的時候，他已經對白蓮教有了大概的認識，覺得白蓮教是站在老百姓的立場上說話的，而紅巾軍又是白蓮教的軍隊，肯定是為老百姓出頭的，所以一直盼望著自己的家鄉能夠出一支紅巾軍。

此時的郭子興已經把濠洲攻了下來，正在加緊準備，擴大勢力。元朝派來的軍隊不敢應戰，只好抓一些貧苦老百姓充當紅巾軍，向上司邀功領賞。

朱元璋常穿著和尚衣服，往來濠城，身材高大、相貌奇特，極易引起人們的注意，所以不敢再進城。他害怕被抓住，經常在外面躲藏，這時，賴以棲身的皇覺寺被元軍破壞，又一次陷入了無處安身的困境。

擺在面前的出路無非三條：一是再次外出逃荒；二是繼續留在鄉里受苦受罪；三是參加反元隊伍。前兩者朱元璋已經嘗試過，雖風險不大，但要由此擺脫困境，格外艱難，後者則是一條嶄新的路。

正當彷徨無措、左右為難時，過去一起放過牛、現在參加了郭子興反元隊伍的友人湯和來信，勸朱元璋與他一道投身反元義軍，說「今四方兵亂，人無寧居，非田野所能自保之時也，盍從我以自全」。

雖然朱元璋極力想保守這個秘密，但世上沒有不透風的牆，還是走露了風聲，被寺院中的一個師兄得知，準備向官府告發。四門緊閉、毫無退路的情況下，他向伽藍菩薩問卦，在獲得了「從雄而後昌」的吉兆卦示後，終於下定決心，連夜下山，投奔反元隊伍。正是這一決策改變了他的人生，也使中國歷史有了現在的版本。

當上皇帝之後，朱元璋時刻謹記元末統治給人民帶來的疾苦，洪武二年（西元一三六九年），他對群臣說：「昔在民間時，見州縣官吏多不恤民，往往貪財好色、飲酒廢事，凡民疾苦，視之漠然，心實怒之。」

他也在自撰的《皇陵碑》中細述，自己參加反元起義前，也曾經有過猶豫，最後終於認識到「果束手以待罪，亦奮臂而相戕」，正所謂與其死，不如起來抗爭。

洪武五年，他致書元國公白瑣，稱：「朕本布衣，遭時搶攘，不能寧居，遂仗劍而起。」在談論到當時這樣做的動機時，他公開承認是爲「保身之計」、「保身之謀」、「救患全生」。

有人會說「欲圖自全」完全是一種保命自救的辦法，怎麼能說是反元抗爭呢？未免太牽強附會、抬高自我了吧？

其實不然。革命在於變革現狀，關鍵是要改善包括個人生活在內的大多數人的處境。朱元璋在生活悲慘、面臨死亡威脅的情況下，爲「救患全生」而反元，有什麼好值得懷疑和挑剔呢？

求生是一個人的基本需求，只要不存心損人害人，每個人都有捍衛這種權利的自由。爲求生存而反抗當時極黑暗的元政權，本身無可指責。

不過，我們也可以發現，後期朱元璋所寫的一些文書，多多少少帶有美化這一事實的意味在，例如元至正二十七年，朱元璋遣送元宗室神保大王北歸，因致書元主曰：「予本庶民，因亂起兵，保障鄉里。」

洪武二年，命立功臣廟，敕中書省臣曰：「元末政亂，禍及生靈，朕倡義臨濠，以全鄉曲。」

同年二月，朱元璋躬享農神，祝文曰：「某本庶民，因天下亂，集兵保民。」洪武五年，他再致書元主曰：「自辛卯盜起……朕觀爾君父子國勢不振，民罹荼毒，始議興師，保身救民。」

說早期的朱元璋是一個心地善良並富有正義感的熱血漢子，未免過於冠冕堂皇，但其勇敢反抗的舉動還是令人欽佩的。

要做大事，在未能完全看清事情的發展跡象時，是要冒一定風險的，畏畏縮縮終究幹不出什麼大事業。優柔寡斷、反覆思量，往往會錯過良機，難以有所作爲。

朱元璋終於踏上了反元的風雨不歸路，邁出了當皇帝的第一步。

7 自我精進，自學奠根基

一路拚殺下來，皇帝朱元璋已然不是當年的小行僧了，成為一個出色的政治家、軍事家，即便面對著文學家、詩人、史學家，也擁有了和他們侃侃而談的能力。而這一切，都來自於他勤奮不輟的自學。

狼在幼年時期所學的生存本領，會影響牠的一生。除此以外，狼還具備著「活到老，學到老」的智慧。

朱元璋進學堂讀書的時間不長，但憑著他的聰明，得到了繼續學習的機會，他持之以恆，勤奮自學，不斷從書籍中吸取知識，學到了「興亡治亂」的經驗教訓。

朱元璋只進過幾個月的學堂，所以要說他是文盲並不過分。即使後來在皇覺寺當小行僧，也只是衝著生計而去的，沒有機會學什麼文化知識。

在元末那個年代，能保住性命已經很不易了，讀書是一件極其奢侈的事。但是，只在學堂念過幾個月書的朱元璋，卻是一位「腹有詩書氣自華」的領導人，文筆不亞於當時一些長期在私塾裡念「知乎者也」的老書生，而文史哲之類知識，完全可以和今天的本科大學生相比。他是如何做到的呢？

說穿了，就是自學。朱元璋帶兵打仗，在戎馬倥傯中刻苦自學。

他當上了明朝開國皇帝後，規定以八股取士，自己寫文章卻毫無八股習氣，不受作文公式束縛。他認爲寫文章就要「盡人心中所欲言」，有一封寫給好友田興的信，頗可見其文風。

元璋見棄於兄長，不下十年。地角天涯，未知雲遊之處，何嘗暫時忘也。近聞打虎留江北，為之喜不可抑。兩次召請，而執意不肯我顧，如何開罪至此？兄長獨無故人之情？更不得以勉強相屈。文臣好弄筆墨，所擬詞意，不能盡人心中所欲言，特自作書，略表一二，願兄長聽之。……我二人者，不同父母，甚於手足。昔之憂患，與今之安樂，所處各當其時，而生平交誼，不為時勢變也。皇帝自是皇帝，元璋自是元璋。元璋不過偶然作皇帝，並非一作皇帝，便改頭換面，不是朱元璋也。

顧念兄長之情，莫問君臣之禮。至於明朝事業，兄長能助則助之，否則聽其自便，只敘兄弟之情，斷不談國家之事。美不美，江中水，清者自清，濁者自濁。再不過江，不是角色！

這篇優美的情感散文，足見朱元璋在文學方面的造詣，而他對生活的理解，也有很深的哲學涵義。「美不美，江中水，清者自清，濁者自濁」從此成爲名言，流傳至今。說起這封信，還有一段有趣的故事。

在朱元璋窮困潦倒時，饑餓把他一步步逼向死神。這時候，有個名叫田興的好漢救了他，兩人結拜爲兄弟。後來朱元璋打下江山，當了皇帝，田興沒有來攀附他，而是隱姓埋名，一直不來相見。朱元璋內心則一直惦記著這位朋友，仁義君子。

有一次，朱元璋獲悉田興在安徽一帶十日打死七隻虎，就先後兩次發出詔書，要他進京相會。詔書發了，田興還是不肯來，朱元璋於是親筆寫了這封信。

這封信雖然不長，可將朱元璋的個性、特色表現得呼之欲出，如聞其聲、如見其人。朝廷裡的文臣學士即使學問再高，寫得出這等檔次文章的還是少數。

田興收到這封信，一眼就看出是朱元璋親筆所寫，於是過江與他相見。

朱元璋這個平民出身的皇帝，透過自學，從一個放牛娃、小行僧、叫化子，搖身一變成了明朝的開國皇帝，可不是憑藉著出生時那一道「紅光」的照耀，而是自己努力的結果。

史書記載，朱元璋在自學過程中，留下了很多佳話。

一開始，朱元璋並不知道讀書的重要，參加起義後，李善長、馮勝等地主儒士前來投奔，引古論今，幫助他分析形勢，出謀劃策，使他眼界大開，這才懂得要想成就大事，光有一腔熱情是不夠的。古人治國平天下的計策及其成功或失敗的經驗教訓，全都寫在書本上，不讀書，就無法吸收借鑑，於是決心發奮學習。

朱元璋每到一處，就設法招攬儒士，留置幕府，朝夕相處，講史論經。《明太祖實錄》中便記載：令有司訪求書籍，藏之秘府。

有了這些書籍，朱元璋每天起早睡晚，擠時間閱讀，學習吸收知識的貪婪程度，簡直可以用「餓狼相」來形容了。

後來登基當皇帝了，他也沒停止自學，特地在南京奉天門東邊蓋了五間高大清爽的文淵閣，「分南京所藏之書實其中，自經之外，諸史百家，靡不畢備」，並設置若干名大學士，由飽學的儒士充任。他處理完公務，就抽空到那裡去。

朱元璋讀起書來，簡直就是廢寢忘食，黃瑜在《文淵閣銘》中寫道：命譜儒進經史，躬自批閱，終日忘倦。

經過多年的努力，朱元璋的文化水平迅速提高，不僅能讀懂古人深奧的著作，還能動筆爲文寫詩。《剪勝野聞》記載，他曾得意地對侍臣說：「聯本田家子，未嘗從師指授，然讀書成文，釋然白順，豈非天乎？」

朱元璋經常動筆，草擬命令告示，有時由自己口授，叫文臣代爲筆錄。他才思敏捷，出口成章，一口氣便可擬成一篇文稿。宋濂曾描述自己代朱元璋筆錄文告的情況：「使濂受辭榻下，不待凝汁沛然若長江大河，一瀉而千里。」

《明史》記載，朱元璋主張寫文章應該「明白顯易，通道術，達時務，無取浮薄」，因此起草的命令告示，全都使用通俗的口語，寫得明白易懂。但也能撰寫驕體文，如徐達初封信國公，他親作誥文賜之：「從予起兵於濠上，先存捧日之心。來茲定鼎於江南，遂作擎天之柱。」文末又說：「太公韜略，當弘一統之規。鄧禹功名，特立（列）諸侯之上。」儼然是個作家了。

但是，朱元璋並沒有要求所有的人都像自己一樣做到「明白顯易」、「無取浮薄」，相反，他要求讀書人寫八股文。皇帝一發威，世界也震盪啊，一紙詔書在他看來是輕而易舉，卻影響了數以千萬計的中國讀書人。

朱元璋也很喜歡寫詩，每當詩興大發，思如湧泉，出口成章。有一次，已到深夜二更，仍在讀僧人文康的《托鉢歌》，由兩個宦官跪在跟前捧著詩稿，他「且讀且和，運筆如飛，食頃章成」。爲了寫詩，他手頭備有一部元末陰氏編纂的《韻府》，以便隨時檢閱，後來「以舊韻出江左，多失正」，命樂韶鳳等參考中原正音重定，名曰《洪武正韻》。

他的詩寫得雖然不怎麼好，但透出一股粗獷豪爽的氣概，倒也別有韻味。《詠雪竹》云：雪壓竹枝低，雖低不著泥，明朝紅日出，依舊與雲齊。《不惹庵示僧》云：殺盡江南百萬兵，腰間寶劍血猶腥。山僧不識英雄漢，只憑嘵嘵問姓名。

洪武十四年，恰逢雞年，除夕之時，朱元璋宴請翰林院文華堂衆學士，席間相約以「雞」作詩。自然，由皇帝朱元璋起頭。只見他沉思片刻，吟道：「雞叫一聲撅一撅，雞叫二聲撅二撅。」

衆人一聽，嘴裡不說什麼，但心裡覺得好笑：這也算詩呀？朱元璋卻不緊不慢，隨口吟出第三、四句：「三聲喚出扶桑日，掃敗殘星與曉月。」

衆學士無不驚奇稱讚，爲之嘆服。

仔細分析這首詩，一、二句看似平淡無奇，但絕非等閒之筆，有「蓄勢」之功效，三、四句重筆迸發，給人以「飛流直下三千尺」、「奔流到海不復回」的磅礴氣勢。寥寥二十八個字，非凡氣度表現得淋漓盡致，尺幅之中，氣勢萬千。

由於喜歡寫詩，朱元璋對由詩歌形式演變而來的對聯也十分喜愛。與陶安討論學術時，曾親寫對聯相贈，書曰：「國朝謀略無雙士，翰苑文章第一家。」

此外，他還送過徐達兩副對聯，一副寫的是他賜給徐達的誥文中的句子：

從予起兵於濠上，先存捧日之心。

來茲定鼎於江南，遂作擎天之柱。

另一副則題道：

破虜平蠻，功貫古今人第一。

出將入相，才兼文武世無雙。

定都南京後，朱元璋在除夕夜之前傳旨公卿士庶，要求各家門上都要懸掛一副春聯。命令下達後，他興致勃勃地微服出觀，欣賞各家的春聯。偶然發現有戶人家門上未掛，上前打聽，知是閹豬之戶，尚未請人書寫。他詩興大發，親自提筆爲之書寫了一副對聯：「雙手劈開生死路，一刀割斷是非根。」

第二天，他又來到這家門前，卻不見掛出對聯，詢問原因，主人回答說：「知是御書，高懸中堂，燃香祝聖，爲獻歲之瑞。」

朱元璋大喜，賞給這家主人五十兩銀子，令其改行從事其他職業。這件事情，在陳尙古的《簪雲樓雜說．春聯》中有記載。

說到對聯，還有一個有趣的故事：

朱元璋平素酷愛書法，練字的長進卻不大，但周圍的人都不敢說實話，只一味地奉承他的字寫得好。朱元璋想瞭解自己的字究竟寫得怎樣，於是有一年年底，刻意裝扮成落魄文人，挨家挨戶爲店主書寫對聯。正月初一，他派人暗中察看，結果他所寫的對聯，只有一幅被貼了出來，卻是倒貼的。原來，店主們都覺得字寫得實在太糟了，而那倒貼對聯的，根本是個目不識丁的主兒。

經過朱元璋的提倡，除夕題寫春聯的風尙便在民間廣泛地普及開來了。直到今天，中國人逢年過節仍要高掛對聯。掛對聯，本身象徵著喜慶，歸根究柢，可眞不能忘了這個農民皇帝啊！

朱元璋還會作賦，寫楚辭。名儒在大本堂教太子讀書，他置酒賜宴，曾提筆寫了一篇《時雪賦》。還有一年秋夜，他置酒會儒臣，宋濂不會喝酒，被強灌三盅醉倒，他寫《楚辭》一首相贈：

西風颯颯兮金張，特會儒臣兮舉觴。
目蒼柳兮媧娜，閱澄江兮水洋洋。
為斯悅而再酌，弄清波兮永光，
玉海盈而馨透，泛瓊釋兮銀漿。
宋生微飲兮早醉，忽周旋兮步驟蹌蹌。
美秋景兮共樂，但有益於彼兮何傷！

這首楚辭，被收集在《雙槐歲抄》裡。

由於擅長爲文作詩，朱元璋能與周圍的文人學士進行文字應酬。攻下徽州後，朱升請求題字留念，朱元璋親筆爲之書寫「梅花初月樓」匾額。

《明史》記載，宋訥冬夜讀書，烤火禦寒，不小心燒著了衣服，傷及腋下肋骨部位，他作文勸戒；桂彥良出任晉王府右傅，他撰文勉勵；李質去山東賑災，又做詩送行；張美和告老還鄉，他撰文賜之。親近臣僚如毛麒、陶安、安然病故，他都親自撰文祭悼。

偶有閒暇，朱元璋還喜歡和儒士們列坐賦詩。鄱陽湖大敗陳友諒，曾和夏煜等草檄賦詩。稱帝後，與儒臣列坐賦詩，范常每每最先交卷，但詩寫得粗淺率直，朱元璋便笑著說：「老范詩質樸，殊似其為人也。」他自己寫的詩，也喜歡拿給儒臣傳閱。

為了尋求治國平天下的謀略，朱元璋讀了不少經書。佔領婺州時，召見儒士范祖幹、葉儀，命范祖幹講述《大學》後，說：「聖人之道，所以為萬世法。」後來又徵召許元、葉港玉、胡翰、吳沉等儒士，「日令二人進講經史」。

每當宮中無事，他就拿出孔子的著作來讀，認為「孔子之言，誠萬世之師也」。他曾跟宋濂讀《春秋左氏傳》，從陳南賓學《洪範》九疇。還命許存仁「講《尚書·洪范》休咎征之說，又嘗問孟子何說為要」。讀蔡氏《書傳》，發現書中所說象緯運行與朱子《詩傳》相悖，注也與鄱陽鄒季友所論不同，特地徵召宿儒訂正，著有《御注洪範》，多採用陳南賓之說。

朱元璋特別愛讀歷史，參加起義後，李善長為他講述漢高祖劉邦「豁達大度，知人善任，不嗜殺人」，五年平定天下，成就帝業的故事，使他對歷史產生了濃厚興趣，開始注意搜集各種史書，認眞閱讀，「稍間輒與諸儒講論經史」。

朱元璋對漢高祖、唐太宗、宋太祖等幾個有作為的開國皇帝特別欽佩，有一次同侍臣觀賞古帝王畫像，議論他們的賢否得失，看到漢高祖、唐太宗和宋太祖的畫像，展玩再三，諦視良久。看到隋煬帝、宋徽宗的畫像，瞥一眼就過去，說「亂亡之主，不足觀也」。見到後唐莊宗的畫像，又笑著說：「所謂李天下者，其斯人歟？上下之分瀆至於此，安得不亡。」

他常讀漢、唐、宋諸朝的歷史，尤其注意研究漢高祖、唐太宗、宋太祖等人的統治經驗。元朝的興亡，特別是元末敗亡的教訓，對朱元璋更有直接影響，非常注意研究總結。

由於長期學習，朱元璋對歷史非常熟悉，經常同臣僚評論古人的言行得失。他曾論楚漢之爭楚敗漢勝的原因，說：周室陵夷，天下分裂，秦能一之，弗能守之。陳涉作難，豪傑蜂起，項羽狡詐，南面稱孤，仁義不施，而自矜功伐。高祖知其強忍而承以柔遜，知其暴虐而濟以寬仁，卒以勝之。及項羽死東城。天下傳檄而定，故不勞而成帝業，譬猶群犬逐兔，高祖則張苫而獲之者。

讀《漢書》，與侍臣討論文臣、武臣的作用，則說：漢高以追逐狡兔比武臣，發蹤指示比文臣，譬喻雖切而語則偏重。朕謂建立基業猶構大廈，翦伐所削必資武臣，藻繪粉飾必資文臣。用文而不用武，是斧斤未施而先加黝堊，用武而不用文，是棟宇已就而不加塗姿，二者均失之。為天下者，文武相資，庶無偏頗。

還評論漢文帝說：高祖創業之君，遭秦滅學之後，干戈戰爭之餘，斯民憔悴，甫就蘇息，禮樂之事，因所未講。獨念孝文為漢今主，正當制禮作樂，以復三代之舊，乃造巡未逞，遂使漢家之業終於如是。夫賢如漢文而猶不為，誰將為之？帝王之道，貴不違時，有其時而不為與無其時而為之者，皆非也。三代之王，蓋有其時而能為之，漢文有其時而不為耳，周世宗則無其時而為之也。

又說，漢文恭儉玄默則有之矣，至於用人，蓋未盡其道。

讀《宋史》，見宋太宗改封樁庫爲內藏庫，批評說：人君以四海為家，因天下之財供天下之用，何有公私之別？太宗，宋之賢君，亦復如此。他如漢靈帝之西園，唐德宗之瓊林、大盈庫，不必深責也。

朱元璋經常運用歷史對比的方法論古人的得失，在比較的過程中，自己也學到了很多治國平天下的道理。

他喜讀史書，但不是爲歷史而學歷史，更不是藉此發思古之幽情。龍鳳十一年（西元一三六五年）六月，他任命儒士滕毅、楊訓文爲起居注，叫他們編集古代無道昏君如夏桀、商紂、秦始皇、隋煬帝等人的事蹟，供自己閱讀，說：往古人君所為，善惡皆可以為高抬貴手。吾所以觀此者，正欲知其喪亂之由，以為之戒耳。

他的動機，是要以史爲鑑，治理好國家，總結歷代王朝興亡治亂的經驗教訓，作爲自己行事的借鑑。

根據古爲今用、擇善而從的原則，朱元璋廣泛借鑑吸收古人治國平天下的經驗，從推翻元朝、平定天下到創建明朝、治國撫民，採取的各項方針、政策和措施，都是在充分研究並借鑑了前人的歷史經驗後制定的。

一路拚殺下來，皇帝朱元璋已然不是當年的小行僧了，成爲一個出色的政治家、軍事家，即便面對著文學家、詩人、史學家，也擁有和他們侃侃而談的能力。而這一切，都來自於他勤奮不輟的自學。

8

超凡氣度走上出頭路

和州城的這場危機使孫德崖遭遇一場虛驚，雖然是郭子興防備過當所致，究其原因，還在於郭子興沒有遠大目標，心胸狹窄、氣度不夠。對待同一難題，兩人的氣度迥然有異，預示了不同的成就與命運。

草原上，把善於領導的頭狼叫阿爾發狼，受到群狼尊敬和崇拜。阿爾發狼，就是人類所說的領導的意思，必須具備超凡的氣度、聰慧的膽識和過人的謀略。

朱元璋臨危不亂、深謀遠慮。他利用天時、地利、人和的優勢，加上自己的才能，頂替了郭子興，成了起義軍的領袖人物。

投奔了反元陣營的朱元璋，不僅沒有讓郭子興失望，也沒有辜負自己下山時的決心，憑著自身的聰明才智和努力，不斷嶄露頭角。他娶了郭子興的義女為妻，一躍成為朱公子，還從一個小兵躍升至大帥，成了起義軍的領袖人物。

南征北討後，朱元璋成為了淮西軍的靈魂人物，與其說他受郭子興領導，還不如說郭子興如今可以退居二線了，因為多次戰爭決策與戰鬥實施的過程，都是朱元璋在起著真正的主導作用。

槍打出頭鳥，朱元璋威信的不斷提高，給郭子興的領導地位帶來了威脅。雖說是「女婿」，郭子興又怎可能眼睜睜看著苦心經營來的權力與地位被取而代之？他開始想方設法排擠並迫害朱元璋。

深知受人之恩當湧泉相報的道理，面對郭子興的種種猜疑和排擠，朱元璋還是盡忠盡職，效犬馬之力。

郭子興曾是紅巾起義軍將領劉福通的部下，而劉福通又是韓山童的部下，韓山童被元朝官兵鎮壓之後，接替了首領位置，繼續舉著反元大旗，進行反元抗爭，並一度取得不少勝利。但後來因為沒有處理好與所在地地主之間的爭執糾紛，在元朝政府軍與地方武裝的聯合進攻下，陷入發展低潮。

看到元軍集中力量對付劉福通，郭子興、朱元璋分兵各領本部人馬，向外積極擴張勢力。當時滁州缺糧，朱元璋建議郭子興先取和州。此建議得到了郭子興的認同，但沒有巧思妙計是難以攻克的。朱元璋思考再三，想好了一條妙計，於是領了一行人馬出發。

當時，由於張天佑和耿再成兩支部隊配合不佳，欠缺信任與默契，差點失去優勢，讓元軍搶得先機。幸虧朱元璋率領的軍隊及時趕到，前後夾擊，使剛渡過護城河的元軍紛紛落水，慘敗而逃，很長一段時間不敢再進攻。

朱元璋的威信在這次戰爭中得到大幅度提高，自身才能獲得進一步展露，並由此升任和州總兵。

過了不久，和州發生糧荒，元太子禿堅、樞密院副使及「義兵」元帥陳野先捲土重來，率大兵分別屯駐新塘、高望、青山、雞籠山等要塞，切斷和州糧道，四處設卡，不讓運糧車隊進入，意圖使和州缺糧少食，斷絕這支兇猛的紅巾軍的後方補給線。生死之戰考驗著朱元璋，人們都認爲，這回他肯定得吃敗仗。然而身經百戰的朱元璋應對有方，不是一味死守，而是採取靈活戰術，親自帶兵出擊西北，招降了雞籠山的元軍，使得斷糧陰謀沒能得逞。

元軍無奈，只好發動進攻，這一次又被朱元璋的部下李善長用計擊敗，朱元璋率部堅守三個月，禿堅見攻不下和州，只得撤退。

通過這幾次戰爭，明眼人都知道了一個事實：表面上，雖然是郭子興主持著滁州和和州的大政，事實上一切事務都由朱元璋一手操辦，控制著局勢。

滁州地小，糧草不足，郭子興是在聽從了朱元璋的計策之後，才取得了和州這個重要的基地。可以說，政事及軍事行動基本上都由朱元璋一人獨立完成，郭子興在和州的影響幾乎為零。

滁州之戰的本義，是增援駐守六合的趙均用、孫德崖。當趙、孫的使者來滁州求援時，朱元璋非但不計前嫌，還努力說服郭子興忘記個人恩仇，從長遠利益考慮問題，說明六合一破、唇亡齒寒的利害關係，使他同意自己率兵增援六合，用計將元軍引向滁州伏擊圈，給予重創。

至正十五年（西元一三五五年），和州保衛戰取得了勝利，但也損失慘重，亟待休整。就在這個節骨眼上，駐守在濠州的孫德崖部隊遇到了空前的困境，由於不得民心，又不善經營，因此碰上糧荒。

孫德崖聽說和州由朱元璋把守，萬般無奈之下，帶領著幾萬人馬來到和州城外，前來討口飯吃。他讓隊伍分駐在和州郊外的農家，自己則帶著一些親兵請求入城，說是暫時住幾個月就走。

和州城裡人困馬乏，糧食也不足，這讓朱元璋很是為難。

郭子興與孫德崖素來不和，而且孫德崖又帶著幾萬人馬在城外陳兵，明顯來者不善。留下他們，怕是請神容易送神難；拒絕吧，又恐怕狗急跳牆，城外的幾萬兵馬是一個極大的威脅。此外，元軍正隔江虎視，孫德崖又人多勢衆，弄不好火併起來，豈不讓元軍有機可乘？左思右想，他決定暫且忍讓，答應下來。

承擔如此大的風險，另有兩層顧慮：雖然孫德崖言明只在和州住幾個月就走，但是人心隔肚皮，誰知他說的是眞是假？尤其在兵荒馬亂的年代，今天還是禮上賓、座上客，也許明天就成了不共戴天的仇人，這樣的事情並不罕見。

另一方面，孫德崖的軍隊是因為缺糧而來，饑餓的士兵們已經身陷困境了，如果不接納，不但其他的起義軍會譴責自己，這些人還隨時都有可能發生暴亂，甚至直接進攻和州。但是，接納他們，肯定會引起主帥郭子興的懷疑，因為朱元璋深知郭子興的為人，氣量十分狹窄。

朱元璋畢竟是一個能夠審時度勢、顧全大局的人物，權衡再三，最終答應了孫德崖的請求，為城外的軍隊送去了糧食。

與朱元璋不和的人很快把這事傳到了郭子興的耳朵裡，甚至誣告朱元璋投靠了孫德崖，與孫德崖把酒言歡。郭子興本來疑心病就很重，再加上朱元璋現在勢力發展很快，差不多要把自己比下去了，聽說這件事，火冒三丈，震怒非常，也想趁機殺殺朱元璋的威風，當即率領一小隊人馬趕向和州，向朱元璋「督軍」問罪，更要找孫德崖算帳。

朱元璋早想到，依郭子興的脾氣，肯定會連夜趕來，於是吩咐手下人說：「主公白天不來，晚上必到，不管什麼時候，一定要及時稟報，我要親自迎接。」

郭子興果然在晚上趕到和州，但守城的人和朱元璋有矛盾，故意先讓郭子興進城，在館舍安頓好之後，才派人前去報告。

朱元璋聽說郭子興已經進城，知道中了暗算，急忙趕去郭子興的住處，一進門就跪在地上不敢吭聲。

郭子興滿臉怒氣，故意不理睬他，過了好長時間才問道：「你可知罪？」

朱元璋壓低聲音說：「我就是有罪，家裡的事遲早好說，外面的事要緊，得趕快拿個主意。」

郭子興一聽，忙問是什麼事，朱元璋站起來，上前附在他耳邊說：「孫德崖在此地，他的人馬比我們多。上次主公蒙難，我們闖進他家救駕，殺了他的祖父。現在聽說主公到了，動手報復怎麼辦？我主要是從大局考慮，想當初孫德崖把你留住，並沒有傷害你，最後還把你放了回來。現在人家有難，又都是紅巾軍，不幫忙實在說不過去，而且將在外，如果什麼事兒都向你報告，會誤事的。我這麼做，是想化解你與孫德崖之間的矛盾。」

郭子興聽了這番解釋，知道朱元璋並沒有與孫德崖結成一夥，消除了懷疑，氣也就消了，臉色稍稍好了些，便命令他回去做好防範工作。

朱元璋雖然已經預料到郭子興會乘夜前來，卻沒有預料到守城的將官會給自己一記回馬槍，可以說是一大失誤。

城守一職，非同小可，不是親信怎麼能夠放心？但是朱元璋有自己的苦衷，他本來就是郭子興任命的將領，一切還得以郭子興為重，那些將領們本來也就是郭子興的人，如果一上來就把這些人撤換，無疑會落人口實，並對起義軍內部的團結造成不良影響。這是審時度勢之下的一種妥協。

郭子興一到和州，早有耳目報告了孫德崖，孫德崖以前扣押過郭子興，現在自然擔心遭到報復，非常不安，心想：我雖然人多勢衆，但這裡畢竟是人家的地盤，眞的動起手來，恐怕占不了便宜，三十六計，走為上策。

第二天天剛亮，他就派人向朱元璋告辭，說：「你家岳翁來了，我們不便住在這裡，準備把隊伍帶到其他地方去。」

朱元璋心裡一驚，頓時有種不好的預感，這萬一處理不當，弄巧成拙不說，還可能使矛盾激化。他一面派人通知郭子興做好防備，一面急忙去見孫德崖，試探著問：「大帥為什麼急著要走，何不多住些日子？」

孫德崖正在收拾行裝，被他一問，就解釋說：「你家岳翁很難共事，我還是早一點離開好。」

朱元璋看他的臉色，似乎不想動武火併，就勸他說：「大帥執意要走，我也不好強留，只是兩軍共處一城，一支軍隊忽然有大的行動，恐怕會引起誤會，弄不好就會出現摩擦。是否讓部隊先走，大帥殿後？萬一出事，也好出面處理。」

孫德崖點頭同意，朱元璋見事情已經解決，就放心地出城設酒，行送別之禮。

孫德崖的隊伍開始從城裡撤出，朱元璋放心不下，帶了幾名隨從親自出城送行。不料剛走出十幾里，突然接到報告，說城裡兩軍打起來了，死傷不少人。朱元璋一聽臉色大變，忙叫隨從耿炳文、吳禎牽過馬來，往回飛奔。孫德崖的部將見他跑了，在後面緊緊追趕。

朱元璋沒跑出多遠，就被迎面而來的孫軍攔住了去路，後面的追兵也趕到了，揪住朱元璋的馬轡繩，質問他爲什麼在城裡縱殺自家弟兄。朱元璋有口難辯，只得趁人不備勒馬就跑。

逃了一陣，又被追兵趕上，中槍落馬。孫德崖的弟弟正要舉刀砍殺，隊伍裡一個姓張的人忙上前擋住，說：「孫大帥還在城裡，我們殺了他，孫大帥也活不成，不如先派人進城看看再說。」

孫德崖的弟弟就叫那位姓張手下進城察看，他回來後說，孫德崖正被鎖著脖子與郭子興喝酒呢！

郭子興聽說朱元璋被俘，慌了手腳，自己現在可離不開朱元璋了，急忙派徐達等幾個人前去替代，並說那邊如果放了朱元璋，他也放孫德崖。可雙方都不肯先放人，最後還是那位姓張部屬出了個主意，把徐達留在城外作抵押，換回朱元璋，朱元璋回城後放孫德崖，孫德崖出了城，再放徐達。

朱元璋好不容易脫險回到城中，一場迫在眉睫的火併，總算沒有發生。

和州城的這場危機使孫德崖遭遇一場虛驚，雖然是郭子興防備過當所致，究其原因，還在於郭子興沒有遠大目標，心胸狹窄、氣度不夠，因此朱元璋在他手下只能委曲求全。事實上，郭子興內心恨死了孫德崖，這次逮住他，就是打著殺掉以報宿仇，不料朱元璋被俘，爲了交換，只好放人。

對待同一難題，兩人的氣度迥然有異，預示了不同的成就與命運。

郭子興弄巧成拙，不僅使自己受到驚嚇，而且爲此內火攻心，終日怏怏不樂、憤憤不平，就此在和州一病不起，鬱悶而終。對於郭子興的病逝，朱元璋確實是悲痛的，便和郭子興的夫人、兒子一同將郭子興的遺體送回滁州安葬。與此同時，他也在內心隱隱有種預感，自己出頭的日子，就快要到了。

9

臨變有機謀，遇事不慌亂

區區幾千人，當著百萬元軍大軍，簡直是雞蛋碰石頭，但朱元璋偏偏在這裡作足文章。示強於敵，虛實相乘，迷惑敵人，贏得了時間和機會。有機謀，還懂得隨機應變，這就是他的強大優勢。

餓狼不會饑不擇食、有勇無謀，在自己處於不利位置的時候，牠們善於「忍饑挨餓」，精心策劃好每一次偵察、佈陣、伏擊和奇襲。

朱元璋一生曾多次面臨危機，但越是處在危機中，越能顯出他的冷靜和機智。

能成大事業者，必須具備膽大心細的特質，在突發事件面前不慌亂，於短時間內分清利害，找準最正確的路徑，而不是慌不擇路、勇而無謀。

透過一件事，足以看出朱元璋的足智多謀：

至正十四年春，郭子興、彭大、趙均用等矛盾重重，為了爭權奪利，你不讓我、我不讓你，聰明的朱元璋準確地判斷時局，認定再與這樣的人糾纏在一起，不會有什麼出路，更無前途可言，早晚還可能成為犧牲品，決定尋機獨立發展，另求一片發揮的天空。

這時，正好定遠張家堡驢牌寨有三千兵馬，孤立無援，想來投靠起義軍，又有些猶豫。機會難得，可是沒有合適的人前往說降。朱元璋就自告奮勇，領了十幾個人上路了。

當時是天氣炎熱的六月，他在此之前剛患了一場大病，大病初癒，身體還很虛弱，沒走多遠就暈倒了。手下人勸他回去，他執意不從，就這樣歇歇走走，趕了六天，終於來到寶公河邊，河對面就是驢牌寨營地。

一行人馬正準備求見驢牌寨的寨主，不料剛走到定遠界，忽然間，驢牌寨營中擺列出軍陣，殺氣騰騰。朱元璋的隨從被嚇得膽戰心驚，幾個步卒十分恐慌，打算掉頭逃跑。

朱元璋見狀，高聲將他們喝住，說道：「彼眾我寡，能跑到哪去？他們只要撒馬過來，哪個也逃不掉。你們不要怕，都隨我前去，各聽命令，見機行事。」這些人才鎮定下來。

營中走出兩個將領，朱元璋高坐馬上，威風凜凜，毫無所懼，也無屈從之態。將領問話，朱元璋沒有親口應答，而是命人回答說：「我們從濠州來，與你們的主帥議事！」

兩個將領知道這夥人非同一般，便返回去。一會兒，又出來請他們進寨。見到寨帥後，朱元璋說：「郭元帥聽說將軍糧餉艱難，別人想趁火打劫，特派我來相告：能相從則一起到濠州同聚，不然，請暫時移兵躲避，免得遭人暗算。」

這一席話不卑不亢，既有警告，又有關心，當即打動了寨帥的心。他本來也是想投靠的，只是放不下架子罷了，現在有人給了台階，此時不下，更待何時？當即表示願意前往濠州，但還需要一段準備時間。

見事已畢，朱元璋啓程返回濠州，但三天後，有人報告說，那寨主反悔了，正向別處轉移。朱元璋急率三百步騎趕到，對寨帥說：「郭元帥派我帶來三百人馬，助你一臂之力。」

寨帥將信將疑，防備越嚴。朱元璋見此情狀，知道對方已非言語能夠打動，便決定以計襲取。

他讓一個兵士向寨帥報告說，寨中有人殺傷了朱總管的人，請去驗看現場。待寨帥趕到，朱元璋的兵一下子將他圍住，要他立即下定決心，不可再反覆不定。寨帥成了俘虜，只好順水推舟地答應，驢牌寨營盤被一把火燒毀，經過改編，三千兵馬正式隸屬於朱元璋麾下。

臨變有機謀，有時要從不可能處下手，別人想不到的盲點，往往正隱藏著於己有利的因素。說穿了，餓狼是沒有多大資本的，但最擅長利用別的動物相互廝殺的時機，動點腦子，坐收漁翁之利。

至正十二年（西元一三五二年），被元軍打敗的另一支紅巾軍主帥彭大、趙均用投奔到郭子興旗下。此時，軍中的孫德崖和郭子興爭權正酣，致使彭、趙反客為主，但二人的矛盾又激化。郭子興見彭大處事果敢，就交結彭而冷落趙，趙、孫兩人自然走到了一起。

一天，孫德崖、趙均用看準郭子興落單，將他綁架，而後擁至孫德崖家，投入地窖中。郭子興的部下忌憚元帥的安全，不敢有所動作。這時朱元璋正在淮北前線，得到消息後，即刻打馬而回。他知道，郭子興的存亡，直接關係著他的家庭、前程和生死。

朱元璋趁夜摸到郭家，問明情況後說：「元帥素來厚彭薄趙，這個事情表面上是孫帥他們幹的，實際主謀是趙均用。要救元帥，還必須請彭老出面。」

大家覺得有理，朱元璋於是去見彭大，分析利害，並說道：「彭帥有勇有謀，郭帥自然有事多和你商量，可趙、孫兩人卻拆你的台。」

這一捧讓彭大覺得很舒服，立即帶人從地窖中搶出郭子興。

由此可以看出，朱元璋本身善於分析利用各派矛盾，利用了彭大這個潛在的對手，讓他出面替自己化解了一次危機。

至正十五年，元丞相率百萬大軍包圍郭子興義軍駐守的滁州城。此時，守城官兵僅數千人，形勢十分危急。元軍仗著人多勢衆，派使者進城招降。

在這危急時刻，郭子興兵慌馬亂，不知所措。若是拒絕，勢單力薄，萬一眞的開打，恐怕是死路一條；若是屈從，從此又將成爲別人的附庸，再沒有什麼發展。

正在不知如何是好時，朱元璋提出建議：「先接來書，後見來使。」

郭子興並不理解這是什麼計謀，更不知道拿到勸降書後，要如何是好，朱元璋表示不必擔心，可用示威法退敵。

郭子興問道：「城守空虛，如何示威？」

朱元璋回答：「大帥見到來使之後，要保持鎮定。千萬不能畏縮，更不能有驚惶之態。」

隨後，朱元璋令士卒手持鋼刀，排列在帥府門外兩旁，傳來使進見。來使進城，見到郭軍威風凜凜，自己先失了威風，但仍勸郭子興不要以幾千人對抗百萬大軍。兩旁將士聽到來使之言，紛紛拔出劍來，來使未料有此一變，嚇得心驚膽顫。

這時，朱元璋才不慌不忙地說：「雙方交戰，不斬來使，立即驅逐。」

來使被攆走，郭子興擔心元軍第二天便會攻城，哪知數日過後，對方並沒有行動。朱元璋解釋說：「殺死來使，元軍必然以我殺人爲藉口，派兵攻城。不殺來使，只加以恫嚇，使之回去後報告我軍軍威及將士拚死守城的決心，元軍必然有所顧忌，這就是他們不敢貿然進攻的原因。」

將士們聽了他的一席話，都十分佩服。

區區幾千人，當著百萬元軍大軍，簡直是雞蛋碰石頭，但朱元璋偏偏在這裡作足文章。示強於敵，虛實相乘，迷惑敵人，贏得了時間和機會。有機謀，還懂得隨機應變，這就是他的強大優勢。

第 3 章

頭狼的資本是嚎叫，做事的資本是號召

狼是最善於交流的食肉動物，不僅僅依賴單一的交流方式，而是隨意使用各種方法。牠們使用複雜精細的身體語言，還利用氣味來傳遞資訊。

10 不浪費自我展示的大好機會

朱元璋不但帶頭深入敵後，而且還一起堅持到戰鬥結束。他為人仗義，把獲得的戰利品都分給了部下，士兵們知道跟著朱元璋作戰，不但能夠打勝仗，還能夠得到應得的獎賞，因此表現得更加積極勇敢。

狼餓了，要四處覓食，但食物不是輕而易舉就能得到的，餓狼要塡飽肚子，得憑藉自己的智慧。

狼成爲餓狼，不是缺乏才華，而是缺少施展才華的機會。只要發現獵物，你就會知道，牠們的智慧和勇氣有多麼令人驚歎。

一個放牛娃、一個乞丐，能討得大帥郭子興的歡心，可不是一朝一夕之事。

朱元璋是至正十二年閏三月初一投奔濠州郭子興軍門的，史書記載，在他的投奔過程中，有這樣一個故事：

朱元璋來投奔郭子興，門衛見他相貌特殊，以為是元軍派來的間諜，再加上他血氣方剛，在盤問中發生了口角，士兵們立即將他捆綁起來，準備殺掉。朱元璋毫不畏懼，大喊大叫，驚動了郭子興。

郭子興聽到外面有人喊叫，一問才知道，有個身材魁偉、相貌奇特的人要投奔他的門下，卻沒有投奔的屈從之態。他非常感興趣，便想親自看看究竟是何人如此「囂張」。

見面以後，郭子興發現此人不僅身材魁偉挺拔，而且擁有強烈的反元鬥志和信念，於是親自為他鬆綁、與他交談，把他收為門下的一名兵卒，以觀後效。

在被門衛攔住要斬首時的大聲喊叫，不僅保住了朱元璋的性命，還成就了他後來的事業。歷史，就在一聲喊叫中定格了。

朱元璋初到義軍，由於沒有什麼背景，人生地不熟，隊伍當中無人為他撐腰，將領們對他更是一無所知，自然不可能被賞識、受重用。

起義軍隊伍中，有這麼一位雄才大略、心存大智的少年，但是誰也沒有覺察，除了郭子興隱隱約約知道自己收了一位不平凡的士兵之外，其餘的人，根本做夢都不會想到，「皇帝」就在自己身邊。

那個時候，朱元璋要做的，是證明自己，尋找機會展現實力，而不是怨天尤人，或是迫不及待地炫耀。

脫下袈裟，穿上紅襖，纏上紅頭巾，正式成爲紅巾軍的一份子，成爲郭子興身邊的一名近身步卒，這對於朱元璋，並非僅僅是表面上的轉變，更象徵著由表及裡、由此及彼的層次提升。

朱元璋的表現異常出色，不僅能夠完成訓練任務，還時時有所發揮，充分顯示了積極進取的精神。這是領導者最爲高興和欣慰的，郭子興看在眼裡，記在心上，不知不覺中對朱元璋另眼相看，覺得他是個可造之材。

但是，戰爭是殘酷的，不管在訓練場上表現得如何出色，仍不能代表在戰場上同樣出色。許多人只會虛假地矇騙他人，一到關鍵時刻，根本派不上用場。

朱元璋是個什麼樣的人呢？

對於不少士兵在訓練場和戰場上截然不同的表現，郭子興早已心知肚明。朱元璋是一個可造之材，但還沒上過戰場，也許眞的到了戰場上，連人都不敢殺呢！那不是瞎耽誤事嗎？由於對朱元璋的表現還缺乏直觀認識，出兵打仗的時候，郭子興便有意把朱元璋帶在身邊，以考察他在戰場上的能力。

這一考察，發現朱元璋的表現非常出色。

關於朱元璋在戰場上的優異表現，文獻上有兩段可以互爲補充的具體記錄。

一是《明太祖實錄》：凡有攻討，即命以往，往輒勝，子興由是兵益盛。

二是查繼佐的《罪惟錄》：了興驍勇善戰，每出，太祖從旁翼衛，跳蕩無前，斬首獲生過當。

另外，《明史·郭子興傳》亦稱朱元璋投奔後，「數從戰有功」。

綜觀這些記錄，朱元璋在戰鬥中是十分勇敢的，功績卓著，無與倫比。主帥親自領兵出戰的時候，他擔當起保駕翼衛的角色，左突右擋，所向披靡，使主帥既有勝利的喜悅，又有安全感。若主帥留守，令部下自行攻討，亦只有朱元璋一人「往輒勝」，無敗仗紀錄，不僅斬殺敵兵「過當」，生俘人數也最多，使郭子興的隊伍很快地昌盛起來。這樣英勇無畏的青年，怎能不叫人格外喜愛？

不到一個月的時間，郭子興就深深感到朱元璋不僅是一個可以引爲心腹的人，還是一個大有可爲的將才。爲了更準確地驗證自己的觀點，他把朱元璋調到元帥府當親兵，提升爲九夫長。

朱元璋的人生有了起色，盡職盡責，英勇無畏的精神，使他邁出了通往成功的第一步。

由於朱元璋處事有些見解，郭子興遇到大小事情，經常找他商量、探討。郭子興發現朱元璋對問題的分析十分透徹，而且總能提出令人滿意的解決方案，因此對他更加信任。

朱元璋的可造之處，在於他的腳步並沒有於此停滯，還擁有更爲高遠的目標。

長期身處義軍隊伍，他有了一種更爲深刻的認識，就是自己身邊這支隊伍其實是由莊稼漢組成的，素質不高，沒有太多讓人敬佩的人物，與原本想像的正規軍隊有很大的出入。

起義軍的素質如此，這也是沒有辦法的，因爲這支軍隊的建立，本身就是出於反元的需要，絕大多數成員是具有反元情緒的窮苦農民，幾乎沒有經過訓練。

幾次仗打下來，朱元璋知道，起義軍要百戰不殆，嚴格的訓練是必不可少的一課。也就是這個時期，奠定了他的軍事基礎，這是一個軍事家的發跡所在。

郭子興在起義之初，考慮到自己的鄙薄之力難以與強大的元軍相抗衡，於是聯繫了其他幾個豪強一同舉事。這聯合起來共同反元的戰線，說是聯盟，卻存在著致命的弱點，就是上層意見不統一，公說公有理、婆說婆有道，結果誰也不服誰。其他幾個人比郭子興的勢力大，因此，在指揮權問題上，難免要聽從別人的指揮和安排。此外，郭子興本人的性格也有缺陷，爲人傲慢、易猜忌，沒有氣量且好記仇，因此與其他幾位將領處得不好。

一直以來，郭子興都苦於無人幫助、理解自己，直到終於遇見朱元璋，發現這個年輕人不但平時操練表現得非常出色，在戰場上更是勇敢善戰的好手，能夠爲了主帥的安全奮不顧身。如此盡職盡責、忠心耿耿的人才是非常難得的。

另一方面，在行動中，朱元璋發現，與郭子興平起平坐的那幾位將領，沒有一個是稱心如意的理想夥伴，全是一些土豪，目光短淺，不懂政治軍事，只是不滿元朝的統治才起來反抗，並不期望徹底推翻元朝政權，能夠自保一方就心滿意足了，所以在軍紀上自然不如郭子興的軍隊嚴明，領導才能也遠不如郭子興高超，不過在財產權勢上更強而已。

沒辦法，誰叫人家是老大。儘管郭子興的想法是好的，可他們根本不聽他那一套，還是想怎麼著就怎麼著，誰也不屈從於誰。郭子興認爲這樣下去，終非長久之計，因爲反元戰爭必定是長期、艱苦的過程，沒有一支軍紀嚴明、訓練有素的軍隊，怎麼能夠在這場艱苦的持久戰中獲得優勢，並取得最終的勝利？

可以說，郭子興還是有點軍事才能和政治眼光的，他知道由莊稼漢組成的隊伍，素質差是必然的，但終歸有一個良好的信念，那就是反元以拯救自己，這一點就是「質的飛躍」。腦袋裡有「質」的飛躍，總比徒有「量」要好，因爲「量」還可以再繼續打造嘛！

郭子興曉得不能完全做到正規軍隊所要求的一切，但是他使自己所統率的義軍向「紀律嚴明，作戰有序」的正規軍靠攏。此時，如果能遇到一個與己同心同德，而且又能忠心做事的人，自然是再好不過的了。朱元璋恰恰就是這個人，無論從哪方面來講，都是上上之選、可造之才，捨他其誰呢？

無論朱元璋是因爲能力出衆引起郭子興的信任，還是由於善於洞察郭子興的內心而成爲了他的親信，對自身都是一筆不小的財富。畢竟流離失所的他，沒有任何後台撐腰，也拿不出什麼錢財賄賂，想要出頭，只能憑藉自己的本事。

說是英雄知英雄也好，英雄惜英雄也罷，朱元璋不久就被任命爲將，代替郭子興帶兵作戰。

在戰場上，朱元璋不但親自上陣，帶頭深入敵後，而且還一起堅持到戰鬥結束。他為人仗義，把獲得的戰利品都分給了部下，贏得了部下的愛戴。士兵們知道了跟著朱元璋作戰，不但能夠打勝仗，還能夠得到應得的獎賞，因此表現得更加積極勇敢。朱元璋的號召力大增，士兵都聽從他的調遣，戰鬥力的提升非常快，郭子興一派的威望也逐漸提高，幾乎壓倒一同起義的其他將領。

從一系列的表現中，郭子興發現朱元璋不僅僅是衝殺在前、享受在後的人，而且還深得士兵們的擁護和愛戴，覺得此人大不尋常，將來必有前途，正好想起自己有一名義女，早已到了談婚論嫁的年齡，不如結為親家吧！

這名義女，是他的至交馬公（馬三）的小女兒。

馬公是宿州閔子鄉新豐里的富戶，善結交，秉性耿直，後因殺人，帶著小女兒投奔了郭子興。郭子興起兵時，馬公回宿州策應，但不久故去，留下小女兒孤單一人，郭子興收養此女，交由二夫人張氏撫養。

馬氏聰明賢慧，端莊溫柔，善解人意，「知書精女紅」，唯一遺憾的是容貌不怎麼漂亮，尤其又以一雙不合乎三寸金蓮審美觀的大腳出名。

我們可以發現一個有趣的現象，就是介紹馬皇后的所有史料，全都避開了「漂亮」一詞，只用「有能力」、「有氣質」之類的詞語加以稱讚。男人對於有姿色的女人，絕對是不吝於稱讚的，馬皇后的長相究竟如何，不言可喻。

但正是這個女人，成了明朝的開國皇后。

郭子興認爲要成就大業，身邊必須有一個像朱元璋這樣精明能幹的幫手，因此多次與謀事頗有見識的夫人張氏商量，想將馬氏許配給朱元璋，招他爲婿。張夫人對朱元璋早有耳聞，認爲義女嫁給他不會受罪，更重要的是夫君興事成大業，需要有能人相助，於是欣然同意。

郭氏夫婦爲此徵求朱元璋的意見，流浪多年的朱元璋深覺自己應該要有個家了，兵荒馬亂的時代，心靈確實渴求一個歇息的港灣，雖然對象不很漂亮，但一來是大帥的義女，二來自身條件也不怎麼高，一直流離失所、身無分文，原本還以爲是討不到媳婦了，自然是欣然答應。郭子興便在兩位夫人的張羅下，擇日爲二十五歲的朱元璋和二十一歲的義女馬氏成婚。

日後，每一提及郭子興，朱元璋總是情不自禁地視他爲自己的救命恩人和再生父母。這一段歷史，《明太祖實錄》中有很長的記載：

上以四境逼迫，訛言日甚，不獲已，乃以閏三月甲戌朔旦抵濠城。入門，門者疑以為諜，執之欲加害，人以告子興，子興……追至，見上狀貌奇偉，異常人。因問所以來，具告之故。子興喜，遂留置左右，尋命九夫長，常召與謀事，甚見親愛，凡有攻討，即命以往，往輒勝，子興由是兵益盛。

上時未有室，子興欲以女妻上，與張氏謀曰：「昔馬公與吾相善，以女托我，今不可負，當為擇良配，然視眾人中，未有當吾意者，因言上度量豁達，有智略，可妻之。」張氏曰：「吾意亦如此。今天下亂，君舉大事，正當收集豪傑，與成功業，一旦彼或為他人所親，誰與共成事者？」子興意遂決，乃以女妻上，即孝慈高皇后。

對於朱元璋，眞可謂是天上掉餡餅的好事！窮小子竟然能娶元帥的女兒爲妻，眞是福人、福相、福分大！連他自己都覺得好像是一場夢。

傳說中，在與馬氏成婚之前，朱元璋曾經有過一段美麗的初戀。

元朝末年，北集村住著大戶，姓屠，人稱主人爲屠老爺。這屠老爺是隨祖上從山東舉家遷至這裡的，是個武術世家，宋朝時家裡還出過武舉人。

屠老爺有個獨生女，名叫屠金枝，年方二八，是方圓五十里有名的美少女，長長瓜子臉，白裡透紅，彎彎柳葉眉下，一對水汪汪的大眼睛，身材苗條、性情溫和、心地純厚。自小就練屠家雙刀，飛舞起來猶如一輪銀月，旁人難能近身。

朱元璋投軍從戎後，在郭子興麾下當了一名九夫長。一日，從與元軍的遭遇戰中逃出，正在徬徨無措時，見一匹紅如熟棗的大馬飛馳至眼前，馬背上一位頭紮紅巾、身披紅斗篷、手握兩把柳葉刀的美少女，一時不禁愣了神。

少女飛馬來到朱元璋身邊，雙刀併入左手，大喊一聲：「好漢跟我來。」同時伸出右手將朱元璋提上馬背。那動作如此敏捷、那喊聲如此清脆、那右手如此有力，朱元璋還沒反應過來，馬已飛出百米開外。

棗紅馬轉過兩個山丘，拐進了一個村莊，正是北集村，馬上少女正是屠老爺的獨生女屠金枝。進了屠家堂屋，朱元璋抱拳向屠老爺施禮，又向救了自己的美少女抱拳鞠躬。屠老爺見面前的這位年輕人，生得人高馬大、高鼻闊腮、虎背熊腰，一對耳垂齊肩的大耳，天生一副帝王之相。他看在眼裡，喜在心頭，輕輕捋鬍鬚笑著問：「英雄尊姓大名？」

朱元璋心想：堂堂一個男子漢被元軍攆得如喪家之犬，多丟人呀，還英雄呢！但又不好對救命恩人隱姓埋名，於是報上了「在下姓朱，名重八」的乳名。

屠老爺聽說朱元璋沒有專門學過武功，只憑一身蠻力打仗，便提出要將屠家祖傳的雙輪奪命刀法傳給朱元璋。一聽這話，朱元璋像是一頭鑽進了蜜罐中，從頭甜到腳，那高興勁兒無法言表，當即拜謝。

第二大，雄雞報曉，東方剛泛魚肚白，屠金枝就叫醒了朱元璋，開始教起刀法的基本功。

時間一長，屠金枝對朱元璋的稱呼也有了微妙的變化，從「朱英雄」到「朱大哥」，再到「重八哥」。兩人之間，逐漸產生出一種奇妙的感覺，分開時想見面，可真見到了面，又害羞得不知說什麼好。毫無疑問，他們墜入了愛河。

有一天晚上，皓月當空、群星璀璨、萬里無雲，朱元璋和屠金枝坐在院裡，呆呆地看著天、傻傻地數著星，彼此都有萬千言語，但又不知如何開口。

最後，還是朱元璋打破了沉默，說：「金枝，我來此已有一個月了，屠家刀法的全部套路都已經學會，我想明天回濠州。」

屠金枝早就知道會有這一天，大丈夫志在四方，不能為兒女私情所困，但想起這一別不知何時才能重逢，甚至可能再也無緣重逢，心中頓時無盡感傷。

她輕輕地依偎在朱元璋懷裡，過了好久，終於鼓起勇氣說：「重八哥，不管你走到哪，我的心都跟你在一起。」說著，從懷裡掏出早就準備好的一個貼身香包，裡面裝著一縷青絲，套在朱元璋的脖子上。

朱元璋將香包揣進懷裡說：「金枝，我若命大，日後功成名就，一定用八人大轎前來迎妳爲妻。」

第二天，屠金枝父女將朱元璋送至大路口，直到朱元璋的身影完全消失，她才依依不捨、香淚滿腮地回去。

後來，朱元璋推翻了元朝統治，建立大明江山。屠老爺在城裡看到了明太祖的畫像，越看越像當年的朱重八，買下一幅帶回家中讓屠金枝辨認。屠金枝一眼便認出，這正是她朝思暮想的重八哥。

屠老爺幾次要去京城找朱元璋，都被屠金枝勸住，她說：「如今人家做了皇帝，身邊美女如雲，哪還記得我這山村野姑？如果眞有心，他會前來的。」

屠金枝哪裡知道，此時的朱重八也正想念著山村裡那位使她心動的美少女，畢竟是初戀哪！

劉基看出了朱元璋有心事，問知詳情後說：「萬歲，不可因兒女私情毀我大明江山的千秋大業。」

見朱元璋沒有太大反應，又說：「屠者乃殺也，朱與豬諧音，屠豬犯了大忌。」

劉基滿腹經綸，通天文曉地理，滿朝文武尊稱為「孔明再世」，朱元璋向來對他言聽計從，一時犯了難。

劉基見朱元璋仍有猶豫，為果斷了結這段情緣，用了一計，故意放出話去，說屠金枝與朱元璋八字不合，命相剋，犯了大忌。消息很快傳到北集村，屠金枝一聽，悲痛欲絕，為了重八哥，也為了大明江山，毅然地懸樑自盡。

朱元璋得知屠金枝懸樑自盡，心裡十分難過，降下聖旨，將她以貴妃禮儀殯葬，墓地就造在當年救朱元璋上馬的山凹小路邊，並派專人守墓，春秋祭祀。屠老爺則被接到南京享終身俸祿，頤養天年。

是否真有這樣的事，無從考證，但這從另一方面說明了，即便是蓋世英雄如朱元璋者，也有為兒女情長所困時，相當有意思。

11

用誠心感人，以理想召才

朱元璋深信，唯有不斷覓得高才、善用高才，才有可能得到天下，成就大事。無論是文臣還是武將，只要對自己有利，對反元有利，就一定要想方設法地把他們招入麾下，這才是取得天下的關鍵所在。

狐狸有狐假虎威的「空城計」，狼群憑藉的則是眾志一心、實實在在的實力。眾所周知，無論是戰爭年代還是和平時期，取得競爭優勢的最關鍵因素，就是人才。沒有能夠維護並創新時政的人才，一個擁有強大實力的政權，就算富甲天下，早晚會陷入困頓；相反，如果能廣納賢才，就算再弱小，再貧窮，最終也能得天下。

元至正十五年（西元一三五五年），朱元璋攻克太平，當地享有盛名的儒士陶安、李習等人，率領一批有影響力的父老出來迎接。

這是一幫優秀的儒才，若能得之，對於事業無疑能產生極大幫助，對手下正缺乏人才的朱元璋，相當於雪中送炭。

陶安字主敬，太平富戶，早年中鄉試，後兩次赴京參加會試，不中，遂出任集慶明道書院院長，不久歸太平故里。

紅巾軍起義爆發後，陶安閒居在家，親身感受到這場農民戰爭是元朝歧視漢人、南人的結果。受到自身的階級立場影響，陶安對農民起義抱敵視態度，同時對元廷還懷有一絲希望。

那時脫脫爲宰相，元廷爲緩和民族矛盾，爭取南方士人，下詔恢復忽必烈時的舊制，在中央中書省、樞密院、御史台等重要部門選用一些有才學的南人。這曾使陶安激動不已，但不久便發現元廷的這一舉動只爲粉飾門面，對漢人、尤其對南人的歧視防範心理，根本沒有轉變。隨著脫脫因讒被貶，百萬元軍崩潰於高郵城下，陶安對元廷的最後一絲希望隨之破滅。

朱元璋的紅巾軍作風正派，紀律嚴明，感動了在太平城享有盛名的儒士李習。陶安也感慨不已，親自率領城中父老迎接，並在看到朱元璋後說：「元帥龍姿鳳質，非尋常人也，我輩總算有主了。」

沒過幾天，太平城便完全恢復正常，百姓依舊安居樂業，此時，抽出空來的朱元璋將陶安、李習請來討論時局，向他們徵詢平定天下的意見，陶安趁機提出了不少建言。

這一段史事，在《明太祖實錄》卷三中有相當詳實的記錄：

安曰：「方今鼎沸，豪傑並爭。攻城屠邑，互相雄長，然其志皆在子女玉帛，取快一時，非有撥亂救民安天下之心。明公率眾渡江，神武不殺，人心悅服，以此順天應人而行吊伐，天下不足也。」

上曰：「足下之言甚善。吾欲取金陵，足下以為何如？」

安曰：「金陵古帝王之都，龍蟠虎踞，限以長江之險，若取而有之，據其形勝，出兵以臨四方，則何向不克？」

其言甚合上意，由是禮遇安甚厚，事多與議焉。

所謂「不殺人、不擄掠、不燒房屋」，看起來似乎是指軍風、軍紀問題，實則不然。農民起義本身就是一種暴力行爲的集中體現，一種劫富濟貧、替天行道的集體行爲，有時殺人、掠人是必須的，也是不得已而爲之的。但隨著隊伍的擴大，成員的組成逐漸複雜起來，軍紀問題就得提升到一個新的高度，否則，沒有嚴格的紀律約束，就會有人趁機作亂，使得無辜的百姓也淪爲被打劫的對象。

陶安奉勸朱元璋治軍不殺、不擄、不燒，嚴肅農民軍的軍紀，放棄農民起義的立場，以爭取人心，力圖封建王業。

朱元璋確實這樣做了，爲了加強行政管理，他改太平路（行政軍位，州府一級）爲太平府，設置太平興國翼元帥府，自任大元帥，任命李習爲知府。

李習，字伯羽，太平人，當時已經八十多歲，經歷與陶安大致相仿。

李習素來德高望重，這樣的人，只可能維護並加強地方上的秩序，而不會去破壞原有的安定秩序。這一任命對於太平城民眾來說，是件大喜事。

同時，朱元璋又任命陶安爲幕府參事，其他知名文士如汪廣洋、潘庭堅等，也都受到了重用。

任用這些人，就如同豎起了一面鮮明的旗幟，表明願意與知識份子合作的態度。很快地，更多的地主、士大夫投入到麾下。

這是朱元璋獲取成功的一個重要關鍵，假如他不懂得適時聯合這些人，恐怕只能小打小鬧，成不了大氣候。

太平城是朱元璋接過江山後攻下的第一個大城池，是他作爲一方最高統帥佔領的第一個重鎮，也是個人事業的一個轉捩點。

作爲太平城最高軍事長官，他任命李善長爲帥府都事，汪廣洋爲帥府令史，陶安、宋思顏、王僨爲參幕府事，梁貞、潘庭堅爲府學教授，共同處理帥府日常政務。

李習、陶安、汪廣洋、宋思顏、王僨、梁貞、潘庭堅，都是當地的知名儒士，太平城的事由太平城人自己來管，是一項既不勞民又不傷和氣還頗得人心的舉措，再把整飭軍紀同此事聯繫，可以看出朱元璋本身既講法制管理，又能傾聽民意。

朱元璋重視知識份子，背後是有原因的。

小時候，面朝黃土背朝天的父母努力省吃儉用，只能供他讀不到半年的私塾，就讓他上地主家放牛去了。正是由於這段經歷，使他更迫切渴望求得知識，也正是由於這份長年積累的夙願，使他特別尊重知識和知識份子，並注意招攬士人。

抵達太平城時，從淮西和江北跟隨而來的知識份子陣營，除本有的李善長、馮國用、范常之外，還有境州的郭景祥、李夢庚，定元的毛以，滁州的楊元杲、阮弘道，全椒的侯元善、樊景昭，舒城的汪河，以及王習古、楊歟幹、范子權等。這些人自身知識淵博，而且各有所長，有的善於管理文案，有的善於出謀劃策，還有的能充當諮詢顧問。

在他們的輔助下，朱元璋對必要的歷史知識進行了一次大的惡補，從古書中吸取到不少教訓和成功經驗。

從這一時期起，朱元璋明顯表現得更加深沉練達，各方面能力逐漸成熟，與這些人的輔佐大有關係。

他能夠自覺地和讀書人交往，一方面是在積極主動地彌補各種文化知識，結合軍事政治鬥爭的實踐，瞭解先輩們積累的各種經驗；另一方面，也是在緩和與各地士大夫的矛盾，消除他們的敵意，鞏固整個團隊。

舊時代的讀書人，往往是一個宗族一個地域的核心人物。有影響的儒士，本身便具有一定的凝聚力、親和力、號召力，用他們來管理當地百姓，的確是最合適的。

得人才者得天下，朱元璋的威信和號召力征服了這些儒士，而這些儒士的號召，又使無數的有識之士爲朱元璋所用。

在長期戰爭實踐中，朱元璋最看重的是他們的遠見，評估問題時往往比莊稼漢出身的將領元帥更全面、細緻、透徹。朱元璋雖然不是知識份子，但時時希望能得其所學，讓自己更有見識，能做大事。

朱元璋本身的王者之氣，也在這方面體現出來，最明顯的就是在無形之中，把反元戰線擴大到了有知識、有素質的士大夫階層。

正如一些專家在研究朱元璋時談到的：仕途的狹窄和心理上的壓力，確實造成了知識份子對元政權的感情淡漠和離心，但那麼多讀書人主動投寇附賊，湧進農民起義隊伍，絕對是歷史上從沒有過的。

朱元璋的非凡之處，在於準確地把握了時代脈搏，盡可能地招攬這股由士大夫構成的反元勢力，為已所用。

從太平城的進攻籌劃和獲取後用當地儒生行使管理權等舉措看，這位懂得順應時代潮流的政治家和軍事家，獲得人心的確是情理之中的事。

攻克采石、太平，建立並穩固政權後的第二年，即至正十六年，朱元璋又率軍向戰略目標建康城發動總攻。

由於已經預先在周邊清除了障礙，打過幾次小勝仗，建康的攻略並不像預料的那樣困難，僅用幾個時辰便拿了下來。

建康城一破，朱元璋立即入城，召集官民士紳開會。這一集會，頗有些當年漢高祖劉邦攻下咸陽後還軍霸上「約法三章」的意味。

他告諭官民士紳：由於元政無道，兵戈四起，各地混亂，爾等處在危城之中。出於為民除亂，我率軍到達。現在局勢已定，爾等各安職業，無須心懷疑懼。如有賢人君子，願意跟隨平定天下的，我當待之以禮。建康的各級官吏仍照任舊職，不做變更，但要勤慎職守。一些於民不便的舊政，我將予以更除。

這一告諭在建康的官民士紳中，起到了明顯的安定作用，擔任掌書記的李善長和毛以等人又據此擬出安民告示，張貼於街頭巷尾，使建康的秩序很快恢復。民心穩定，這是政權成功必不可少的基礎，水能載舟，也能覆舟，沒有百姓的安居樂業，就不可能有國家的穩定和長治久安。

朱元璋所屬部隊相繼佔據長江沿線的和州、溧水、句容、溧陽、太平、蕪湖等地，根據形勢發展的要求，將建康改為應天府，設置大元帥府，親任大元帥，以統轄軍政事務。

管轄的地區日益增多，要打的仗也多起來了，作為一名大元帥，朱元璋實在不能做到事必躬親，從以往習慣的工作方式中脫離出來，提綱挈領、總攬全局，才是更適合他的位置。可這讓他產生了憂慮，擔心獨立在外作戰的將士不能堅守軍紀，不利於根據地的發展。他為此尋思，希望能找到機會抓人開刀，予以嚴懲，以起到威懾作用。

攻取建康之後，鎮江是新的戰略目標，而在進軍鎮江之前，他找到了這樣一個機會，和李善長一個唱白臉、一個唱黑臉，策劃了一出整飭軍紀的精采大戲。

這天，朱元璋怒氣衝衝地召集全軍將士訓話，重申了一番嚴肅軍紀的必要性，接著話鋒一轉，列數了某些將領的濫殺搶掠之過，故作怒不可遏，喝令軍士將這些人拉出去斬首。

軍中將士見狀驚懼，一齊跪地，保證以後絕不再犯，否則願接受正法。

李善長見火候已到，也佯做出面求情，朱元璋才故作勉強地說：「自我起兵以來，你們可曾見我妄殺過一人？行軍打仗忌兩罪，一個是濫殺，一個是濫搶，這些都是百姓所不能承受的。今天看在諸將和李都頭的情面上，你們的罪過我暫記不論，希望惕勵戒懼，約束士卒，鎮江克城之日，禁燒禁搶、嚴禁隨意殺人，否則當以軍法處之。你們做將官的有約束之責，一併治罪。」

眾將士聞言無不連連稱是，銘記在心。

幾天後部隊向鎮江挺進，很快便破城獲勝，進入城區時於民秋毫無犯，軍令極嚴，城中秩序如常，有「民不知有兵」之譽。

禮賢下士，優待降人，是朱元璋政治上的另一重大措施。

李善長曾勸朱元璋效法劉邦，「豁達大度，知人善任」，朱元璋從善如流，把這話牢記在心裡。

攻佔建康後，他宣佈：「賢人君子有能相從立功業者，吾禮用之。」好事傳千里，前來求見的十幾個儒士均被錄用。此後每次命將出師，總要尋訪當地名賢，這已是攻城掠地時的另一項慣例。

不僅如此，朱元璋還專門派人攜帶金銀玉帛，四處訪求遺賢。聽說有個洛陽儒士秦元之，很有學問，曾做過元朝和林行省左丞、江南行台侍御史，後來隱居鎮江。趁著徐達出征鎮江，朱元璋便特地向他交代：「鎮江有秦元之者，才器老成，當詢訪致吾欲見之意。」

徐達克鎮江後訪得秦元之，朱元璋派侄兒朱文正和外甥李文忠帶著白金、文案前去禮聘，並親至龍江（在今南京中山門外）迎接，與自己朝夕相處，「訪以時政」。

在重用儒士、尊重知識方面，朱元璋頗得宋太祖趙匡胤之風，在整個政權內部，自上而下地形成了惟才是舉、知人善任的良好風氣，大家心往一處想，勁往一處使，絕無妒賢忌能之輩。譬如在親征婺州時，胡大海推薦了宋濂，朱元璋馬上派宣使樊觀奉書幣，聘請他來做五經師。

劉基、葉深、章溢、宋濂一同出山，輔佐朱元璋，由此形成了四方名儒薈萃的局面。朱元璋熱情地接待他們，說：「我為天下屈四先生耳！」緊跟著下令在自己的住宅西邊蓋一座禮賢館，把他們請到那兒去住。

隨著地盤的不斷擴大，朱元璋對儒士的網羅越發重視，曾說：「予恩英賢，有如饑渴。」

當時的儒士，多是以耕讀為樂的知識份子，都有一定田產，因此又可稱之為地主儒士。他們或許曾經為官，或許曾經協助官方鎮壓起義，免不了對朱元璋的招降心存疑懼。朱元璋考慮到這一因素，因而特地宣佈「吾當以投誠為誠，不以前過為過」，講明只要誠心歸附，一概既往不咎。

果然，在他的感召下，一時間「韜光韞德之士，幡然就道」。不少曾經侍元的地主儒士和多年隱居不仕的耆儒名賢，奔相走告，前來投奔。對前來投奔的地主儒士，朱元璋也確實都給予妥善安排和任用。

優秀的領導者必須具備知人善任的能力，而所謂「知人」，就是要全面瞭解手下人才的長處和短處，然後因材授職，用其所長。

龍鳳十年（西元一三六四年），朱元璋專就招納士問題敕諭中書省，要他們「自今有能上書陳言、敷宣治道。武略出衆者，參軍及都督具以名聞」。

爲了更好地做到知人善任，人盡其才，朱元璋認爲：

任人之道，大小輕重，各適其職。若委重於輕，是以拱桶而樑棟；委大於小，是以鐘度而盛斗奮。

莫邪之利能斷犀象，以之橋石則必缺；駁駁之駛能致千里，以之服來則必厥。要之處得其職，用之盡其才可也。

朱元璋在對待俘虜問題上，也能做到禮賢下士，不僅不斬殺，更傾向於對有才者加以重用，說服其爲自己服務。

當時，對待元朝的官吏和敵方將士，起義軍往往採用最簡單的處理方法，願意投降最好，不肯投降的就直接殺掉，以絕後患。朱元璋則不然，總是耐心勸降，儘量爭取把他們攬到自己的旗下，同創大業，一起打江山。

建康城破後，元朝淮西宣慰使、都元帥康茂才因戰敗被俘，押到朱元璋面前時，下拜說：「前日戰，各爲其主。今日屢敗，天數也，死生推命。倘得生全，當竭犬馬之力，以圖報效。」

朱元璋笑而釋之，讓康茂才率部隨軍出征。因作戰有功，康茂才第二年就被朱元璋升為秦淮翼水軍元帥。

元朝「義兵」朱亮祖，在太平城與朱元璋交戰時被俘，朱元璋看其勇悍，賞賜金幣，想要將其留用，誰知朱亮祖忠心耿耿，不肯叛元，過了幾個月，又復歸元朝，並幾次帶兵攻打朱元璋的隊伍，擄去士卒六十多名。

朱元璋大將徐達、常遇春等人率部圍攻寧國，他與元將別不華、楊仲英等人閉城堅守，後來城破被俘。朱元璋問他：「朱兄，我們又見面了，現在你有何想法？」朱亮祖說：「是非得已。生則盡力，死則死耳！」

朱元璋見他仍是這般忠直豪氣，威武不屈，上前給他鬆了綁。朱亮祖面對朱元璋的大度慷慨，很是感動，終於誠心誠意地投到麾下，和徐達、常遇春等一起攻下宣城，後又屢立戰功，被授予樞密院判之職。

兩軍交戰，身不由己，各為其主，各行其是，自然也有不二之臣。朱元璋對此予以理解，對被俘後堅拒不降者，他並不是加以殺戮，而是下令釋放。

成吉思汗手下四大功臣之一木華黎的後裔、元朝萬戶納哈出在攻取太平城時被俘，朱元璋「待之甚厚」，叫已歸附的萬戶黃傳勸納哈出投降。納哈出說：「主公不殺，誠難爲報。然我本北人，終不能忘北。」

納哈出求返蒙古，徐達等人「恐貽後患」，堅持反對縱虎歸山，主張把他殺掉，朱元璋卻正色道：「無故而殺之，非義。吾意已決，姑遣之。」

他爲此特地召見納哈出降臣張御史，說：「爲人臣者各爲其主，況汝有父母妻子之念，今遣汝歸，仍從汝主於北。」發給盤纏作爲路費，將其放行，叫他們回了蒙古。

即使碰上個別將官降後又重新出走的狀況，朱元璋仍本著仁義精神，從不發兵進行追堵攔截。如元朝元帥者林在集慶被俘，留任原職後又拉著隊伍逃往杭州，朱元璋心中自然不悅，但也表示理解，說：「人各有志，既然他思念舊主，由他去吧！不要再追了。」

由此看來，朱元璋的用人之術，不僅體現在儒士的身上，還用在降兵身上，確實做到了「不嗜殺」的寬容。

這是一代明君的寬容所在，出於愛才惜才和用才之需，只要是對自己有用的良才益士，通通收入囊中。

透過這些舉動中，我們可以看出朱元璋本人對高級人才的重視程度。他深信，唯有不斷覓得高才、善用高才，才有可能得到天下，成就大事。無論是文臣還是武將，只要對自己有利，對反元有利，就一定要想方設法地把他們招入麾下，這才是取得天下的關鍵所在。

高人之所以爲高人，就在於他們能正確把握時局和政治、軍事的發展規律，比別人看得更高更透。而更多的高手雲集一處，自然更能悟透時局，找出得到天下的正確途徑。

12 站穩腳跟再出手打人

朱元璋深知要坐江山、得天下，就不能一味地視財色為重，將自己置身於短命之限。儘量保護人民的利益，不讓百姓蒙受損失，不僅是深得人心之舉，更對日後的經濟恢復與發展大有好處。

在狩獵中，時機不成熟時，狼群會展現出非常的耐心。一旦機會出現，則會立即採取行動，毫不猶豫地撲上去。這就是狼的智慧。

朱元璋在南方站穩了腳跟，元廷風雨飄搖，內部陷入爭權奪利，北伐中原的時機到了，朱元璋果斷出擊，按照撤其遮罩、斷其羽翼、據其戶檻、終克元都的作戰思路，贏得勝利，翻開了中國歷史嶄新的一頁。

吳元年（西元一三六七年），朱元璋剷除了陳友諒、張士誠的勢力，接著乘勝追擊，一舉攻下浙江、福建等地。

同年十月，他又派遣湯和進攻割據浙東的方國珍，迫使他棄城投降。洪武元年（西元一三六八年）正月，進軍福州，地方軍閥、元朝福建行省平章陳友定與其子共同被解送應天，後因不肯投降，為朱元璋斬首示眾。

洪武元年四月，廖永忠率領大軍南下進攻廣東，大將楊景進攻廣西，最後，二人合圍靖江（今桂林），生擒了元朝平章也兒吉尼。同年七月，兩廣、江南地區，盡為所得，此時，朱元璋的聲名已經威震全國了。

反觀此時搖搖欲墜的元廷，幾員大將擴廓枯木爾、孛羅帖木兒和李思齊、張良據等人，還沒能醒悟末日已經到來，依舊忙於爭權奪利，派系之爭異常火爆。

朱元璋準備再進一步剷除元朝的殘餘勢力，贏取最後的勝利，果斷地決定率軍北伐。而這一決策，是在平定福建、進軍兩廣途中做出的。

隨著江南等地區的平定，北伐中原只是時間問題。可是，進攻中原非同小可，它意味著與元朝政權正面作戰，勝者為王、敗者為寇，就在此一役。

面對這一場直接關係到能否推翻元朝統治、贏得天下最高權力的決戰，一向用兵持重、謹慎的朱元璋，更加慎重了。爲了贏得這場戰爭，他在吳元年（西元一三六七年）九月底，召開諸將聯席會議，討論進攻中原、成就大業的作戰方略。

會上，他闡明了北伐的意義，說：「諸位愛卿，南方地區近已平定，但中原的百姓仍生活在水深火熱之中，所以我們不能就此止步，企圖自守，應當果斷進攻中原，推翻元朝的殘暴統治，救人民於水火，奪取最後的勝利，統一天下。」

然後，便與眾人商討進攻中原的作戰方案。

朱元璋首先向身邊的謀士劉基徵求意見，劉基是一名不可多得的人才，文武兼具，後來有人把他和諸葛亮、張良等相提並論，足可見能力非凡，在對元作戰的很多次重大戰役中，起到了舉足輕重的作用，因而受到重用。

只見劉基雙手抱拳，向朱元璋說：「我主政權現在已是地域廣闊，人民日眾，實力甚是強大，席捲天下已經不在話下，我認爲應該長驅直入，直接開赴中原，與元軍作戰。」

朱元璋搖頭說：「劉愛卿怎麼忘了曾經勸朕的話？記得劉愛卿曾勸我，頭腦要時刻保持冷靜，持重行事，士不可以恃廣、人不可以恃眾，凡事都應慎重行事，必須在戰略上重視敵人哪！」

「臣知錯了。」劉基深知自己的想法有些躁進，於是退下。

這時部將常遇春站了出來，說：「陛下，擒賊先擒王，只要把元順帝捉住，就什麼都好辦了，所以我認爲，我們應該集中兵力，直搗元都。」

朱元璋又搖搖頭，他認爲這樣做危險更大，俗話說「瘦死的駱駝比馬大」，再怎麼說，元朝的勢力也並不比我小啊！

最後，朱元璋綜合所有人的意見，說出了自己的想法：「雖然現在我們取得了不小的成績，但千萬不能麻痹思想，更不能輕視元軍的實力。直接進攻元朝大都的危險性非常大，試想，元朝的都城經營了近百年的時間，戰備防禦工事已經很堅固了，如果貿然深入，被拖在都城下面，長時間消耗戰鬥力，必將使我們成爲疲憊之師。再說，這會導致補給線過長，萬一敵人從後面切斷退路，我們豈不是反被元軍包圍起來？糧草一旦斷絕，必然士氣全無，到那時元朝援兵從四面八方趕來，豈不是白白送死？」

爲了奪取這次戰爭的勝利，朱元璋可以說是絞盡了腦汁，冥思苦想。一面是大都的堅固，一面是自己的實力有限，怎麼才能避其鋒芒，以長擊短呢？

衆臣見他這麼說，不敢再貿然上奏，都等著他拿主意。最後，朱元璋說：「我認爲咱們應當採取側面包抄的辦法，將元軍困在中原，叫他們無計可施。元大都爲這次進攻的重點，因爲那是元順帝的棲身之地。我們何不先剪去他身邊的枝葉，再對付這個老根？」

衆人疑惑不解地看著朱元璋，他走到了一張巨大的地圖前，指著圖說：「我們應該先取山東，撤其遮罩；然後再揮師河南，斷其羽翼；拔潼關而據守，據其戶檻，將天下形勢納入我掌控之中，最後再進軍元都，這樣不僅萬無一失，攻下大都後，更可以乘勝追擊，舉兵西進，不久雲中、九原還有關隴都將進我囊中了，豈不更好？」

劉基說：「看來，主公早已心中有計，胸有成竹了。」

朱元璋道：「先生過獎了，我也是聽了大家的發言之後，才得此結論的。縱觀天下歷史，不知有多少次戰爭，都是因主將考慮不周、用兵不宜，導致最終失敗。討論北伐並非只是走走形式，我也是先受到大家的啓發，才產生這個穩紮穩打，步步爲營的想法。我的方針是，我軍前方與後方必須互通音信，緊密團結，把人員和糧食的補給調度好，掌握積極主動權，進可攻、退可守。先集中兵力打擊敵人的其他部位，而後再消滅這個『光桿』的主力軍。」

劉基點頭說：「主公所言極是，如此一來我們必然穩操勝券，水到渠成了。」

朱元璋笑道：「穩操勝券不敢說，最起碼能立於不敗之地。」

吳元年（西元一三六七年）十月，朱元璋命令胡廷瑞進攻福建，北伐的號角正式吹響，徐達爲征虜大將軍，驍勇善戰的常遇春爲副將軍，率兵二十五萬，由淮水入黃河，浩浩蕩蕩地揮師北伐。

對於這兩人的分工，朱元璋還經過一番論證。他認爲徐達用兵持重，從不打無準備之仗，能做到軍紀嚴明，戒驕戒躁，攻必克、戰必勝，且得民心，任命爲征虜大將軍再合適不過。而常遇春不畏死，勇敢爭先，即使面前有再多的敵人，也敢於衝鋒陷陣，殺得對方片甲不留，只是擔心他會因好鬥而輕敵，中敵方埋伏，基於這點考慮，故而任命爲副將軍。

出征前，朱元璋特別告誡衆將：各位將士，一路珍重的話，我也不多說了，只因大敵當前，行軍作戰，當以常遇春作先鋒、參將馮勝（原名馮國勝）二人分爲左右翼，將精銳進擊。右丞薛顯、參將傅友德勇冠諸軍，各領一軍，獨當一面。大將軍徐達專主中原，責任是帷幄運籌，決勝千里，策勵衆將，切不可輕舉妄動。

朱元璋雖然再三強調軍律軍紀的問題，但還是不放心，出征這一天，登上應天城北七里山，設壇祭告神祇，告誡諸將：此次北伐乃是奉上天的旨意，爲中原百姓平息禍亂，最重要的目標是平定中原，推翻元朝統治，解除民痛、安定民生。所以你們此次出師只能打仗，不可擾民。

朱元璋不愧爲一名成熟的政治家、軍事家，能以愛民惜民爲己任，說明他深知要坐江山、得天下，就不能像陳友諒、張士誠那樣，只一味地視財色爲重，將自己置身於短命之限。儘量保護人民的利益，不讓百姓蒙受損失，不僅是深得人心之舉，更對日後的經濟恢復與發展大有好處。

北伐進軍的第一站，是山東。

早在吳元年九月，朱元璋攻佔張士誠盤踞的平江城之後的第二天，就考慮了北伐之需，並派部將張興率領一千精兵赴淮安待命。

此時，山東東西道蒙古族宣撫使普顏不花正以益都爲據點，坐鎮指揮元軍，北伐軍主帥徐達決定由江淮北經沂州（山東臨沂）直取益都，拔掉這一據點。

十月，徐達、常遇春率領大軍抵達淮安，準備與張興會師。

十一月，徐達下令進兵下邳、沂州，順利破沂州城，殺守將王宣、王信父子。

攻佔沂州後，徐達命令一部分將士扼守黃河要地，以阻斷山東元兵增援，然後派出一行人馬由徐州沿大運河直攻東平、濟寧，自己則親率主力攻進益都。守將宣撫使普顏不花最終抵擋不住明軍的猛烈進攻，中箭身亡。徐達順勢又拿下了臨淄、昌樂等六州縣。

隔年二月，大將常遇春攻下東昌（今山東聊城），三月末，整個山東地區基本收入朱元璋囊中。山東的平定可以說是比較順利的，安排好一連串的收尾安撫工作之後，徐達和常遇春便按照原計劃向河南方向進軍。

爲了儘快把糧食送到部隊手中，朱元璋又命湯和從福建北返明州建造海船，以便從海上爲北伐軍再提供一條後勤補給線。同時，派康茂才率兵北上，支援徐達等人。這還不夠，爲了牽制並分散元軍注意力，策應徐達西取河南、謹關，命令征戍將軍鄧越率領襄陽、安陸等地的軍隊，攻取南陽以北的各個州郡。

接下來的戰鬥過程更是順利，各路將領過關斬將，勢如破竹，元軍部隊紛紛棄城投降。

三月，徐達率師自鄆城乘船向黃河上游西進，直接逼近汴梁東北的陳橋地區，元軍守將左君弼不得不率部投降。

四月，徐達又率兵進佔河南府，連克汝州（今河南汝州）、陳州（今河南淮陽）、嵩州（今河南嵩縣）、鈞州（今河南禹縣）諸州。與此同時，在戰場的另一方，馮勝帶兵攻佔潼關地區，元朝守將放棄陝州城，臨陣逃跑，潼關元將李思齊、張良弼也相繼逃入關中，以求自保。攻克了潼關險要位置，華州的元軍深感恐懼，跟著落荒而逃。到了四月底，潼關以東的河南諸郡基本上都已平定。

至此，北伐軍已經完成了朱元璋所說「撤其遮罩」、「斷其羽翼」、「據其戶檻」的作戰任務，形成了對元大都的三面包圍之勢，奪取易如反掌。

五月底，朱元璋從應天來到汴梁指揮戰鬥，部署進攻大都的作戰方案，並特別告諭手下諸位將領：中原百姓，久為群雄所苦，死亡流離遍於道路。前代革命之際，兵革相加，肆意屠戮。違天虐民，朕實不忍，你們要引以為戒。克城之日，不要擄掠、不要焚蕩、不要妄殺。要做到市不易肆，民安其業。對元朝的宗室，要妥善安置，加以保護，以實現朕伐罪救民的志願。有不聽命者，罰無赦。

部署完畢後，朱元璋重返應天。

洪武元年（西元一三六八年）閏七月，徐達、常遇春利用元軍的內訌，趁機揮師渡河，在臨清與諸將會師，馬步舟師齊沿運河北上，攻克德州地區。到直沽後，派人趕製了一座浮橋以快速過河，再次粉碎元軍的抵抗。七月下旬，勢不可擋的徐達大軍攻克通州。

此時的元順帝就像一隻喪家犬，惶惶不可終日，終於在七月二十八日夜裡，帶著自己的后妃和太子，從建德門經居庸關逃往上都（今多倫縣西）去了。

洪武元年八月二日，徐達等人成功攻佔元大都。到齊化門後，將士們填壕登城而入，生擒留守淮王帖木爾不花等人，後處死，至此大都陷落，元朝的統治被推翻。

綜觀這場北伐戰爭，攻打大都的進程完全按照朱元璋的設想，一步一步地進行，果然贏得了撤其遮罩、斷其羽翼、據其戶檻、終克元都的勝利，充分顯示了朱元璋過人的軍事智慧。

13

推行政策，少不了霹靂手段

朱元璋與臣子的互動中，不僅懂權謀、懂人性，更敢於下殺手，因應對象與現實狀況來做出變通，而所有的方針政策，都是為確保自己的地位，鞏固自己的江山。

狼的戰鬥力非常強，有時甚至超過老虎、獅子，這是因爲牠們能果斷地殺死隊伍中的傷兵，以保證隊伍的精幹和快速有力。

爲了令行禁止，朱元璋殺雞儆猴，親自殺死前方戰將胡大海的兒子。爲了震懾群臣，毫不猶豫地做到以威猛治天下。

以嚴明的紀律約束部下，這是法；用棍鞭和刀斧再輔之利祿治理官吏，這是術；

不戰而屈人之兵，靠強大的氣魄壓倒敵人，這是勢。君王御衆講究法、術、勢，「威」字則恰好可以體現三者。三者兼用，則可高枕無憂。

行軍打戰，紀律極爲重要。一支軍隊軍紀渙散，必定失去戰鬥力。驕兵悍將豈有不敗之理？朱元璋作爲軍中統帥，深知軍紀的重要性，治軍方略是：養成紀律，靠令行禁止、賞罰分明，靠主帥威嚴公正，堅持不懈。

刑法森嚴是朱元璋在強勢時樹立威信的方法，而在弱勢或均勢時，他會以退爲進，抓住時機威懾人心。

至正十五年（西元一三五五年），元軍和起義軍在滁州、和州一帶對峙，形勢對起義軍不利。此時的朱元璋手下還只有幾千人，受郭子興任命爲和州總兵，守衛和州，一同駐守和州的將領大都是郭子興舊部，年紀較大，辦事散漫無紀律的舊習比較嚴重。朱元璋受命履新，考慮第一次位居同輩之上，有可能衆心不服，因此，決定於第二日與諸將共同議事之前，先撤去廳堂公座，僅於堂中置一木榻，觀各舊將如何表現。

次晨，果然不出所料，各將先至，把上位都坐滿了，留左末一席空著。朱元璋後到，就暫時坐下，不以爲意。到了議事時，各將都呆若木雞，口不能言，獨朱元璋一人剖析透徹，合情合理，使衆人稍稍屈服了一些。接著，朱元璋宣佈構建城牆工程，各將均按劃定界尺刻期完工，自己也接受了一段建牆任務。

過了三日，朱元璋與諸將一道考察建牆工程進展情況，發現惟有自己所分的一段如期竣工，其餘諸人都未完成任務。

朱元璋於是嚴肅地設置廳堂公案，拿出主帥郭子興的委任狀，義正辭嚴地說：我當總兵，是主帥的命令，不是個人的擅權。總兵辦大事，必須有約束，今分配築城任務都不能完成，還能辦事嗎？今後再有違令者，以軍法從事。

從此各將誠惶誠恐，無不服從。

至正十八年（西元一三五八年），朱元璋率部打下金華。爲節省糧食，他在平定金華後頒佈了禁釀酒令，但很多地方沒有認眞執行，連官員都置之不理，好像沒有那回事一樣，依然我行我素，大將胡大海的兒子就是其中之一。

朱元璋命人將他逮捕，要以軍法懲處，分省都事王愷提醒，現在胡大海正在紹興前線同張士誠拚殺，請赦免他的兒子，以安胡大海之心。

朱元璋說：「我寧可使大海叛我，也不使我的法令不行。」於是毫不猶豫地將胡大海的兒子處死。

消息傳出，衆人皆受震懾，從此頒佈的一切法令，沒有人再敢違抗。

「執法必自貴近始」，這是中國法家提出的一條重要原則，朱元璋堅持這一原則，收到了明顯的效果。經過幾個月的整頓，金華治理漸趨條理，朱元璋和他的隊伍在浙西的聲望和影響力高漲。

戰場上講究實力碰撞，能攻善守，所謂狹路相逢勇者勝。但孫子認爲最高的境界是不戰而屈人之兵，靠威勢、靠壓力，使對方的心理防線崩潰，最終舉白旗投降。

朱元璋本身，正是善以威勢制敵者。

鄱陽湖大戰勝利後，有部下不解何以陳友諒佔據天時地利，卻落得戰敗下場。對此，朱元璋解釋道：「陳友諒兵雖強大，但是人各一心，上下猜疑。而且，接連打敗仗，卻不知養威待時，今天東邊一仗正疲勞不堪，明天又把隊伍拉到西邊，仗仗勞而無功，喪了士氣，失了人心。兵貴待時而動，動則威、威則勝。我以待時而動之師對威素不振之敵，將士一心，人人奮勇，如老鷹撲雀。這就是我所以戰勝陳友諒的道理。」

在養威方面，朱元璋重視動靜之道。

鄱陽湖之戰後，陳軍元氣大傷，大將張定邊護送其子陳理回武昌，準備頑抗。

當時朱元璋手下主張把握旺盛的士氣，一舉拿下武昌。朱元璋兩次親臨武昌，還是制定了長期圍困以逼降陳理的策略。

從至正十三年（西元一三六三年）九月至至正十四年二月初，圍困武昌已近半年，張定邊派人趕至岳州，調陳部另一大將張必先的隊伍入援武昌，後來因張必先被常遇春打敗活捉，在城外向張定邊喊話：「我們已到這個地步，成不了事了，兄弟還是趕快投降，自謀活路吧！」張定邊這才開城投降。

試想，若朱元璋一開始沉不住氣，在張定邊自身還有一定勢力，且除了武昌以外尚有若干救援力量可資調用的情況下，倉促下令攻打，勝負恐怕很難預料。

而使浙東的方國珍投降，朱元璋恩威並用，以威相壓的效果更明顯。

方國珍是見風使舵的狡兔，佔據慶元、台州、溫州等沿海地帶，時而反元，時而降元。在與各路諸侯的較量中，常採取坐山觀虎鬥、坐收漁翁之利的策略。

元至正十九年（西元一三五九年），朱元璋派部將取浙江，針對方國珍力量弱小、胸無大志、首鼠兩端的特點，決計誘降，求不戰而屈人之兵。

方國珍見朱元璋大軍壓境，自知強拚難以抵擋，但又不願意輕易投降，便採取拖延戰術。他派使者攜帶書信、銀兩去見朱元璋，同意將溫州、台州、慶元三郡讓出，還將次子方關送來作人質，以爭取時間，力圖等時機成熟時，再行自立。

朱元璋封他為地方官，他謊稱有病，拒不赴任。朱元璋察覺其意圖後，修書道：「我原以為你是識時務的俊傑，故封你為鎭守一方的官員，你卻心術不正，初以子為質來探試我，今又以有疾不聽號令。請記住，聰明反被聰明誤。」

方國珍見計被識破，自知理虧，佯為謝罪，派人給朱元璋送來許多珍寶古玩。朱元璋見後說道：「我今天要統一天下，所缺乏的是糧草，所急需的是人才，寶物玩器非我所需。」命來使將東西帶回。

吳元年（西元一三六七年）十月，朱元璋以湯和為征南將軍，吳楨為副將，討伐方國珍。湯軍氣勢高昂，連下餘姚、上虞，直取慶元，方國珍逃入海上。十一月，廖永忠、湯和率水師合擊，方國珍抵擋不住，於十二月投降。盤踞浙東二十多年的方氏集團，至此覆滅。

朱元璋拒收財寶，是因為他有高人一等的見識，而且立國後，天下莫非王土，有什麼可希罕的呢？但他手下的官吏，就難保不在金錢的誘惑下失節了。

立國後，朱元璋覺得周圍的人都包藏貪心，或貪大明的錢財，或貪他手中的權力，還有人窺視他的江山。他不相信任何口頭上的忠誠，越是千方百計地表現出忠於皇帝的人，越引起他的疑忌。他相信利祿引誘、相信權力、相信藉棍棒殺罰建立的威嚴，所以對貪官污吏也好，對一般官吏也好，全都嚴刑峻法施以懾，讓他們在戰戰兢兢中俯首聽命。

朱元璋在朝堂痛杖大臣的事司空見慣，這有一個專用名詞叫作「廷杖」，工部尙書薛祥就是死於廷杖之下。

洪武十六年，高苹任起居注，與同朝三十多人因事入罪，將受處罰，刑部尙書開濟帶領一幫人等聽候發落。

開濟連奏報兩次，朱元璋閉目不答。開濟再次奏報，朱元璋才說：「那個山東大鼻子秀才去充軍，餘下的都殺了。」高苹撿回一條命。

據高苹說，自己獨蒙聖恩是因爲他的誠實。別的官員只看皇帝眼色行事，皇帝高興了就爭先進言，一遇聖上惱怒，就縮頭縮腦。而他則是喜不敢放肆，怒不敢沉默，正好對了皇帝的胃口。

對照朱元璋的行事風格，這話的確有相當的道理。

朱元璋認爲，眞正忠貞的人是不怕死的，而首鼠兩端、見風轉舵者，則一定是奸邪之輩。所以在很多情況下，冒死進諫的反倒得到寬恕。

但這也不能當作定理，事實上，因為誠實進諫觸怒朱元璋而被殺的大臣，並不在少數。在朱元璋的威壓下，臣子們連大氣都不敢喘。做個好官都不一定能夠保住腦袋，更不用說偷雞摸狗被皇帝抓住小辮子，下場會有多麼悲慘了。

這是朱元璋做事的非常手段，在與臣子的互動中，他不僅懂權謀、懂人性，更敢於下殺手，因應對象與現實狀況做出變通，而所有的方針政策，都是為確保自己的地位，鞏固自己的江山。

第 4 章

因饑餓才想飽食，有雄心方能成事

草原的生態指標是狼的存在，沒有狼，草原也就沒了魂。狼是草原生物鍊的一個重要環節，沒有了這個環節，草原就會退化。

14 睜大眼睛，打牢根基

朱元璋在眼光、氣度、謀略方面與其他的起義軍將領顯示出了明顯的不同，從來不讓自己的軍隊擾民，還能做到嘉獎有功者、賞罰分明，並注意人才的使用，完全看不到其他起義軍將領忌賢妒能的致命缺陷。

獵人抓住一隻小狼並豢養起來，每天定時餵食。可儘管過著無憂無慮的安穩生活，小狼仍舊不停地鍛鍊自己，爲重回草原進行準備。

獲得郭子興的信任倚重，對朱元璋是極大的肯定，但他不是滿足於現狀的人，對事業、對前途，永遠有著更大的野心。

從小行僧到「朱公子」，這番際遇沒有讓朱元璋迷惑，他很清醒地知道自己能做什麼、該做什麼。身處在一群爾虞我詐，胸無大志的小人中，他意識到不能與他們同流合污，否則將消磨自己的銳氣，於是開始計劃尋求另一條出路。

朱元璋是個心思縝密的人，發現彭大、趙均用等人之間存在著矛盾，不肯化解，也無法化解。濠州城內的諸帥們一樣矛盾重重，成天爭權奪利。尤其令他擔心的是將帥們個個鼠目寸光，胸無大志，只想死守濠州這塊彈丸之地，無心於開拓新局面，百里之內無元軍，就以為天下太平，如此下去，絕對成不了大事業。

由於深感自身勢單力薄，又說不動他人，決心依靠自己的努力，闖出一片新天地。至正十三年（西元一三五三年）六月，他徵得郭子興同意，回到闊別已久的家鄉鍾離，招兵買馬。

冷兵器作戰的年代裡，戰爭往往是肉搏戰。對於領導者來說，除了幾名出謀劃策的將領之外，決定成敗的，就是人了，不像今天的戰爭，打的是高科技。朱元璋知道，要幹出一番事業來，推翻元朝的統治，沒有足夠多的人，是不可能的。也正是這樣的野心，奠定了他的軍事實力，以及成功的基礎。

天下沒有不開張的油鹽店，有賣的，自然就有買的，很少會冷場。招兵買馬也是一樣，正所謂樹起招兵旗，自有吃糧人。

戰爭發生的時候，往往也是生產力受到極大破壞的時候，由於戰亂，許多人吃不飽，乾脆跑到軍營謀一碗飯吃，畢竟在軍營裡還可以成家立業，比在家餓肚子強多了。

從軍者中，只有極少數人是想乘亂撈些浮財，絕大多數都是由於種種原因走投無路，不得不投身於軍營。

朱元璋在家鄉的口碑本來就很好，關於他出身的種種傳說使得家鄉的父老堅信，此人能闖出一番大事業來，紛紛報名參軍。招兵進展非常順利，短短十天的時間就招到了七百多人，這支隊伍用《皇陵碑》的文字形容，是「赤旗蔽野而盈岡」。

也在這次招兵，朱元璋招到了一個對他幫助非常大的人，就是徐達。

徐達比朱元璋小三歲，身材高大、性格剛毅，與朱元璋的配合十分默契，為日後大明江山的建立，做出了卓越的貢獻。

曾經給當和尚的朱元璋送信、拉他「下水」的湯和，此時已經是義軍中一名軍官了，但由於他非常佩服朱元璋，也投入他的麾下。

朱元璋圓滿地完成了任務，帶領這批軍隊回到軍營，正為兵力不足而苦惱的的郭子興見狀大喜，升朱元璋為鎮撫，統率這七百多人。就這樣，朱元璋終於有了屬於自己的一支軍隊，雖然人數不多，卻是家鄉子弟兵，忠心方面絕對不成問題。

古時候的將領，對同鄉的子弟兵有一種迷信式的信任，把子弟兵視爲最重要的，不僅會把所有的好裝備、武器、配發給他們，在賞賜方面也有偏袒。子弟兵的忠誠也是絕對的，這一點從楚漢相爭的過程就可以看出來。項羽帶領著八千子弟兵，勢力一度達到頂點，幾乎伸手就可以得天下，而當他在垓下被圍的時候，跟隨身邊的依然是那群江東子弟。

然而，此時的朱元璋並不是最高統帥，再加上起義軍本來就不富有，他所帶領的子弟兵並不風光，不但不能得到較好的裝備，還要時刻防備著元朝軍隊的襲擊。可塞翁失馬，焉知非福，也正是出於如此險惡的局面、艱苦的條件，才鍛鍊了朱元璋臨危不懼、妥善應付各種複雜局面的能力。

胸存大志的朱元璋，在帥無大志、整日勾心鬥角的濠州城裡，實在鬱悶。與孫德崖、彭大、趙均用、郭子興等六七名頭領死捆在一起，固守濠州一地，又全都淺視寡謀之徒，長此下去，前途渺茫。因此，他決定只從新募的七百人中挑選出徐達、湯和、吳良等二十四名精兵強將，獨樹旗幟，另謀發展，開闢新陣地，其餘全交由郭子興掌管，繼續駐守濠州。

朱元璋的威信越來越大，來投靠他的人增至三千七百多，憑藉手中的三千七百多號人馬，他一鼓作氣說服了姓秦的一名把頭，把屯駐於豁鼻山的八百名「義兵」收到自己名下。擁有了一支四千多人的隊伍，終於像點模樣了。

嘗到了招降甜頭之後，朱元璋繼續發揮這種軟硬兼施的方法，並且更加熟練地運用到現實演練當中，進一步把戰爭與招降緊密結合起來，停中有打、打中有停，最終逼對手就範。

攻打，一方面是爲了消滅對手，同時也是爲了心理威嚇，一旦停止進攻，隨即進行心理攻勢，使得對方潰不成軍，最終投向自己的陣營。

收歸降軍、擴大兵員初期，最具代表性的例子，是與繆大亨的一戰。

紅巾軍起義後，元朝軍隊鎮壓不力，一些地方的地主紛紛結寨自保，稱爲「義兵」。元廷見這支力量可以利用，就封以官爵，讓他們爲朝廷賣命。

定遠人繆大亨，是當地的地主，曾經組織了一支軍隊，帶領二萬人進駐橫澗山，占山爲王。元朝爲了拉攏他，封他爲義兵元帥，又特意派去一個監軍，督促繆大亨與紅巾軍作戰，攻打濠州。

爲了獲得這支部隊，朱元璋對症下藥，一開始採取打的策略，派花雲爲先鋒，奇襲橫澗山。花雲身長面黑，綽號「黑先鋒」，馬到成功，一舉擊敗了繆大亨，元朝監軍張知院落荒而逃。繆大亨收拾殘局，待天明時列陣準備再戰，朱元璋派出部屬中與他有交情者前去勸降。繆大亨見大勢已去，於第二天早上正式投降，數萬軍民全成了朱元璋的部下。

人數的增多也給朱元璋帶來了煩惱，起義軍將領的軍事素養普遍不高，更不懂得用兵領軍之道，而且士兵的組成份子極其複雜，所以軍紀不嚴明。起義軍將領經常縱容士兵搶掠百姓財物，最糟糕的是這些士兵一旦在行軍打仗時遭受挫折，就會一哄而散。

凡此種種，都是朱元璋深惡痛絕的，他採取了刻苦訓練的方法來約束士兵。

他從由繆大亨那裡招降的士兵中挑選出二萬精兵，加上自己原有的士兵，再加上地方小武裝，湊成接近三萬的軍隊。

他非常重視部隊的質量，認爲兵不貴多而貴在精，精兵強將的戰鬥力足以戰勝數倍於己的敵人。

朱元璋親自訓練，在訓話的時候對這些士兵說：「以前與別人作戰失敗，並不是人數上不佔優勢，而是由於軍紀不整、人心不齊、軍心不穩、訓練不系統，所以必然會敗下陣來。現在我之所以嚴格訓練你們，就是爲了作戰的時候能夠勇敢向前，像一個眞正的男子漢。你們必須服從命令，磨練自己，當兵打仗要有立功受賞之志，要有建功立業思想，萬衆一心，嚴訓練、嚴守紀、知進止、奮力殺敵。在這裡當兵，賞罰一定能兌現，拚力受賞，不盡力受罰，如有違抗命令，就要殺頭。」

在朱元璋的悉心訓練下，這二萬多人的軍隊很快就成了一支能征善戰的隊伍，屢屢打敗元軍，且軍紀非常嚴明，鮮有擾民之事。

此時的情況就好比聚沙成塔，嚴明的紀律就像黏合劑一樣，把這些人聚集到一起，形成一個整體。可以說，正是因爲有了嚴明的軍紀，才使朱元璋的戰鬥集團擺脫原本一盤散沙的雜牌軍形象，蛻變成訓練有素的王牌旅。

除了招降之外，朱元璋還有擴大勢力的另外一種方法，就是鼓勵勞苦大衆參軍，尤其針對農民。這是最早讓他嘗到擴兵甜頭的老辦法，也是最有效的途徑。

招收貧苦者參軍，具有很強的針對性。貧苦農民的期許不高，往往是爲了餬口才來參軍的，所以只要能有一口飯吃，幾乎不會再有其他要求。他們對同樣窮苦的百姓不會有騷擾之心，與其他刁蠻、具賊盜習性的部隊相比，這種兵員無疑是最好訓練、最好管理的。

另一方面，由於貧苦農民長期生活在社會最底層，受到最不公平的待遇，與元政府的仇恨自然最深，在與元朝軍隊作戰的時候，能夠展現出極強的戰鬥自覺性，不需長官動員就會勇敢殺敵。

很快，一支能吃苦、守紀律、善作戰的部隊在朱元璋的序列中出現了。

朱元璋的軍隊因訓練有素、作風優良遠近聞名，這一時期來投奔的知名地方武裝頭目有吳復、馮國用、馮國勝、丁德興等人，或能征善戰、或長於出謀劃策，成了十分得力的左右手，幫了朱元璋不少忙。

譬如丁德興，是個能很快進入角色、找準自己位置的人，剛一投奔過來就隨朱元璋參加了一次大會戰，帶領著了弟兵率先攻破敵人的大寨，活捉了頭領，還招降了幾千兵馬。

馮國用、馮國勝兄弟兩人，則是看到繆大亨的投靠才來的。兄弟倆當時都是二十多歲，家中有幾百畝田地、幾十家佃戶，算是個中小地主。

馮國用從小聰明好學，不但通曉經史，還經常和弟弟馮國勝一起舞槍弄棒，練習武藝。兄弟倆頭戴儒冠，身著儒服，談吐不凡，是當地的知名人士。

郭子興在濠州起兵後，兩人糾集鄉民，自立山頭，可由於力量單薄，怕被別的力量吞併，總是提心吊膽地過日子。聽說朱元璋勢力強盛，並且軍紀作風嚴明，主帥得民心，講義氣，打算前往投奔，但摸不準朱元璋對自己這樣的讀書人會有什麼態度，心裡覺得不太踏實。

他們哪裡知道，朱元璋不光愛武將，更愛儒才。確實在發跡之初，武將可以幫助自己奪得江山，但在有了一定的實力和基礎之後，治理國家或軍隊，便需要儒才的出謀劃策了。

一見面，朱元璋見他倆溫文爾雅的神態，暗自高興，忙招呼他們坐下，熱情招待。受到如此禮遇，兩人心裡的一塊「石頭」才算落了地。

朱元璋首先出了道考題：「兩位面目雍容，儀表大方，想必是滿腹經綸，不同凡人。現在群雄並起。天下大亂，卑人應該何去何從呢？願聽兩位指教。」

馮國用回答說：「我有六個字相告。」

朱元璋往前湊了湊身子說：「快說說，是哪六個字？」

馮國用一字一句地說道：「有德昌，有勢強。」

「有德昌，有勢強。」朱元璋不斷重複念著，似有柳暗花明的感覺，自己許多年來一直在尋覓的東西，終於被人一語道破了。

馮國用見朱元璋很感興趣，就接著說：「大江以南，建康（一名集慶路，今南京）的形勢最為險要。古書上說，建康乃是龍盤虎踞之地。歷史上許多朝代都在那裡建都。現在駐守建康的元將儒弱卑怯，不知兵事，主公應率師南進，先取建康作為根據地，然後遣將四出，救民於水火之中，施行仁義。千萬不要像那些沒有出息的山寨主那樣，貪圖美色金錢等眼前小利，如此一來，建功立業將不是難事。」

朱元璋自從軍以來，第一次聽到這麼高明的論斷，心中大喜，覺得要施展自己的抱負，就需要招攬這樣的人才。過往，整日都在考慮打仗的事，身邊的人大多也是圍繞殺敵進言，眼前這位儒才，無疑具備了更長遠的目光，當即任命兩人為幕府參謀。

馮氏兄弟的隊伍與其他寨子不同，是一支訓練有素的小部隊，有較好的素質，擔當寨首的馮氏二兄弟有識有謀。為兄的馮國用有書生之資，長相和處事都頗具儒雅之風；為弟的馮國勝則精於武技，箭法精湛。這對朱元璋來說，可謂是適得其所，相得益彰，他自然喜出望外。

馮國用、馮國勝二兄弟的到來，還有另外一層意義：當時，從實有兵力來說，朱元璋的隊伍已經不算小，卻極缺少將才。驢牌寨和豁鼻山、橫澗山的部隊自然要靠原寨帥來實施主要管理，但適當地補充領導者加強管理也是必要的。

更爲重要的是，朱元璋面對的多是郭子興的老部下，行事多有不便，必須充實自己的幕僚。

一個人的精力有限，指揮衆多下屬更是容易力不從心，馮氏兩兄弟的加入，正好塡補了這方面的不足。

「有德昌，有勢強」六個字，強調了要想平定天下，首先要有道德品行，同時也要有強大的實力，如此既可以得人心，更可以定四方。馮國用的言談具有登高望遠之妙，讓朱元璋第一次感受到儒生參謀的重要。

至正十四年（西元一三五四年）六月，有了訓練有素的隊伍，又有了目光高遠、識見非凡的幕僚，朱元璋決定按照既定目標先行第一步：向東南方出擊，攻打安徽滁縣。途中，遇上定遠名士李善長求見。

此人的出現，對朱元璋的一生產生了非常重要的影響。

李善長，字百室，祖籍徽州教縣，曾因「少有志計，讀書粗持文墨」、「習法家言，策事多中」而被「里中推爲祭酒」。

史書記載，李善長從小聰明過人。六歲那年，元文宗發佈重開科舉的詔令，父親希望他能走科舉為官的道路，光宗耀祖，但李善長年齡稍大後，發現元朝統治者歧視漢人，通過科舉發跡的機會十分渺茫，於是放棄仕途之路，改學文案書牘，鑽研為官吏的學問。

李善長喜愛讀書，尤其喜歡讀法家的著作，覺得書中所講的計謀權術、利益原則，比儒家的道德說教更有實用價值。

李善長自命不凡，認為自己具有治國安民的大才，苦於無慧眼識駿馬的伯樂，徒有滿腹經綸，卻無施展之處。後來，他棄文經商，來往於徽州、定遠之間，很快發了財，娶了富室王家的女兒為妻，在定遠安了家。由於資產豐厚，加上工於計謀，成為遠近聞名的人物。

李善長雖為商賈，仍關心國家大事，期望有朝一日能施展自己的政治抱負。朱元璋的到來，使他感到終於有主可歸了。

朱元璋早就聽說李善長是個知名人物，見他主動上門，心中暗喜，急忙召見。

白蓮教舉兵時，李善長的妻兄就加入了韓山童、劉福通的紅巾軍，他認為過於匆忙，為此在郭子興起義時，只靜眼觀之，並未動心。直到見到朱元璋由濠州來定遠，接連收拾地方武裝，智取驢牌寨、義收秦把頭、夜襲繆大亨，轉眼間拉起了一支近三萬人的精兵，又經整傷、嚴訓、頒紀，使得原本的草寇隊伍變成師行莊嚴的正規軍，這才覺得等到了眞正的王師。

李善長比朱元璋大十四歲，但他堅信這名年輕人値得輔佐，由此可見，他的「策事多中」確實名不虛傳。事實上，這種「策事」智慧，也正是在審時度勢、合理判斷基礎上形成的相對正確結論。

李善長不愧是老謀深算，見面行禮後，一言不發，細細打量起朱元璋的相貌。過了好一會兒，忽然興奮地說：「總算天有日、民有主了。」這句話別具深義，一下子就抓住了面前這個雄心勃勃的年輕人的心。

朱元璋急忙問：「現在四方兵起，什麼時候才能天下太平？」

李善長侃侃而談：「秦朝末年，漢高祖出身平民，然而豁達大度，知人善任，不貪圖眼前富貴，不燒殺搶掠，五年成就了帝業。如今朝廷不得人心，上下不和，已經到了土崩瓦解的地步。只要主公效法漢高祖，天下很快就會平定的。」

交談中，李善長有意無意地提醒朱元璋，說他家居濠州，與漢高祖劉邦的家鄉沛縣不遠，山川王氣，應該照在他身上。

朱元璋聽了，心裡越發高興，立即任命李善長爲幕府掌書記，並囑咐他：「如今群雄並起，天下大亂，沒有像先生這樣有智謀的人是不行的。我見群雄之中，不少參與謀議者喜好誹謗左右將帥，搞得人心離散，結果敗亡。希望先生以此為鑑，協調諸將，同心同德，共創大業。」

從此，李善長就成了朱元璋的軍師，並擔負起大總管的重任，幫助他整飭軍隊，徵兵籌餉，安撫百姓，將關係到未來發展的大事辦得井井有條。

自從這次談話以後，朱元璋開始處處仿效漢高祖的做法，把李善長當蕭何一樣看待，打心頭湧起一股宏願，要有為於天下。

在定遠縣時，地主毛以和縣令一起向朱元璋投誠。考慮到軍中缺乏有識之士，朱元璋也將他們收留在幕府中，給予優厚的待遇，商討計劃各種軍事行動。至此，朱元璋的幕僚陣營已有些模樣了。

得了馮氏兄弟、李善長和毛以之後，朱元璋精神大振，率軍向滁州進發。此時的他，不僅有了足智多謀、目光遠大的一群知識份子的協助，隊伍中也有能打善拚的戰將。

朱元璋軍中，有個叫花雲的將領，率幾名輕騎兵擔任前鋒，在行進途中與滁州方面的幾千名元軍巡兵遭遇，以長矛迎敵保護朱元璋，率兵衝向敵陣。敵兵見花雲英勇超常，驚恐萬狀，連連後撤，不料這一撤竟引起連鎖反應，使滁州守將鬥志全無，朱元璋的大隊人馬乘機衝殺，一舉破城，滁州周圍的兵營也相繼投降。

這是朱元璋獨立作戰攻取的第一座城池，他沒有再回濠州，而是直接在這裡駐紮下來。

朱元璋在滁州站穩腳跟後，派人打聽家人的下落，得知二姐和二哥、三哥都已經去世。二姐夫李貞帶著外甥保兒從淮東前來投靠。大嫂得到消息，也帶著侄兒朱文正趕來。親人亂世相逢，免不了痛哭一場。保兒這時才十四歲，朱元璋把他當作自己的兒子，交給馬氏撫養，改名文忠。

馬氏身邊還收養了一個義子叫沐英，才十歲，原本是定遠人，父母雙亡，小小年紀就一個人在街頭流浪，靠乞討爲生。

一天，他正在討飯，遇到一位大腳婦人，樣子很和藹，詢問他的家庭情況，小沐英一一回答。婦人見他口齒伶俐，頭腦聰明，相當討喜，就問他願不願意到她家去住，小沐英爽快地說：「願意。」

那位婦人，就是朱元璋的妻子馬氏。

沐英從了朱姓，賜名文英，因一般文武官員的兒子都叫舍人，簡稱舍，所以人們也稱呼他沐舍。

文忠和沐英兩人，後來都成爲明朝的開國將領。

那時候，帶兵的將領都喜歡收養聰明勇敢的少年爲義子。收養的義子，不但在作戰時表現英勇、捨生忘死，平時還可以監視諸將，起到耳目心腹的作用，所以朱元璋後來又陸續收養了二十幾個義子。

不久，泗州虹縣（今安徽泗縣）人胡大海和鄧越也來投靠。

胡大海身材修長，儀表堂堂。智勇雙全，被朱元璋任命爲先鋒。

胡大海的好友鄧越，原名鄧友德，是位少年英雄，英姿煥發。父親曾起兵反元，後來在作戰中犧牲，由哥哥帶領其部，不久病死。鄧越被部衆推爲首領，當時不過十六歲，可每次作戰都衝殺在前，非常英勇。

朱元璋召見這位少年，又聽了他的經歷，不覺大喜，對他說：「你的膽略超過了你的父兄，我看把你的名字友德改成『越』吧！『越』的意思是勝過。怎麼樣？」

鄧越立即下拜答謝，朱元璋任命他爲管軍總管，仍帶領原班人馬，隨軍征戰。

至此，朱元璋的部隊在兵力、文官武將等諸多方面都有了完善的配備，具備了平定天下的基本力量。

爲了擴大實力，朱元璋著實耗費不少精力。他清楚地認識到擁有屬於自己的隊伍的重要性，所以不斷拓展實力。無論對自己本身，或是對於時局、週遭環境，都有著很深刻的認識。

儘管還算不上獨霸一方的領袖，朱元璋卻已經在眼光、氣度、謀略方面與其他的起義軍將領顯示出了明顯的不同，不僅從來不讓自己的軍隊擾民，還能做到嘉獎有功者、賞罰分明，並注意人才的使用，使得人盡其才、物盡其用，完全看不到其他起義軍將領忌賢妒能的致命缺陷。

朱元璋絕不是鼠目寸光的人，他是一匹餓狼，永遠不會滿足於現狀的，永遠在計劃著下一步應該怎樣走，以及自己需要什麼樣的人。

15

局勢不好，何不先求自保？

為了保存和壯大自己的實力，朱元璋做了兩難的痛苦抉擇。局勢不利時，以議和、招安為幌子迷惑敵人；一旦局勢轉危為安，則恢復本來面目，鐵骨錚錚，拒絕招降。完全以保存實力、壯人力量為最高目的。

「識時務者爲俊傑」、「好漢不吃眼前虧」。人在萬不得已的情況下，要採取非常手段，來保住自己的性命、實力，然後才有東山再起的機會。忍受暫時的屈辱，這正是大丈夫能屈能伸之道的展現，也是一個胸存大志的領導者必須懂得運用的緩兵計。

元至正二十年（西元一三六〇年），朱元璋與陳友諒、張士誠展開作戰，這段過程並非一帆風順，危險時時刻刻伴隨著他，往往不能夠把握戰局變化，更要命的是，此時還發生了一件對朱元璋很不利的事。

朱元璋之所以能夠心安理得地對付陳友諒與張士誠，很大程度上，得益於有小明王這面大旗作屏障。

一直以來，因爲有以小明王爲首的宋政權在北方戰場與元軍周旋，牽制元軍主力，朱元璋才得以在江南地區不斷壯大實力、豐滿羽翼，把兵力全部都投入到與陳、張二人的爭霸戰之中。

然而，事情並沒有完全按計劃進行，在劉福通身上出現了致命的失誤。

首先，他沒有隨著起義運動的發展，提出更有效打擊元軍的計劃，其次，他也沒有制定出明確的反元綱領，因此，窮苦人民對政權的熱情與信賴大減。

劉福通在行軍打仗上的確有一手，但對於內政的管理可以說是擀麵杖吹火——一竅不通。雖然由他率領的隊伍攻佔了很多城池，但往往是失而復得、得而復失，非常不穩定。

這種游擊隊似的戰爭，很不利於根據地的形成與發展，生產沒有保障，人民的生活總是處在恐懼中，欠缺安全感。

劉福通在根據地尚未得到鞏固的情況下，盲目策動了三路大軍北伐，由於沒有嚴密的計劃，三路大軍各自為戰，導致了龍鳳五年（西元一三五九年）北伐東路軍的失敗，前景不容樂觀。

隨著元軍大破宋都城汴梁，劉福通不得不護送小明王退守安豐。反元戰勢進入不利的局面，元軍大將察罕帖木兒調集各路大軍揮師北上，轉而對付山東等地的紅巾起義軍。山東紅巾軍高級將領被元軍先後誘降，內部自相殘殺，元軍則坐收漁翁之利。

紅巾軍再也沒有以前那種磅礡氣勢了，在長期的流動作戰中，中路軍和西路軍因缺乏糧草供給和足夠的兵源補充，最終被元軍打敗。

此後，元軍將領察罕帖木兒及養子擴廓帖木兒加緊對付山東紅巾軍，元至正二十一年（西元一三六一年），山東最後一個據點益都（今濟南）也被元軍圍困，劉福通親自率領大軍前往解圍，但寡不敵眾。

到了第二年十月，益都城破，守城的紅巾軍高級將領統統被殺，山東全境落入元軍手中。

面對如此形勢，朱元璋深感大事不妙。山東全境被元軍佔領，過往依賴的屏障轟然倒塌，這麼一來，在與陳友諒、張士誠作戰同時，還得提防和元軍部隊正面交鋒，非常窘迫。

爲了騰出時間，他決定使出緩兵之計，與元「議和」。

主意一定，他立刻派人去察罕帖木兒的軍營，與之「結援」，透露出自己有被元廷招安的意圖。

朱元璋與元政府暗通消息已不是第一次，在此之前，他就曾經派一個千戶隨著方國珍的船隊去過元大都，展開一系列的軍事外交活動及間諜工作。從表面上看，朱元璋的「議和」違背了反元的初衷，甚至走到反元勢力的對立面，不明眞相的人自然感到萬分失望。

對此，朱元璋不想加以解釋說明，明白事理的，就一起共事，不明白事理的，就下死命令，強迫服從。

他的考量當然有一定道理，畢竟這種緩兵之計是不能宣揚的，更不能開會來個舉手表決，少數服從多數。

經過察罕帖木兒的提議，元政府注意到了朱元璋發出的議和信號，於是想招降這支勢力相當強的軍隊，以便安定江南的局勢。

元廷派戶部尚書張昶、郎中馬合謀與奏差張鏈帶著御酒、八寶頂帽，以及任命朱元璋爲榮祿大夫、江西等處行中書省平章政事的詔書，從大都出發，航行到了方國珍處，準備經此地去應天見朱元璋。

元廷通過方國珍與朱元璋打交道，是方國珍積極活動的結果。

方國珍一度答應朱元璋的招諭，但後來又降了元朝，每年往大都運送張士誠提供的糧食，並願爲招降朱元璋牽線搭橋，想左右逢源，兩面討好。爲此，元廷先後提升他爲淮南行省左丞相、江浙行省左丞相。

不過，朱元璋並不買方國珍的帳，他兩次派人來到應天府遞交詔書和禮品，朱元璋都置之不理。張昶等人在方國珍處整整住了一年，沒有得到具體回音，於是打算另尋出路。

與方國珍告辭之後，他們又轉往他處，繼續和朱元璋商討招安相關事宜。

元至正二十二年（西元一三六二年）六月，元軍大將察罕帖木兒被殺，形勢終於有了好轉。朱元璋與身邊的將士們進行討論，分析出元朝內部的形勢越發趨於緊張，元軍的威脅已經隨之減緩，不可能在近期內發動大規模的進攻，於是態度轉趨強硬。

同年十二月，張昶一行人來到應天，不料剛進城，朱元璋就給了他們一個「下馬威」，派士兵扒去他們的官服，而後斥責道：「元廷不明眼下時勢的變化，都到這個時候了，還敢派你等來煽動蠱惑我的軍民！」

張昶低頭沉默不語，馬合謀卻罵不絕口。朱元璋下令把他們統統捆綁起來，等著晚上削首示衆。

傍晚時分，朱元璋吃過晚飯後，私下來到關押張昶的牢房，問：「你快要死了，還有什麼要說的沒有？」

張昶乃大丈夫也，誓不低頭，說：「我爲元廷賣命，盡心盡力，無怨無悔，無話可說。」

朱元璋又說：「可是你想過沒有，元朝政府昏庸無道、欺壓百姓、魚肉人民，爲這樣的政府效忠，有什麼正義可言？不等同於幫著貪官污吏作亂嗎？」

張昶對朱元璋的一席話語仍有牴觸情緒，回答：「他們是他們，我是我。我張昶做事光明磊落，從不做害人害己之事，你要殺要剮，趕緊來吧！」

朱元璋站起身來，搖了搖頭，轉身要走，可剛走到牢房的門口，突然又轉過身來，向張昶問：「聽說你對元朝的法典制度很是熟悉，不知是眞是假？」

「是又怎樣？不是又怎樣？」張昶仍是一副大義凜然的樣子。

朱元璋說：「我想請教幾個法典上的問題。」

接著，他便問起法律條文以及朝廷裡的事，張昶全都對答如流。

晚上，士兵們把張昶與馬合謀、張鏈等人一起押到聚寶門外斬首，然後把三顆血淋淋的頭顱拿到邊界示眾，以表明自己不受元廷招降的決心。

沒想到，幾天後的一個下午，朱元璋突然喚來謀士劉基、宋濂，笑著對他倆說：「元朝給我送來一個大賢人啊！今後可以與你們一起爲我議事了。」

兩人大感不解，只見本該已被斬首的張昶從屋中走了出來。原來，朱元璋愛他是個人才，有心留用，因此特意在行刑時，用一個死囚給他當了替身。

後來，張昶被任命爲中書省都事，掌管行政。

出於對大局的考量，朱元璋「議和」的策略是務實的，但爲此不得不付出了沉重的代價。

由於「議和」有背叛之嫌，很多部將不理解，紛紛反對，甚至起兵叛亂，一代名將胡大海就在這次亂事中被謀害。大將邵榮因計劃謀害朱元璋，事洩遭殺。趙繼祖、宋國興的反叛，對朱元璋更是沉重的打擊。

為了保存和壯大自己的實力，朱元璋做了一次兩難的痛苦抉擇。

平心而論，這個舉措仍是聰明的。局勢不利時，以議和、招安為幌子迷惑敵人；一旦局勢轉危為安，則恢復本來面目，鐵骨錚錚，拒絕招降。截然不同的兩種態度，完全是以保存實力、壯大力量為最高目的。

16

大造輿論，為自己「驗明正身」

先讓軍民接受自己王者的地位，等到戰爭結束，稱帝就是順理成章之事了。在還未登基之前，先做輿論造聲勢，讓軍民承認自己的王位，這是朱元璋與一般流民草寇最明顯的區別所在。

無論走到哪裡，頭狼都會將尾巴高傲地豎起，兩耳伸向前方。之所以這麼做，是要讓跟隨的狼群們明白，自己是老大！

在群雄並立的局勢中，朱元璋高舉濟世安民的大旗、大造輿論，爲更大的的發展炒熱氣氛。他的目的，是要讓軍民明白，自己是名正言順的王。

朱元璋在進攻張士誠的時候，曾經寫下了一篇著名的討張檄文——《平周榜》。

把內容翻譯成白話，是這樣的：

王者之師代罪救民，自古昭然。軒轅氏誅殺蚩尤，商湯征討葛伯，周文王攻伐崇武，三位聖人起兵，都是為了拯救天下的民眾。時至今日，元主深居宮中，佞臣操縱朝政，賄賂朝廷便可當官，有人說情便可免罪，監察部門舉薦親近之人而彈劾仇敵，其他衙門也是虐待貧寒人家而優渥富人。朝廷不以這種狀況為憂，還添設冗官、變更鈔法，奴役幾十萬人治河，死者哀鴻遍野，怨聲載道不絕於耳。結果，愚昧之民誤中妖術，相信妄誕的宣傳，對彌勒的出世信以為真，期望能根治亂世，解脫百姓的苦難。於是聚為燒香之黨，在汝、潁一帶活動，後來蔓延到黃河、洛水。在妖言蠱惑下，謀亂造反、焚燒城池、殺戮士人。元廷動用了一切力量進行討伐，仍無濟於事，謀亂反而更加猖獗氾濫。

由此可見，朝廷已無法救世於民，所以有志之士乘勢而起，有的打著元廷的旗號，有的以香軍為名，也有的自成體系。總之，都想有所作為，天下由此開始大亂。

我本是濠州平民，投身軍旅後逐漸統兵作戰，感到妖言不能成就大事，又估計胡虜的氣運即將斷絕，因此引兵渡過長江，依賴天地祖宗的神靈以及將士們努力，一鼓作氣拿下應天，再戰平定了浙東。

陳友諒稱帝，盤踞在我的上游，我興問罪討伐之師與他交兵，將其斃之，他的家人銜壁肉袒向我投降，我不但沒有處死他們，還給他們封爵列侯，並留用將相，使百姓各安其業。荊襄湖廣之地，盡入版圖。雖說德化未能普及，但也政績斐然。

如今姑蘇的張士誠，為百姓時販賣私鹽，在江湖上打劫，起兵後又聚集兇殘之徒固守於海島，這是他的第一條罪狀；擔心自己居海隅一角，難以與天下抗爭，於是向元廷詐降，這是他的第二條罪狀；竊據浙西，兵不滿數萬，地不足千里，卻敢稱帝，此乃他的第三條罪狀；開始侵犯我的邊界時，我軍活捉了他的兄弟張士德，再次進犯我江浙行省，我軍鋒芒所指，直逼他的轄境，使他不敢再得向前，從而又一次向元廷詐降，這是他的第四條罪狀；表面上擔任元朝的官員，實際上卻假借朝廷號令，挾制江浙行省左丞相達識帖睦邇，謀害左丞楊完者，這是他的第五條罪狀；佔據浙江的錢財糧物，十年不納貢，這是他的第六條罪狀；看到元朝綱紀已亂，便公然殺害行省左丞相達識帖佳邇和行台大夫普化帖木兒，這是他的第七條罪狀；依仗地形險要、糧食充足，誘降我的將領，掠奪我的邊民，這是他的第八條罪狀。

憑此八條罪狀，完全可以對他興兵問罪，平定天下、安撫百姓。

我已傳命中書左丞相徐達統率步馬舟師，分道並進，攻取浙西等處城池。並已告戒各位將軍，大軍所及，只懲辦首惡，不問脅從。凡是從我這裡跑過去的臣民以及被捕的將士，如有悔悟，前來回歸，一律免罪。張士誠手下的巨謀，如有識時務為俊傑者，應舉城投降，或放下武器，我會毫不吝嗇地封官進爵。百姓們只要是安守本分的，就是我的良民。舊有的田產房屋，仍歸原主所有。有膽敢聚眾抗拒王師的，則立即遣兵剿滅。

我說的話像天空日月一樣明確，為的就是讓你們不要遲疑不決。

不看署名落款，倒像是一篇元廷政府發佈的檄文。

從這篇「討張檄文」可以看出，朱元璋的自我定位已經不是一個軍隊的統帥了，他在爲未來的皇位造勢，把自己和商湯、周文王等相提並論，稱帝的野心和慾望展露無疑。這篇文章，與其說是一篇戰爭檄文，不如說是一次山雨欲來的輿論宣傳。先讓軍民接受自己王者的地位，等到戰爭結束，稱帝就是順理成章之事了，再有人起來反抗或者是篡權，必定要遭到百姓的反對，認爲是門不當、戶不對，得不到擁護和支持。

朱元璋公開指責張士誠的紅巾起義軍是妖言惑眾的燒香之黨，咒罵他們焚毀城廓，殺戮士人，無異於否定當初投身郭子興起義軍進行反元鬥爭的行爲，但從另一方面看，充分顯示了自身濟世安民、拯救蒼生的王者風範。

在還未登基之前，先做輿論造聲勢，讓軍民承認自己的王位，這是朱元璋與一般流民草寇最明顯的區別所在。

爲了日後的登基需要，朱元璋在這篇文章裡製造了多條輿論，於檄文中羅列張士誠的多條罪狀，儼然僞裝成維護封建王朝的救星，指出張士誠反叛元廷的種種罪證。當然，朱元璋不會眞的去拯救奄奄一息的元王朝，不過是爲了讓自己師出有名而已。

聲勢如願造成了，張士誠本身的實力卻不可輕視，如何拿下他，成了最迫切需要解決的事。

元至正二十六年（西元一三六六年）七月中旬，朱元璋召開軍事會議，討論該在何時、透過何種方式，對張士誠的部隊發起攻擊。

李善長認爲張士誠目前屢遭挫敗，但手中仍握有重兵，不可小覷，加上地廣民富，盲目進攻，取勝的把握恐怕不大，要從長計議，尋隙而動。

這也是衆多將士的想法，大家紛紛點頭贊同，大將徐達卻不同意，說：「我認爲應該立即出兵剿滅，張士誠驕橫暴殄，奢侈無度，現下正是討伐他的大好時機。」

朱元璋大笑，對衆將領說：「你們的話自然都有一定的道理，但都沒有說到重點上。不錯，現在正是殲滅張士誠的好時機，我們已經攻下了他的不少城池，絕不能讓他有喘息的機會，否則的話，讓他東山再起，局面就很難控制了。只有徐達的看法符合我的意思。好了，咱們來分析分析怎麼對付張士誠吧！」

大將常遇春主張直搗平江，說：「捉鳥應奔其巢、捕鼠應堵其穴。我們應該直插張士誠的大本營，只要他的老巢平江一破，其他的地方就會不攻自破了。」

朱元璋點頭說：「言之有理，不過，這樣做未免有點急於求成，正如善長所說，咱們目前沒有足夠的實力去攻打他的巢穴。張士誠是鹽販出身，與湖州守將張天棋、杭州守將潘元明等人甚是要好，而張天棋、潘元明二人都是蠻橫之徒，互爲手足。張士誠有難，張、潘兩人決不會視若無睹，必然會全力來救。援兵一到，我們更是難以取勝。我建議，咱們先攻打湖州、杭州，使他們疲於奔命，翦其羽翼，然後再移兵北上，攻克平江。」

衆將連連點頭稱是，於是朱元璋下令諸將檢閱士卒，擇日啓程，準備先攻取湖州、杭州、嘉興，斷其兩臂。

至正二十六年（西元一三六六年）八月初四，朱元璋命徐達、常遇春二人統軍二十萬，水陸齊發，向太湖方向挺進。

八月二十五日，大軍抵達湖州城外的三里橋。和預想的一樣，湖州守將張天祺果然出動，分兵三路出城迎戰。大軍並沒有慌亂，因爲這本就在朱元璋的計劃之中。徐達擺開陣式，就等著張天棋放馬過來。

待張天棋等人衝上來後，常遇春與將士們拍馬直衝敵陣，軍士們搖旗吶喊，擊鼓助威。面對身經百戰的常遇春，張天棋自然不是對手，見勢不妙，立即撥馬而歸，退回城中，閉門不出。徐達和常遇春趁勢包圍了整個湖州。

張士誠見湖州被圍，派人前來支援。援軍屯駐在湖州城東的舊館，築起五個軍營大寨，以便與城內的張天棋、李伯兄等人互爲呼應。徐達、常遇春和剛從常州趕來的湯和等人，則攻佔舊館以東的姑嫂橋，修築十座營壘，切斷張士誠的退路。

張士誠深感大勢不妙，立即派女婿潘元紹從嘉興出發，進攻舊館東南的馬鎮，好與舊館守軍互爲犄角，雙管齊下，對付朱元璋大軍。徐達等人察覺後，趁著潘元紹還未立足，趁夜間偷襲了他的大營，潘元紹只得悻悻而歸。

與此同時，徐達又馬不停蹄地填堵附近的港溝，斷絕湖州的糧道，使得湖州和舊館兩處的敵軍完全被孤立，無法與外界聯繫。

另一方面，朱元璋派李文忠攻打杭州，華雲龍進攻嘉興等地。此時，平江的張士誠幾乎成了熱鍋上的螞蟻，急得不知如何是好。

李文忠先攻克新城和富陽等地，接著進兵杭州門戶餘杭，守將出城繳械受降，餘杭既下，杭州已無任何屏障可待，守將潘元明自然主動請降。李文忠整隊入城，潘元明一席人馬主動交槍，列隊迎接，還把殺害胡大海的蔣英、劉震捆綁起來，交給了李文忠。

蘇杭一破，張士誠的周邊陣地分崩離析，嘉興和紹興等地守軍不戰而降。

同年十一月二十五日，徐達率軍直逼平江。

平江是張士誠經營多年的城池，最初的根據地之一，糧草充足、城防堅固。徐達採用圍而不打的「鎖城法」將其圍困，慢慢地消耗，並在城外築起長圍，層層封鎖，斷絕平江與外界的聯繫。此外，徐達還下令架起木塔，使城中的一舉一動盡收眼底，接著再架起弓弩、火炮，晝夜不停地向城中轟擊。

這邊徐達督軍攻城，那邊張士誠率眾死守，一打就是半年多，平江雖未攻克，城中將士早已精疲力盡，無心再戰了。

隨著城中局勢惡化，張士誠多次企圖逃跑，諷刺的是，他最後一次出城決戰，竟被自家人糊裡糊塗地給搞砸了。

事情是這樣的：當時，張士誠的士兵們叛死一搏，個個英勇無敵，常遇春有些抵擋不住，剛想撤退，平江城上督戰的張士信卻莫名其妙地大喊：「大哥，將士們累了，停止前進，趕快收兵吧！」說著便鳴金收兵了。張士誠完全沒能回過神來，打得好好的，怎麼就收兵了呢？

已經相當疲憊的常遇春見狀，立刻像是打足了氣一樣，精神百倍，「殺」聲令下，上萬大軍開始反攻。情急之下，張士誠只得率兵退進城內。

常遇春帶人一直追到城下，在城門口築起了堡壘，進行攻城。剛在城樓上支起帳篷的張士信，本來想歇息一下，竟被突然飛來的一顆炮彈炸得粉身碎骨，守城軍士們的情緒自然更低落了。

至正二十七年（西元一三六七年）九月初八，朱元璋命徐達火速進攻平江，一舉殲滅張士誠。命令傳到，徐達立即對平江發起總攻擊。

飛炮猛烈轟擊，城外士兵架雲梯的架雲梯、放箭的放箭、火攻的火攻，城內頓時一片混亂，不久便攻破了城門，守城將士只得投降。

苦心經營的大業毀於一旦，萬念俱灰的張士誠逼妻子自殺後，自己也準備懸樑，但被及時趕到的朱元璋大軍給俘虜。

滅了張士誠之後，朱元璋在總結戰勝大漢、東吳兩個勁敵的經驗時說：

元末群雄逐鹿，張士誠、陳友諒是兩支最強大的勢力。張士誠地方富庶，陳友諒兵力雄厚。在這兩點上，我都不如他們。我依靠的是不殺百姓，以理服眾，諸君同心協力，做事認真，才有今天的成功。

記得當初，我被他們圍困，有人建議我先進攻東吳。幸虧在謀士的提醒下，才沒有失去方向。友諒志驕、士誠器小，志驕的好惹是非、器小的胸無大志，安於守成。我果敢決定先攻打陳友諒，果然不出所料，鄱陽湖決戰時，張士誠龜縮在平江不來支援，使得陳友諒對我東西夾擊的計策沒能得逞。當初要是先攻打張士誠，陳友諒必會傾巢而出，到那時腹背受敵，今天坐在這裡喝酒的，可就不是我了。

掃蕩了張士誠的殘餘勢力之後，回到應天，朱元璋論功行賞，封李善長爲宣國公，徐達爲定國公，常遇春爲鄰國公，其他將士也各有不同的賞賜。

第二天，諸將前來道謝，朱元璋問他們是否擺酒席慶賀，眾將領都說，確實應擺酒慶賀一番。

贏取張士誠不僅使軍隊勢氣大增，更積累了豐富的作戰經驗，可衆將士也在作戰過程中筋疲力盡，像成吉思汗一樣賜一杯馬奶酒，再欣賞幾個姑娘的舞蹈，實不爲過。但朱元璋卻說：「我何嘗不想與你們置酒席共同歡宴一天，但是中原地區尚未平定，現在忘乎所以還爲時過早。你們要牢記張士誠的教訓，他就是經常和將領們宴會、娛樂，才落得今天這個下場，一定要引以爲戒啊！」

朱元璋並沒有被一時的勝利喜悅衝昏頭腦，清楚地知道還有更多的事等著自己去做。贏得這一仗，建立新朝代的慾望更加膨脹了。

17

謀慮要深，志向要遠

鄱陽湖一戰後，張定邊帶著陳友諒的兒子陳理逃往武昌，絕大多數的將領都表示願意率兵直搗陳友諒的老巢武昌，以絕後患。對此，朱元璋另有見解，認為那樣做，張定邊會做困獸之鬥，己方傷亡太大。

《東郭先生與狼》的故事中，狼遇上東郭先生，並沒有因爲饑餓而馬上顯出兇相，相反地，牠選擇先隱藏自己兇殘的一面，目的當然是爲了贏得時間。這就是狼的深謀遠慮，眼光看得很遠，不會爲了眼前不明確的利益，失去獲取眞正成功的機會。

朱元璋經常提醒部將，做事要有遠謀，不可急功近利。必須有遠謀，放眼大局，才能對局勢有比較深刻的理解，也只有透過深刻的理解和領悟，才能從動盪的局勢中找到適當的方法，解決眼前的問題。

投奔郭子興後，朱元璋的才能逐漸顯露，在他的輔佐下，郭子興的隊伍不僅脫離孫德崖等人的威脅，且在軍紀以及作戰能力方面得到大幅度提高，在滁州等地和元軍的幾次作戰中取得勝利。見此，郭子興不禁驕傲起來，有了稱王的念頭，於是把朱元璋請到書房，與他商量稱王的事宜。

朱元璋認爲不妥，郭子興疑惑不解地問：「有何不妥？」

朱元璋向他解釋道：「滁州城太小，士兵又少得可憐，糧草一直都是個問題。撇開糧草不易籌集不說，另一關鍵在於咱們沒有適合發展的地方，郭公要稱王，不管是從時間上來講，還是從地理位置上來說，都不合適。眞要稱王，必須另找一個地方作爲首都，但是，眼前好的戰略位置，我們都還沒有拿到手。」

「再說了，郭公非要現在稱王，勢必會引起其他人的警覺，豈不等於是把自己變成敵人的靶子，成了共同的敵人？不先把殘餘勢力消滅乾淨，他們必定會對郭公的稱王眼紅，到時候可就麻煩了。」

郭子興聽了朱元璋的勸說，覺得很有道理，打消了稱王稱霸的念頭。

朱元璋認爲農民起義軍存在著種種弊端，軍紀不整，人心渙散，最致命的是沒有遠大目標，並不想徹底推翻元朝，只期望在自己所控制的範圍內圖自保，求得一方平安，根本想不到天下太平統一這樣的事。

朱元璋最爲鄙視的就是鼠目寸光，因此，他決定跳出郭子興的隊伍，獨自去發展，這正是一種深謀遠慮、高瞻遠矚的做法。

一個人如果沒有遠見，就只能看到眼前的一點好處，無視長遠的利益，而且經常會被這種短視的利益所驅動和迷惑，無法顧全大局。

在後來的征戰中，朱元璋接納了許多儒生學者，全都是當時的英才，但他沒有因爲這些人的博學多識，放棄自身的主意和見解。

他覺得這些人可以從不同的角度看待問題，解決問題，對自己是十分有益的補充，但不能代替自己思考。

在一些重大問題的決策上，朱元璋是非常謹慎的，不會固執己見，也不會隨波逐流，不僅虛心向跟隨在身邊的儒士請教，更能從自己的角度看問題。他做出的每一個政策都是預見性、戰略性的，絕非隨隨便便就採取行動。

這樣的例子很多，比如鄱陽湖大戰後，朱元璋成功消滅了陳友諒，衆將士紛紛上書言表，請他稱王，與郭子興正好相反，他拒絕了。

將士們都十分納悶，包括一些儒士也想不通，這是為什麼？難道他真的不想稱王稱帝嗎？對此，朱元璋後來向他們解釋道：「雖然我現在已經具有稱王稱霸的實力，但形勢並不容樂觀，東面的張士誠、西面的徐壽輝正緊盯著咱們。況且我還是小明王的臣子，主上還健在，如果我們突然不尊小明王，必定會讓人說三道四，落人口實，那些本來就與我有衝突的軍隊很可能藉機聯合起來攻打我們。我不稱王正是基於這些考慮，不希望造成不必要的麻煩。」

朱元璋頭腦機敏、伶牙俐齒，不僅說服眾將，還在眾人的面前做足姿態，表示依然尊奉小明王為領袖，繼續沿用龍鳳紀年，一直沿襲到自己稱吳王為止。做了婊子又立起牌坊，何樂而不為呢？

朱元璋的放眼大局、深謀遠慮不僅體現在政治鬥爭上，在軍事戰爭上，他也是如此。

鄱陽湖一戰後，張定邊帶著陳友諒的兒子陳理和陳友諒的屍體，乘小船逃往武昌，當時絕大多數的將領都表示願意率兵直搗陳友諒的老巢武昌，將其一網打盡，以絕後患。對此，朱元璋另有見解，他認為那樣做，張定邊會做困獸之鬥，己方傷亡太大，所以對衆將說：「不如先休整一段時間再說吧！等他們喪失警惕性之後再攻擊也不遲。」

《孫子兵法》說「窮寇勿追」，朱元璋深諳其中的道理，所以才選取了這一計策，無疑是非常成功和正確的。

大漢王朝占地廣闊，兵源尚足，鄱陽湖一戰雖然殲滅不少兵將，並且射殺陳友諒本人，但不表示敵人已經被徹底消滅，他們只是戰敗而已，如果乘勝追擊，逼迫陳理，陳理的將士必然會做出殊死搏鬥，實在划不來。

不僅如此，還有一股不得不考慮的勢力，就是張士誠。自己將主力兵開赴武昌攻擊陳理，應天城內空虛，萬一一直與陳友諒保持統一戰線的張士誠發兵進攻，後果不堪設想。

可以說，這正是朱元璋放棄趁勝追擊的主要原因。沒有張士誠的虎視眈眈，斷無縱虎歸山的道理。

因此，朱元璋僅派遣了一支小部隊跟蹤張定遠，採取機動靈活的游擊戰，加以騷亂，自己則班師回朝，返回應天休整，以防張士誠火燒後院。

退回大本營後，對張士誠觀察了一個月，見對方全無反應，才派遣大將徐達留守應天，自己則率軍親征武昌，準備拿下陳理。

金秋十月，大軍抵達武昌，在城下豎木柵、建水寨，隔斷通向武昌的所有渠道，困死陳理。一面圍困武昌，一面又分兵攻克武昌附近的城池要地，威逼湖北各郡投降，總算使得湖北全境落到了自己囊中。

次年二月，朱元璋再度親臨武昌指揮作戰，大將常遇春、傅友德諸將俘獲了湖南方面的援軍，並一舉攻取武昌東南方的高冠山，張定遠見大勢已去，終於停止抵抗，與陳理一起歸降。

武昌被攻克之後，贛州、辰州、韶州大部分地區相繼歸附，朱元璋實力大增，呈今非昔比之勢。而這一切，正是深謀遠慮的結果。

第 5 章

狼披著羊皮還是狼

狼在饑餓無力的時候，即使面對一頭乖巧的羊，也不會仰天長嘯、瘋狂撲捉，而是以靜制動、引蛇出洞，置敵於死地。

18 釣什麼樣的魚，就用什麼樣的餌

善用誘餌，引魚上鉤，這一招貫串了朱元璋的一生，即便當上皇帝，不用再親自到前線打仗，仍在政治鬥爭中純熟地運用。先引蛇出洞，再直接攻取要害，這就是朱元璋細密心思與狠辣手段的展現。

狼狩獵時，會根據過往的經驗，潛伏在一個地方等待獵物經過。牠們極具耐心，有辦法一連等待幾個小時，甚至是十幾個小時。耐心，是狼的一大特色。

朱元璋從一個普通士兵一直幹到軍隊統帥，又削平群雄、統一四海。在這一過程中，他並不是總處於強勢，但懂得以弱勝強、誘敵深入的精髓，能夠在敗中求勝、化弱為強，是典型的弱勢大贏家，戰略戰術的運用，可謂高明。

元至正十四年（西元一三五四年），起義軍中的另一派趙均用、孫德崖駐守在六合的部隊，陷入元丞相脫脫的大兵重圍之中，情勢十分危急。

假如這支部隊被消滅，將會對朱元璋整個隊伍造成很大威脅。但是，當時的情況是敵強我弱，差異十分明顯。不去救援，趙均用、孫德崖的隊伍必然會遭到滅頂之災，但自己可以保存一部分實力；去救援呢，可能連自己的隊伍也要搭上。

朱元璋思考再三，還是決定出兵援救。

當然，他是不會盲目出兵的，已經先想好了營救計劃。

這一趟支援六合，共打了兩仗，第一仗，是瓦梁壘戰役。

爲了一舉消滅趙均用和孫德崖，元軍急攻瓦梁壘有四五次之多，可每次都是在陣地快要被攻陷的時候，忽然撤退，義軍因此得到喘氣和修復工事的機會。

元軍爲什麼會有這樣的表現？經過分析，朱元璋認爲，這是因爲元軍還不清楚義軍的內部情況，害怕中埋伏。他當即做了一個大膽的決定——退出瓦梁壘，並在撤兵前成功地導演了一齣「空城計」。

他先把軍隊全部撤回村壘，門外只留幾個婦女手持兵器叫罵，弄得元軍摸不清起義軍的虛實，一頭霧水，不知所措。

朱元璋則乘元軍驚疑不定、按兵不動之際，從容不迫地撤軍回滁州。撤兵時，輜重婦女在前，留精兵斷後，以防追擊。

起義軍出城了，只見壘內放出一些牛群，婦女居中追趕，壯丁在兩旁護衛，元軍一時愕然無措，不敢近前，眼睜睜看著他們大搖大擺向滁州方向撤退。等元將終於清醒，再要發兵追趕，爲時已晚，朱元璋早就撤到安全地帶了。

另外，在元兵進攻滁州時，朱元璋先在城外的一條溪澗側佈置伏兵，待元兵來時，令耿再成假裝敗北，誘使敵兵渡澗，然後伏兵出擊，元兵被殺得猝不及防，損失慘重。

這一招並非他首創，歷史上已經出現過一次了，導演者是成吉思汗。

成吉思汗統一蒙古後進攻金國，屢次攻打守衛邊防的胡天虎，想以此打開一個缺口。由於金國有上百年積累的基業，兵強馬壯，再加上城牆建築牢固，守衛森嚴，蒙古部隊屢攻屢敗，根本進不了城。許多將士感到勝利無望，想打退堂鼓，成吉思汗卻想出了一條妙計——「詐敗」。

他再次出兵攻打胡天虎，沒多久便裝出一副被打得落花流水的樣子，倉皇而逃。胡天虎本來就求勝心切，一見此狀，認爲是千載難逢的立功時機，於是打開城門，追殺成吉思汗的騎兵。他沒想到的是，眞正的精銳部隊還在後面呢！眼前這些「敗兵」只是做做樣子而已。

成吉思汗終於等到胡天虎主動打開城門，結果可想而知：金兵大敗，大金國從此風光不再。

朱元璋的這齣戲，與成吉思汗的計策大同小異，也同樣取得了勝利。

元軍吃了這麼大的虧，肯定不會輕易放過，對此，朱元璋也是早就做好準備的，一反常態，表示願意與元將議和。

他以郭子興的名義退還俘獲的元兵戰馬，備酒犒勞元兵，並對此做出解釋：「滁州城居守的都是些良民，結聚爲兵，完全是爲了自衛，聽說元兵要攻取滁州，大殺無辜，故冒死反抗，實爲不得已。我只不過小小一介平民，只想有口飯吃，能安居樂業就滿足了。現在元兵的大敵在高郵，張士誠屯兵上萬，對朝廷虎視眈眈，將軍不合力攻高郵，反來屠殺良民，這樣做合適嗎？」

元廷一聽，也是，小小的郭子興，估計也成不了大氣候，於是把目標轉向了張士誠，沒再繼續找朱元璋算帳。

朱元璋的高明之處，在於明白自己實力有限，不和強大的敵人正面衝突，巧妙地一打一拉，把火頭引向張士誠。

吃過朱元璋「誘餌」的不僅只有元軍，陳友諒也曾中過這一招。論精采度，朱元璋誘使陳友諒上當的一幕，絲毫不亞於周郎的赤壁之戰。

龍鳳六年（西元一三六〇年）四月，陳友諒調集大軍，順江而下，直奔朱元璋的基地應天府，也就是今日的南京。

史書上說，陳軍的戰艦遮空、旌旗蔽日，朱元璋的力量與此相比，不知要遜色多少倍，甚至還有人主張投降。朱元璋偏不信這個邪，不但指揮若定，還設下口袋計，讓陳友諒自己鑽進來。

他令大將胡大海率軍攻擊廣信（江西上饒），牽制陳友諒後路，使之不能全力攻擊應天；令常遇春、馮國勝率部隱蔽於龍灣石灰山側做伏兵；令徐達率部在應天城外設伏，只要見到黃旗揮舞，即率兵殺出；令張德勝、朱虎率水軍把守龍江關。

「口袋」有了，還要有個「誘餌」，於是朱元璋召來了康茂才，對他說：「你與陳友諒過去有交情，可寫降書給陳，聲稱一旦交兵，即作內應，率部反正。」

康茂才說：「正好我家有個看門老人曾侍候過陳友諒，派他去送信，對方必不會起疑心。」

康茂才的看門人在夜間乘小舟直達陳友諒大營，說有密信呈報。陳友諒看罷書信大喜，問看門人：「康公現在哪裡？」

看門人回答：「現在守江東橋。」

「橋是怎樣的？」

「是一座木橋。」

陳友諒對看門人說：「回去告訴康公，我五月初十準時出發，到時候在江東橋呼『老康』爲號。」

朱元璋聽罷彙報，進行緊急佈置，讓李善長連夜將江東橋的木橋換成鐵橋。

五月初十，陳友諒果然親自率領舟師順流東下，至大勝港，遭到楊規的阻擊，加之水路狹窄，只能容三舟並進，不便展開，便從大勝港撤出，一起順入長江，駛向江東橋。到江東橋一看，哪有什麼木橋，分明是一座鐵橋，不免有些懷疑，急忙呼「老康、老康」，又不見回音，才知道是上了當。

陳友諒當下所處的位置，北有常遇春、馮國勝的石山伏兵和張德勝的舟師；南有徐達南門守卒；面對的是朱元璋盧龍山的大部隊，四面夾擊，只有死路一條。陳軍的數百艘戰艦擱淺，登陸的一萬多人又被趕入江中，陳友諒弄了一支小船才逃得性命，此後元氣大傷。

善用誘餌，引魚上鉤，這一招貫串了朱元璋的一生，即便當上皇帝，不用再親自到前線打仗，仍在政治鬥爭中純熟地運用先引蛇出洞再打蛇寸的誘敵戰術。

宰相胡惟庸貪權弄權，曾說：「寧可少活十年，休得一日無權。」大權在握後，從洪武六年（西元一三七三年）到洪武十年，結黨專權，不但敢拆閱官民密奏皇帝的文書，還利用朱元璋猜忌大臣的心理，迫害劉基。

對胡惟庸的專擅，朱元璋看在眼裡，但沒有加以制止、處罰。此時，他想的是借胡惟庸進行一次政治清洗，把那些有野心、好結黨、不聽話的人一網打盡。剛上來一條魚就收網，戰果太小，他要觀察、等待，以自己的放縱爲誘餌，抓更大、更多的魚。

劉基死後，胡惟庸更加肆無忌憚。御史韓宜上疏彈劾他結黨營私，擅作威福，請求皇帝將其斬首。朱元璋表面大怒，把韓宜投進錦衣衛，實際是放長線，因爲韓宜後來被放了。

洪武十年（西元一三七七年）夏，該是收網的時候了，朱元璋下令：天下臣民，有言事的，可以直接到皇帝面前。這就是說，上書可以直接繞過中書省。這次的命令是朱元璋有意放出的探測氣球，要敲敲胡惟庸，看他有什麼反應。

此前一年，有個老儒生錢蘇，就是因爲直書皇帝，被胡惟庸打發去南京看檔案。洪武十一年，朱元璋把錢蘇召回來，刻意對他說：「你那差事，連實習監生都不願幹，是不是得罪丞相了？還是我給你安排個位置吧！」

這對於胡惟庸，無疑是當頭一棒。

先引蛇出洞，再直接攻取要害，就是朱元璋細密心思與狠辣手段的展現。

19

得人心者得勝利

俗話說，得人心者得天下。在用人當牆的年代，人多力量大是毫無疑問的，陳友諒明明人多卻處於劣勢，只有一種解釋：人心不齊。這正是朱元璋戰勝陳友諒的最大法寶。

選擇獵物時，如果目標錯誤，就會葬送自己的性命。所以，狼經常尋找老弱病殘的獵物。對於強壯的獵物，不會直接面對，而是旁敲側擊，佔據有利位置，待天時、地利兼備時，再一舉發動進攻，以保證萬無一失。

元至正二十一年（西元一三六二年），朱元璋已經積累了豐富的戰爭經驗，戰功赫赫，將黃州、廣濟、建昌、蘄州、饒州等地一舉攻下。可儘管如此，仍然沒有足夠的實力建立自己的政權，只是一支軍隊的統帥而已，不得不承認小明王是自己的上司。

由於朱元璋的戰績有目共睹，小明王提升他為吳國公。朱元璋把自己的樞密院改為大都督府，以朱文正為大都督。

龍鳳八年（西元一三六二年）對朱元璋來說，可謂坎坷多事的一年，先是原來投降的蔣英反叛，接著胡大海遇害，緊接著便是邵榮想謀害自己。

幸而在經歷了一連串內亂的風風雨雨之後，迎來了新的一年。

龍鳳九年，朱元璋做了兩件可以稱得上是威震天下的大事，第一是援救安豐，支援小明王，第二是在鄱陽湖與陳友諒展開決戰，也就是歷史上著名的鄱陽湖戰役。

援救安豐，是一場膽識和智慧之戰，表面是打著援救的旗號，實質上卻是在別人相互廝殺的時候，混水摸魚，趁機捅人一刀，削弱勢力，還得個救援、勸架、斡旋的美名。

元至正二十三年（西元一三六三年），北方起義軍驟起事端。張士誠派部將呂珍帶領十萬大軍幫助元廷進攻安豐，兄弟部隊張士信領兵殿後。來者不善，善者不來，大軍壓境，可謂來勢洶洶。劉福通等幾萬人馬被困於安豐這座孤城之內，城池實在太小，再加上糧食本來就緊缺，無疑是用雞蛋去碰石頭，用肉包子打狗。

雖然張士誠的部隊沒有一鼓作氣拿下安豐，但劉福通已是彈盡糧絕，先是把自己心愛的戰馬殺死，吃其肉、喝其血。馬吃完了，士兵們不得不以老弱婦孺充饑，更有甚者，把已經埋在地下的腐爛屍體挖出來吃，把井底的淤泥捏成丸子往肚子裡塡。小明王韓林兒束手無策，整日在宮中哭泣，劉福通不得不派人前去應天向朱元璋求救。

接此消息，朱元璋憂心的不是劉福通的士兵忍饑挨餓，也不是擔心他全軍覆沒，從此一蹶不振，而是擔心張士誠攻破安豐之後，會如虎添翼，從北面威脅自己的根據地，那時候可就不好辦了。

江山總歸是自己的，何不現在出兵援救，再加上小明王的士兵，大可以借別人之力，幫自己打仗。劉福通已經不堪一擊，張士誠卻沒有乘勝追擊，看來也是沒有多大本領、鼠目寸光之輩。只要自己指揮得當，贏得這場戰爭，估計沒多大問題。

朱元璋決定出兵援救的消息傳到劉基耳中，服喪在家的他立即趕回應天輔佐。

劉基認爲張士誠胸無大志，只求割地自守，暫時不會構成什麼威脅，眼下勁敵依然是陳友諒。陳友諒時時刻刻都在尋找機會，企圖沿江東下，建立自己的江南霸業。如果現在出兵救援安豐，陳友諒很可能趁此時機乘虛而入，攻打應天。

因此，劉基主張，應該先集中精力對付陳友諒，然後再收拾張士誠。再說，把小明王救出後，怎麼安置呢？

朱元璋明白劉基的意思：與其出兵營救小明王，倒不如借張士誠之手除掉這個名分上還統轄應天政權的皇上。但是，自己現在不能這樣做。

朱元璋認為，小明王一時還不能討伐自己，幫他打敗張士誠，之後就有時間和精力來對付陳友諒了。那時，小明王一定不好意思來干擾。而等陳友諒一敗，小明王的寶座就該換人了。

心念已定，朱元璋毅然出兵，元至正二十三年（西元一三六三年）三月初一，親自率領徐達、常遇春兩員最得力的大將和主力部隊，向安豐進軍。

到達安豐時，正值城破，紅巾軍將領劉福通戰死，朱元璋的軍隊進城之後，迅速與張士誠的軍隊展開激戰，把小明王救出安豐。

與敵將呂珍激戰時，猛將常遇春率先衝鋒在前，三戰三捷，呂珍抵擋不住，連連敗退。接著，朱元璋又命徐達、常遇春等人攻打廬州（今安徽合肥），自己則先回應天，擺設鑾駕，迎接小明王。

途經滁州（今安徽滁縣），朱元璋下令建造宮殿，將小明王安置在那裡，供養起來。同時又把他的左右侍臣全都換成自己的心腹，以便對其進行監視。這樣做，其實相當於對小明王的軟禁。

張士誠敗了，小明王被軟禁，朱元璋以爲達到了目標，但是，不出劉基所料，陳友諒聽說朱元璋去支援小明王，以爲時機已到，立刻湊集六十萬人馬，並且在湖廣行省徵集大量農夫、市民，作爲預備兵，號稱「篷合」，企圖一舉拿下朱元璋，以報曾經兵敗蒙羞受辱之仇。

陳友諒這一次所造的戰艦，比龍灣那次的還要巨大威猛，艦高數丈，長幾十丈，戰外側塗上紅漆，上下三層，每層都設有馬棚，可以跑馬，而且隔層很厚，上下層的人彼此聽不到說話聲。最底下的一層設板房，置放幾十支大櫓，爲了增加櫓身的堅硬程度，陳友諒命人把櫓身都用鐵皮包裹起來。戰艦共分三種：大艦可載三千人，中型戰艦可載二千五百人，小型的也可載二千人。

經過三個月的匆忙訓練，陳友諒急不可耐地傾盡一切兵馬，全部出動。六十萬大軍，旌旗獵獵、帆桿如林、湧江蔽空，向南昌方向全速駛來。他甚至把百官的家屬一起用船載來，以表示自己必勝的決心。

可是，他卻在決策上犯了一個重大錯誤，沒有直接進攻朱元璋安身立命的大本營應天，而是撲向洪都。

在軍事行家看來，這是一個極大的錯誤，因爲這個時候應天府中兵力空虛，不趁此良機一舉奪取，今後將會更加困難。不打應天而去攻打洪都，反倒是給朱元璋騰出撤兵返回的時間。

據史學家推斷，陳友諒之所以不攻打應天，很有可能是鑑於上一次攻擊應天城失敗的教訓。

洪都守軍不足一萬，大都督朱文正得知陳友諒氣勢洶洶地直奔自己而來，迅速進行了緊急動員，派遣參政鄧越守衛最重要的要道——撫州門，元帥趙德勝堅守宮步、士步、橋步三門要地，並且指揮薛顯守章江、新城二門，大將牛海龍等守琉璃、精台二門。朱文正自己則率兵二千人，居中節制，進行全面的指揮調配。

洪都城的西南面城牆，瀕臨贛江，過去陳友諒曾經攻佔過這座城池，是趁江水上漲之際，從船上直接架梯攀附城牆，一千人馬迅速攻入。陳友諒手下大將胡廷城歸附後，朱元璋鑑於上次攻城的教訓，責令將士拆毀西南部舊城，然後在後退三十步處修築新牆。

這次陳友諒來犯，還以爲環境和上次一樣，想用高大的戰艦直接攻入城中，誰知來到一看，船隻根本靠不到城牆，無奈之下，只得棄舟，率兵登岸圍攻。

跟朱文正預料的一樣，戰鬥最激烈的地方正在撫州門。陳友諒這回親自督兵猛攻，士兵們手執斗笠大的盾牌，冒著城上飛下來的矢石，勇往直前，一個勁地往上衝。不一會兒，就聽到一聲巨響，原來城牆被攻城士兵炸開了一個三十餘丈的大口子。就在陳友諒攻城將得逞之際，鄧越率領部將改用火炮還擊。一時間，槍林彈雨、火光亂竄，攻城士卒慌亂之中躲閃不及，被打得頭破血流。

陳友諒見勢不妙，命令退兵，鄧越立即派人豎起木柵，以便擋住三十餘丈的缺口。可木柵欄還沒有完全豎起來，陳友諒又反攻過來，雙方展開肉搏。守將鄧越奮力拚殺，朱文正也帶著一行人馬趕來增援。雙方戰鬥不止、築城不止，就這樣循環往復，用了整整一夜的時間，終於堵住了那個大豁口。

而在戰場的另一側——新城門，守城大將薛顯率領敢死隊主動開門出擊，斬殺了陳友諒的部將劉震昭。

戰鬥一直持續到六月中旬，陳友諒開始從長計議，改變攻擊策略，專攻水關，想破柵欄而入。

朱文正派壯士用長槊從柵內向外刺殺，陳友諒的士兵也狡猾得很，從木柵欄外面抓住長槊，雙方就這樣緊抓不放，爭搶不休。朱文正急中生智，又命士兵用鐵鉤穿透木柵欄刺對方，陳友諒的士兵落荒而逃。

氣急敗壞的陳友諒改攻取宮步、士步二門，守城部將趙德勝坐鎮宮步門樓，指揮防守，在激烈的戰鬥中不幸被流矢射中腰部，錐頭深入身體六、七寸之深。他憤怒地拔出流矢，大聲說：「自我從軍以來，多次被矢石所傷……大丈夫死不足懼，只恨我主還沒有掃清中原這些……」話未說完，便氣絕身亡，壯烈犧牲了。後來，元帥朱海龍等人也戰死。

洪都此時已經被陳友諒的軍隊層層包圍，與外部斷絕聯繫，朱文正感到戰爭局面難以扭轉，於是派張子明趁夜乘小船偷偷摸出敵營，向身在應天的朱元璋告急。

遠水救不了近火，他又派了一個綽號叫「捨命王」的人，詐稱投降，約見陳友諒，以便拖延時間。

不可思議的是，陳友諒竟然相信了這個「捨命王」的話，放鬆了對洪都的進攻。這對於朱元璋陣營，正是一大轉機。

陳友諒等啊等，終於等到了舉行投降儀式的時間，興高采列地準備進城赴宴，卻發現城內已經築造了新工事，準備繼續進行抵抗。他氣急敗壞、歇斯底里地命人把那個什麼「捨命王」拉到城下殺了，顯示軍隊的威猛。沒想到這樣一來，更激起了守城將士的戰鬥意志，決心以死抗爭。

詐降一計，的確爲洪都守軍贏得了寶貴的時間。當時，朱元璋的兩員大將徐達、常遇春正在圍攻廬州。廬州守將左弼據原來也是紅巾軍，後來投靠了張士誠，出兵幫助呂珍攻打安豐。朱元璋擊退呂珍後，即令徐、常二人攻打廬州。

這時張子明日夜兼程，已經趕到了應天。朱元璋聽了守城方面的彙報，忙問陳友諒的軍隊情況如何，張子明說：「陳友諒的兵力雖多，但戰死傷亡也不在少數。現在由於江水已快乾涸，對賊兵的大船甚爲不利，況且他們長期圍攻洪都城下，糧草必然出現緊缺。再加上軍隊人心不和，援兵一到，必可破敵。」

朱元璋讓張子明先回去，告訴朱文正等再堅守幾天，他會親自帶兵解圍。

廬州城池堅固，一時無法攻克。朱元璋認爲不能因爲廬州而失去洪都，急忙命徐達、常遇春撤圍回師。七月六日，朱元璋率領援救洪都的軍隊與徐達、常遇春軍在龍江會師，共二十萬人馬，殺向洪都。

張子明返回洪都，不料在湖口被陳友諒的士兵抓獲，帶到陳友諒面前。陳友諒見他是條漢子，想要留用，便說：「你若是能誘降朱文正，本人非但不治你的罪，還可以保你富貴。」

張子明機靈過人，假裝答應陳友諒，來到洪都城下，扯開嗓子對守城士兵大喊：「我已見過主公，援軍就要趕到，你們一定要守住……」

話未說完，陳友諒便從後面將他刺死。

朱文正和將士們聽到張子明在城下的喊話，更加堅定了守城決心，信心倍增，準備迎接陳友諒的挑戰。

陳友諒聽說朱元璋親自率軍來援，便停止了對洪都的進攻，只留少數兵馬圍城，自己率領舟師主力開進鄱陽湖，擺開決戰的架式，迎戰朱元璋。

六月，兩軍相遇於鄱陽湖，在康郎山下展開決定生死存亡的大戰，這就是歷史上有名的鄱陽湖大戰。仰賴朱元璋高超的指揮，以及將士們衆志成城的拚殺，在這場決定性的戰爭中，順利取得了勝利。

從陳友諒出兵武昌算起，鄱陽湖大戰總共經歷了四個多月，可以說是朱元璋戎馬生涯中進行得最爲艱苦的一次戰役，但是從戰局結果上看，消滅了多年的勁敵，收穫極大。

要達成統一大業，必須消滅陳友諒。朱元璋能夠抓住時機，與其周旋，並且巧妙的運用計謀與膽略，使自己在這場戰爭中取勝，是相當聰明的。從此，長江以南再也無人能抗衡，這是他在創立王業基礎上的一次飛躍。

在這場生死存亡的戰爭中，朱元璋用「火燒戰船」的策略，以七隻小船取得了巨大的勝利，這種效果是將士們奮力拚殺幾天幾夜也換不回的，彰顯了戰爭計策的重要性。

交戰雙方在戰場上你爭我奪，唯一目的就是取得勝利，而為了獲得勝利，雙方都必須使出渾身解數，且不擇手段。

孫子在論兵法時就提出過這一點，認為作戰時，沒有光明正大與卑鄙無恥之分，就算有，也只是政治意義上的區別。在戰場上，只有勝負兩種結果，戰爭的所有參與者都會為了獲取勝利這個目標，盡自己最大努力。

只要是一個能夠取得勝利的計謀，戰鬥指揮員就應該毫不猶豫地採納它、應用它，即便它聽起來不夠光明磊落。而一個好的計謀，將會使己方的傷亡程度降到最低。戰爭的表象之下，計謀的運用才是實質。

作戰過程中，陳友諒的一些部將率領本部人馬投奔了朱元璋，心灰意冷的陳友諒面對大將的紛紛離去，幾乎無心再戰。就在這時，朱元璋派人送去了一封勸降信，或者說是生死挑戰書，信中說：

記得當初你侵犯我池州等地，可是我不願與你計較，並且放還了你的俘虜，想與你相安無事，各占一方。可是你公然違約，與我為敵、向我開戰，這才逼得我不得不攻打江州等地，一連攻下十一州郡府，以示教訓。

你不思悔改，今天又出兵與我交戰，開始被困於洪都，後又敗於康郎山，弟侄皆戰死，兵將也疲乏，損失數萬之眾不說，全無寸土之功，看來你的所做所為是違背天理人心的。

友諒君，你乘坐高大威猛的巨舟，傾巢而出與我交戰，勝負參半，可是這幾天，怎麼又按兵不動了呢？是不是因為你的左右大將均投到我的麾下，你成了光桿司令了呢？按照友諒君平日的狂暴性格，理應親自決一死戰，現在怎麼又跟在我的後面行動了呢？

處處尾隨著我，真好像是在聽從我的調遣，這種做法太好笑了，實非大丈夫所為！希望主公早做決斷！

這封信表面有著溫情的言詞，背後卻隱藏著咄咄逼人的殺氣，最後兩句話更如同針芒，直刺陳友諒的心臟。他發狂似地撕碎了朱元璋的信，傳命把所有戰俘統統推出去斬首，還扣住朱元璋的使臣不放，並且加強巡邏，以防不測。

他不知道，自己已經中了朱元璋的計。

陳友諒被圍困，幾乎彈盡糧絕，此時絕對不能出兵，因爲出兵必定會觸礁擱淺，可這才是朱元璋最希望看到的。靠著一封信，陳友諒終於沉不住氣，賭氣與朱元璋大戰一場，結果一敗塗地。

鄱陽湖大戰的勝利使朱元璋勢力大增，當然要好好慶賀一番，一來是揚軍威，二來也是爲將士慶功。在慶功宴上，有位將領請教取勝的訣竅：「朱元帥，我想問，陳友諒佔據鄱陽湖的上游，大可以以逸待勞，我們則千里赴援而來，人疲馬困，但是最後卻獲勝了，這是什麼道理呢？」

朱元璋得意地說：「道理很簡單，陳友諒所佔據的只是天時和地利，但是這『天時』、『地利』都不如我的『人和』啊！陳友諒的軍隊貌似強大，堅不可摧，可是軍心不穩、人心不齊、上下猜疑，這都是致命的弱點所在。」

「陳友諒經過連年的東征西討，根本不懂得積蓄實力，部隊長期討伐各方，弄得將士疲勞不堪，不僅喪失了士氣、更丟失了人心。相較之下，我軍不著急、不盲動，所以作戰時將士一心，衆志成城，人人奮勇爭先，英勇無畏，再加上數位參謀的指引，更是如虎添翼、遊刃有餘。」

不得不說，朱元璋還眞是會說話。其實，也正是因爲懂得「尊重」和誇獎將領們，才使得人們願意爲他犧牲、爲他打天下。

別看朱元璋老神在在，在對將士們解說訣竅的時候信心十足，其實，他心中並不是這麼想的，事後曾私下告訴劉基：「好險啊！我當初眞不該去救那安豐的小明王。幸虧陳友諒這老賊不是順流而下，直攻應天，否則，今天的慶祝會就說不準是誰開的了。」

劉基在一旁，對望秋月，也發出了同樣的感慨：「幸好他沒有那樣做，而是去進攻洪都，我軍將士奮力拚殺，才沒被他攻克。大軍坐圍城下達三個月之久，還眞是難爲守城的將士們了。」

對陳友諒大殺戰俘的史實，歷史上有這樣一種說法：

陳友諒大殺俘虜，與心理因素有關。由於當初他在江西等地名聲敗壞，地主及部將均不支持，只是迫於武力的威脅，這才服從他的調遣和指揮。再加上陳友諒指揮的士兵都是東拼西湊的，多數都不聽從命令。幾次戰役之後，朱元璋把他困在了鄱陽湖，切斷後路，新仇舊恨一齊湧上，自然開始大殺戰俘。

無論是基於什麼樣的原因大殺戰俘，有一點是沒有爭議的，就是陳友諒的確不得人心。

俗話說，得人心者得天下。在用人當牆的年代，人多力量大是毫無疑問的，陳友諒明明人多卻處於劣勢，只有一種解釋：人心不齊。這正是朱元璋得以戰勝陳友諒的最大法寶。

20 披著羊皮的餓狼，仍舊是狼

單純的仁只存在於聖人的經典中，拿到現實世界裡，既不能馭眾，還可能害己。曾經一同打天下的開國功臣，後來都被朱元璋一個個地「收拾」了，沒有幾個得以善終。

餓狼在失利的時候，總喜歡找一塊「羊皮」披著，掩人耳目，以求憐憫。

沒有永遠的朋友，也沒有永遠的敵人，只有永久的利益。朱元璋是一個實用主義者，只要是對他有用的，不管是三教九流之徒，還是雞鳴狗盜之輩，兼收並蓄，但要礙著他的利益，天王老子也毫不留情。

朱元璋是一個善於權變的政治家，處理義軍內部矛盾的過程，顯示了他在夾縫中求生存的能力。

義軍首領趙均用、孫德崖的勢力超過了郭子興，計劃著發動內戰，置反元大任於一邊，不止一次想殺害郭子興，吞併郭部。

郭子興是朱元璋的救命恩人，在他最困難的時候收留了他，委以重任，還把義女嫁給了他，可以說不僅有救命和格外拔擢之恩，更有姻親關係。爲此，朱元璋挺身而出，冒著生命危險，兩次把郭子興從趙、孫手裡救出。但每次事變，朱元璋都不把事做絕，不以敵視的態度對待趙均用、孫德崖，因爲他很清楚地知道，外敵還沒有消除，同室先操戈，永遠都不能成功。

因此，他雖然始終堅定地站在郭子興這一邊，但與趙、孫並非勢不兩立的敵對關係。

至正十四年（西元一三五四年）十一月，趙均用、孫德崖駐守六合的部隊遭到元丞相脫脫的重兵圍困，情勢危急，六合方面派出使者，夜訪朱元璋，請求救援。朱元璋不想單獨深夜接納，便隔門同他交談，然後請示郭子興，是否要開門放使者進來。

郭子興一聽說是濠州方面的人，不予理睬。朱元璋分析利害，向他說明，六合近在咫尺，一旦失守，滁州在所難免，從保衛滁州計，也應該急速發兵，萬不可因小恨而誤大事，郭子興這才同意增援。

這時候元軍還是他們的主要敵人，所以，朱元璋極力保持著頭腦的清醒，不念小惡，不鬧內訌，以化敵爲友爲目標。

另一方面，那時候地狹人少，力量單薄，所以，分化別人，壯大自己，便成了一項對朱元璋來說特別重要的工作。

朱元璋奪取太平後，俘虜了案帥陳野先，陳投降後又叛去。朱元璋完成一系列包抄後，於至正十六年三月初一日親率大軍，水陸並進，攻取集慶。三月初三進奪江寧鎮，活捉了他的兒子陳兆先，盡降其衆，得兵三萬多人。

開始時，這些降兵都心存疑慮，朱元璋便從三萬多人中選拔驍勇者五百人，擔任自己的親軍。到了晚上，讓所有舊部屬退下，只留馮國用一人在側，自己解甲曳裝，與他們在一起酣寢達旦，表示推心置腹，毫無隔閡。新降的戰士不僅消除了疑慮，而且大爲感動，心悅誠服。

從這裡可見，朱元璋確是權謀大家。要讓降而復叛的軍隊以死效力，可謂難矣，他走了一步險招，又絕對是一步妙棋，盡顯英雄豪氣，讓所有人發自內心折服。雖然得冒點險，但三萬多人歸心的回報絕對值得。

朱元璋把陳友諒圍堵在鄱陽湖時，寫信指責他的敗績惡行，嬉笑怒罵，就是要激起陳友諒的怒火。陳友諒果然上當，怒不可遏，下令把俘虜全部殺死。

陳友諒在對岸耀武揚威、大殺戰俘時，朱元璋卻加緊爲俘虜療傷治病，凡痊癒及強健的，一律遣返回營，又爲陳友諒的弟弟、侄子和陣亡將士臨水祭奠，超度亡靈，把俘虜感動得熱淚盈眶。這些人回營後一傳十、十傳百的效應，比打勝仗的作用還要大，瓦解軍心的效果不言自明。

但隨著勢力一天天壯大，地位日益穩固，朱元璋對待俘虜的政策變了。他開始覺得，有的俘虜受舊主恩厚，不易爲自己所用；有的俘虜在押解、看守上太費精力，還易生變亂，於是由一貫優待變爲屠殺。

龍鳳十一年十一月，他在給徐達、常遇春的密令中說：「十一月初四日捷音至京城，知軍中獲寇軍及首目人等陸萬餘衆，然而俘獲甚衆，難爲囚禁，今差人前去，將張士誠軍精銳勇猛者留一二萬，若係不堪任用之徒，暗地去除了當，不必解來。但若爲大頭目，一併解來。」

到了吳元年十月，他又下令軍前：「今後俘獲寇軍及頭目人等，不須解來，就於軍中典刑。」

這回，連降軍頭目也不留了。

朱元璋在實力不足時，曾以小明王為屛障，也曾經出於戰略需要救了小明王，可現在，小明王已經沒有利用價值了，朱元璋自然不會留下他當自己的絆腳石。

為了把小明王神不知鬼不覺地做掉，頗費了些周折。經過長時間思考，縝密安排，他派手下大將廖永忠導演了一齣「江中覆舟」的戲。

從滁州到應天，必經長江，當時正是隆冬時節，寒風凜冽，浪濤洶湧的長江上經常有翻船事故發生。朱元璋從平江前線調回大將廖永忠，讓他去滁州把小明王接回應天，然後私下囑咐廖永忠：「天有不測風雲，人有旦夕禍福。長江風高浪大，弄不好就會出事。你要好好體會我的一番苦心啊。」

廖永忠是聰明人，當然明白朱元璋的意圖。

第二天，他帶領一行人馬來到滁州，護衛韓林兒及其文武官員回師應天。他們在長江的瓜步渡口處過江。望著滔滔江水，廖永忠悄聲下令士兵鑿船，結果，韓林兒等一行連人帶船沉入江中淹死了。

至此，餓狼終於脫掉了羊皮。狼性憋得太久了，威力自然大，這叫翅膀硬了，可以飛了。

朱元璋早期的「仁慈」，與其說是對民衆行仁政，倒不如說是出於現實自身利益的考慮，有這樣一件事可以爲例：

至正二十六年（西元一三六六年），義軍打下高郵後，搶奪敵人官兵的妻女，留在軍中。朱元璋知道後大怒，斥責前線將領：「把俘虜的妻女搶了，送俘虜來，養不住，白賠糧食，還要費事看守。擄了婦女、殺了俘虜，敵人知道了，當然會頑強抵抗。」於是派特使去整頓軍紀。

表面看，他是個仁君，可眞正地深究動機，哪裡有半點仁君的思想或模樣？反而更像一個奸商，從事著人命生意。

放眼歷史，又有哪個君主是眞正的「仁君」呢？單純的仁只存在於聖人的經典中，拿到現實世界裡，既不能御衆，還可能害己。就連那些曾經一同打天下的開國功臣，後來都被朱元璋一個個地「收拾」了，沒有幾個得以善終。

環境變了，形勢變了，統治者的政策就會跟著變，這是不爭的事實。

21 斂鋒芒少對手，備後路未雨綢繆

成名立業少不了謀算，善用謀算的人也要小心被人算計。被敵人算計並不可怕，因為敵人在明處，被自己人算計才難防，因為冷箭發自暗處。以智勇躲過內訌，再以陰狠除去小人，可謂全算。

狼並不是最強大的動物，往往會陷入種種不利境地，被其他動物算計的機率很大。然而，餓狼卻經常將計就計，贏得勝利。

毫無疑問，狼非常善於使用計謀。

朱元璋一次次躲過了紅巾軍內部的算計，還藉機除掉對手，靠的正是智慧、膽識、智勇，以及陰狠。

在紅巾軍中，矛盾複雜且激烈，爭權不止。鼠目寸光之輩，缺少雄才大略，大業還未成就先在內部勾心鬥角，甚至以武力火併。

相較之下，寄人籬下又一路攀升的朱元璋的表現完全不同，對爭權奪利毫無興趣，只埋頭苦幹，積蓄實力。

雖然朱元璋沒有表現出爭權的意願，但是那些人對他仍有防備，甚至屢次想除掉他。面對重重暗算，朱元璋一方面要服從命令，維護大局，另一方面還要自立門戶，圖存發展，可謂難矣。

至正十四年（西元一三五四年），朱元璋率二十四名將領，招兵買馬，攻城奪寨，影響日益擴大，遭到了空前的嫉妒。爲了除掉將來的競爭對手，彭大、趙均用二人想出了一條計策。

一日，泗州差官來到朱元璋軍營傳達命令：奉郭元帥之命，朱鎮撫請移兵盱眙。

朱元璋十分吃驚地問：「郭元帥一直在濠州，怎麼突然到了泗州。」

來使回答道：「這是彭、趙二將軍的建議。」

朱元璋又問：「濠州由何人把守？」

來使答：「孫公德崖留守濠州。」

朱元璋當即明白了一切：彭大、趙均用二人窺視元帥位置已久，今見我略有所成，便挾持主帥到泗州，令我率軍到盱眙，以便就近節制我部，待時機成熟，便要將我與元帥一網打盡。此時若依他，便是自投羅網。

想到此，朱元璋果斷地對來使說：「請你回去稟報彭、趙將軍，朱元璋只聽郭元帥之命，不會聽從二位將軍之命，願二位將軍好自為之，不可逞強害人。」

彭、趙二人聽了回報，知道計謀被識破，十分氣憤，但也無可奈何。不久，彭、趙二人因爭權起內訌，互相廝殺，彭大中箭身亡，所屬部隊遭趙均用吞併。

吞併了彭大的部隊後，趙均用更加貪婪了，企圖一網打盡，獨攬大權，於是開始設法謀殺郭子興。

對此，朱元璋不顧安危，捨身赴救，先勸告趙均用殺郭不義，又威脅暗示，如果郭子興受害，強大的滁陽守軍決不會坐視不理。

同時，他還用金錢買通了趙均用左右的人，從而使趙均用允許郭子興帶領自己的一萬人離開盱眙，與朱元璋會合。

趙均用沒害成郭子興，卻明白了一件事：郭子興雖然沒有多大能力，但有朱元璋這麼一個厲害角色保駕護航。從此，趙均用不再重視郭子興的態度，改看朱元璋的臉色行事。

朱元璋對上級不盲從、不輕信，遇事腦子多繞幾個彎，識破了背後的陰謀，才使自己得以保全。由此可見，要防範敵人的陰謀，不能光靠勇，還要靠智，以勇氣震懾對方，以智慧取得勝績。

郭子興是紅巾軍的統帥，又是朱元璋的岳父，但到了後期，他們的矛盾也很多。

郭子興看朱元璋勢力漸大，自己年事已高，原來的親信和子侄輩如張天祐、郭天敘等都不足以與朱元璋抗衡，連自己都甘拜下風，必須趁說話還管用時，牢牢地控制住主帥大權不旁落。

郭子興對朱元璋的態度，是既要發揮其作用，又要限制其力量膨脹，兩人發生摩擦，自然在所難免。

朱元璋沒有意氣用事，而是更加小心行事，擬定的策略是越加恭謹，以心換心，同時在戰場上奮勇作戰，以戰績鞏固地位。

心懷嫉妒之人看見朱元璋和郭子興的關係出現漏洞，自然很高興，他們早就等著這一天的到來了，於是立刻拿出慣用的伎倆：造謠、挑撥離間。

造謠的人首先把目標瞄準朱元璋，說他作戰不力。

郭子興正愁沒理由對付朱元璋呢，這下好了，理由送上門來了，當即開始尋找時機，想要治一治朱元璋。

沒想到某一天，造謠的人與朱元璋同時出城作戰，前者出城不到十步就被箭射中逃了回來，唯有朱元璋一人奮不顧身，打得敵軍大敗，而且回城時毫髮無傷。謠言不攻自破，郭子興看在眼裡，又是羞愧，又有所醒悟。

元至正十五年（西元一三三五年）三月，郭子興病死。朱元璋連夜趕到滁州，辦理喪事。喪事結束後，衆將士都推舉他爲主帥。

身在濠州的孫德崖得知朱元璋將接替郭子興成爲義軍統帥，十分氣憤，決定除掉他。孫德崖的部將吳通獻計：朱元璋目前佔有滁州、和陽兩城，氣勢旺盛，發兵進攻，實爲不利，不如擺下「鴻門宴」。

孫德崖連稱妙計，便修書一封，派人送到和陽。

朱元璋接到信後，明知是計，但仍決定前往。部將徐達非常擔心，告誡道：「孫德崖桀驁無拘，恐其中有詐，元帥不宜前行。」

朱元璋說：「鴻門宴上，劉邦不是沒被害死嗎？只要有適當的人護衛，就不用擔心。」

部將吳楨願隨行，兩人便帶少許士卒往濠州赴宴。為防萬一，朱元璋命徐達、胡大海率軍駐守濠州城外，以便隨時接應。

在酒席上，孫德崖威逼朱元璋交出帥印，朱元璋不答應，孫便喊出埋伏的武士。吳楨搶先制住孫德崖，和朱元璋一起出了城，徐達等人早等在城外接應，殿後的胡大海趁機殺了孫德崖，朱軍順利佔領濠州。

這一場過招，朱元璋正是用了「將計就計，反算對手」的高招。

他知道與孫德崖爭奪帥位的鬥爭是遲早要來的，兩人只能留下一個，自己不去赴宴，在心理上就先輸一陣，讓義軍瞧不起，也給孫德崖留下口實，倒不如有備而去。對手卻以為將要大功告成，防備自然鬆懈，趁此時一舉反擊，幾乎沒動什麼刀兵，就解決了爭端，且由於是對手無禮在先，屬正當防衛，所以吞併孫德崖，並沒有在義軍中造成負面影響。

對付內部叛徒、小人的暗算，除了智勇，還需要陰狠，以其人之道還治其人之身，不必一味講求光明正大。

至正十五年（西元一三五五年）六月，朱元璋率部渡過長江，面臨的第一個大城市是太平。

這是南下的橋頭堡，也是入局的第一步，朱元璋格外重視。

打下太平後，山寨民帥陳野先率數萬水陸勁旅來攻，情勢危急，多虧徐達、鄧越、湯和等人從背後伏擊敵人，才活捉了陳野先。

在朱元璋的禮遇下，陳野先歸順。

之後，朱元璋開始準備攻打南京。這一仗關係重大，必須穩紮穩打。陳野先的幾萬部隊得來太容易，反倒讓朱元璋心裡沒底。不久，陳野先和部下密謀投元的消息果然傳進了他耳裡。

處理此事實在很傷腦筋，朱元璋在心裡琢磨著：這個情報是否準確？別人都知道我和陳野先是結拜兄弟，就憑這句話把他抓起來，以後如何取信降人？更棘手的是該如何處理陳野先的將領和部眾，弄不好會惹出大亂子。

朱元璋寧可放虎歸山，讓他一點點被人吃掉，也不養虎為患。

首先，他把陳野先叫來，質問他是否有背叛的事，陳堅決否認，朱元璋就讓他率一部分軍隊去方山，掃清南京周邊的敵人。

在一般人看來，這樣做不是太輕信人了嗎？

其實不然。

讓陳野先打頭陣，一方面把虎支開，另一方面可以藉元軍消耗這支不可靠的力量。如果陳野先說有反叛之心，斬他沒商量，可他說沒有，那得證明來看看。既然「沒有」，你就先打頭陣吧！這樣一來，就讓陳野先落於被動了。

陳野先率兵打頭陣，果不其然，是個叛徒！出城後，一方面收集餘黨，一方面和元朝的南京守將秘密勾結，想要拖延時間，穩住陣腳。不過，這一招早就在朱元璋的預料中，否則他也不會把陳野先拉來質問了。

陳野先和元朝廷商議，給朱元璋寫信，請求打持久戰。朱元璋識破了他的陰謀，逼其速戰。陳野先也非等閒之輩，將計就計，幾天後，謊稱在前線大敗元軍，請朱元璋來主持受降儀式。

可以想見，假如朱元璋去了，這個所謂的受降儀式，投降人就是朱元璋。

朱元璋非但沒去，還將計就計，用了一招借刀殺人，派張天佑、郭天敘率一部份軍隊去配合陳野先。

張、郭二人原是郭子興的親信，不是朱元璋信任的骨幹力量，但不便迫害，可是留在軍中，又像兩顆定時炸彈，不是長久之計。

果然，陳野先替朱元璋殺了他們，自己則因反覆無常，最終被鄉寨民兵打死。

朱元璋不露聲色，一石二鳥，除去了身邊強勁的對手。

成名立業少不了謀算，但是善用謀算的人也要小心被人算計，用一句民間俗話說，就是惡人有惡人收，惡雞有野貓摳。

堡壘最容易從內部攻破，被敵人算計並不可怕，因爲敵人在明處，被自己人算計才難防，因爲冷箭發自暗處。

朱元璋能以智勇躲過內訌，再以陰狠除去小人，可謂全算。

第 6 章

整合天下力，同心創大業

狼在地球上生存已經超過一百萬年了，當其他動物為個體的利益各自為戰、爾虞我詐時，狼卻從來沒有忘記族群存繼的根本——合作、交流、忠誠和堅韌。

22

鞏固大後方，不讓繁榮成假象

只有實力強大了，才有可能談及稱王稱帝的事；只有根據地牢固，才能擁有強大的實力；只有先從一方政權做起，羽翼漸豐、豐衣足食、兵強民富，才能不斷鞏固根據地，否則一切都是紙上談兵。

無論是來到草原，還是在森林，狼都很重視根據地建設，即使是那些四處流浪，四海爲家的流浪狼，也渴求著一個歸宿。

朱元璋雖然身處南方，卻無數次淪落爲「流浪狼」。回到「草原」以後，他不願意再過著被淒厲的北風吹打、被漫漫黃沙吹蝕的日子，因此時時提醒將士，要有自己的家。

龍鳳三年（西元一三五七年），朱元璋爲保衛應天，派兵攻克長興、常州、寧國、江陰等地。

馬不停蹄地奔走於大江南北，雖然一路高歌猛進，取得了不小的成績，可他最關心的還是大後方的穩固。畢竟，沒有穩固牢靠的後方補給，前方所呈現的大好景象都只是一種虛假的繁榮。

恰在此時，有人給他推薦了朱升。

朱升是個大學問家，安徽休寧人，幼年曾隨著名學者陳櫟學習朱子之學，至正四年（西元一三四四年）登鄉貢進士第二名，出任池州學正，後來到徽州隱居，閉門著書。

朱升的大名，朱元璋早有耳聞，親自微服拜訪。雖然沒有像當年劉備那樣三顧茅廬，一片誠意還是感動了朱升。

朱升針對朱元璋的情形，提出了九字要訣：「高築牆，廣積糧，緩稱王」，這九個字的意思是：鞏固後方、牢固根基、發展生產、儲備軍糧、縮小目標、長遠打算、積蓄力量、待時而動。

朱元璋接受了這一建議，又與自己的智囊班子反覆研究論證，最後得出結論：

我軍實力並未強大到能夠單獨與元政府抗衡的程度，即使是比起南方的陳友諒、張士誠、方國珍等人的勢力，也沒什麼優勢可言，因此，我們必須先使自己的力量強大起來。

只有實力強大了，才有可能談及稱王稱帝的事；只有根據地牢固，才能擁有強大的實力；只有先從一方政權做起，羽翼漸豐、豐衣足食、兵強民富，才能不斷鞏固根據地，否則一切都是紙上談兵。

爲了建立並鞏固根據地，朱元璋與自己的智謀團從長計議，高瞻遠矚，制定了一套切實可行的方針政策。在政治上，廢除元朝的苛政，減輕刑罰、寬減稅役，並幾次下令赦免罪犯。

不少官員對於減輕刑罰、赦免罪犯的行爲感到不解，朱元璋解釋：

去年釋罪國，今年又從未減，用法太寬則人不懼法，法縱無以為治。自兵亂以來，百姓初離創殘，今歸於我，正當撫綏之。況其間有一時誤犯者，寧可盡法乎？大抵治獄，以寬厚為本，少失寬厚則流人苛刻矣。所謂治新國用輕典，刑得其當，則民自無冤抑。若執而不通，非合時宜也。

爲凝聚人心，龍鳳三年（西元一三五七年）十二月，朱元璋下令釋放應天府所轄監獄裡的所有輕重罪犯，規定當月二十日黎明之前，所有觸犯刑律的官吏軍民，一律免罪釋放，並要求執行這項任務的官員不得推辭，敷衍了事，如有故意拖延者，以軍法處治。

龍鳳四年三月，又派提刑按察司僉事分巡郡縣，訊察案犯的罪狀，規定原來判處笞刑的釋放，判處杖刑的減半處刑，重罪囚犯處以「杖七十」的刑罰，輕者免予處分等等。

龍鳳五年三月，朱元璋又宣佈：「所隸州郡，自三月初二日以前，除大逆不道及敵之偵伺拘繫外，其餘罪無大小，咸與有原。敢有不遵，仍前告言者，以其罪之。」最後，再次告誡不得藉口拖延。

正是透過減輕刑罰、寬減稅役，朱元璋創造了一個補給有保障、人心穩定的大後方，讓前方戰場上無後顧之憂，可以繼續衝鋒陷陣，為開疆闢土而努力。

23 瓜熟蒂落，登基稱帝

朱元璋之所以這麼「拿捏」，一來是接受了朱升「緩稱王」的建議，二來也是向諸位愛卿做個示範：我自己對權力這樣不熱衷，假如以後沒封你當大官，你也要有點覺悟，別介意呀！

狼喜群居，群而發之，群而進之。目標出現，群起攻之。對於目標的攻擊，在首領發出號令之前，序而不亂，各自心領神會、配合默契，各司其職。主攻者勇往直前、佯攻者避實就虛、助攻者蠢蠢欲動、後備者嚎叫助威，組織之嚴密人所難及，協作精神更讓人讚佩不已。

洪武元年（西元一三六八年），南方局勢平定，稱帝時機成熟。但是在當皇帝之前，還有許多問題有待解決：如何協調各方利益，文才武將官職如何分配？弄不好，又是一次內亂，再者，會不會有人對皇位虎視眈眈？

爲了協調好各方利益，朱元璋把龍鳳年號改爲吳元年，下令恢復中原傳統，將百官禮儀由原來的尊右改爲尊左。衆將士紛紛上表，希望朱元璋儘快稱帝。但他認爲，儘管天下大局已定，稱帝爲時仍尚早。

朱元璋究竟是怎麼想的呢？

他對上表勸他稱帝的李善長等人說：「自古以來，帝王擁有天下，都是天命所歸，人心所向，就是這樣他還是禮讓再三呢！這種大事不可倉促行事，如果眞是天賜我皇權，我又何需匆忙？」

這樣做，一方面是試探有沒有人覬覦皇位，一方面是冷靜一下功臣們狂熱的心，以免發生內亂。

李善長自然明白，古代帝王都是群臣再三勸諫後才登基的，所以沒有停止上勸，也沒有停止爲皇帝登基進行準備工作，一面督促在應天破土營建皇宮，一面制定新的曆法與政令。

年底，新的曆法和法律已經頒佈實施，皇帝即位的朝服、后妃百官的朝賀禮服也已製做完成，即位登基的儀式經過反覆演練，已經相當熟練。

萬事俱備，只欠東風。

十二月十一日，李善長帶領文武百官再上勸表，說：「開創基業，既宏盛世之輿圖。應天順人，宜正大君之寶位。」

朱元璋故作自謙地說：「我功德淺薄，還不足以擔當造福天下萬民的重任。」

李善長率領群臣跪地叩頭，朱元璋仍是不答應。

第二天，李善長率領百官再次勸諫，說：「主上謙讓的品德，上感神明，下感天下之百姓，名德早已傳遍天下四方。願主上為天下人著想，儘早登基做帝，救百姓於水火之中，請主公答應群臣的請求吧！」

說著又跪下來，文武百官也一同下跪。

朱元璋假裝無奈地答應下來：「諸位愛卿，屢請不已，我只好勉從輿情了。但此事非同小可，切不可草率行事，望諸位斟酌儀禮而行。」

百官叩頭，謝恩領旨。

朱元璋之所以這麼「拿捏」，一來是接受了朱升「緩稱王」的建議，二來也是向諸位愛卿做個示範：我自己對權力這樣不熱衷，假如以後沒封你當大官，你也要有點覺悟，別介意呀！

登基的日子由謀士劉基擇定，選在次年正月初四。

登基之日，風和日麗，萬里無雲，一派吉慶祥和的景象，雪後的空氣是那麼的清新自然，令人舒暢。從南郊一直到新蓋的宮殿，早已打掃得乾乾淨淨，大道兩旁插滿了旌旗，就等著皇帝到來。

晌午時分，朱元璋在文武大臣簇擁下來到南郊城下，由身材高大、健壯魁偉的士兵組成先行儀仗隊，甚是威風。

登基儀式正式開始，第一步是祭天神。禮儀官在祭壇上燔燒木柴，然後將玉和豬牛羊三種牲畜共同置於火上燒烤，釋放出氣味，讓天神享用。

第二步是宣讀祭文，然後朱元璋帶頭飲食祭酒，吃祭肉，作爲飲福、受胙的象徵。最後，再把祭壇上的大火燒得更旺，瞻送天神。

第三步是祭地神，典禮司議將玉帛埋於地下，然後由朱元璋帶頭，群臣緊跟其後跪在地上，拜敬地神。

拜謝天地衆神之後，朱元璋這才換上繪有日月山龍圖案的袞服，頭戴平頂冠冕，在祭壇的正南面，正式登基即位。最後，丞相李善長率領文武百官三呼萬歲，向北跪拜行禮。禮畢，登基儀式正式結束。

典禮結束後，朱元璋率領文武百官到太廟追封四代祖先。朱元璋手捧玉寶（印璽）、玉冊（追封冊文），宣讀追封高祖朱百六為德祖玄皇帝，妻胡氏為玄皇后；曾祖朱九四為懿祖恆皇帝，妻侯氏為恆皇后；祖父朱初一為熙祖裕皇帝，妻王氏為裕皇后；父朱五四為仁祖純皇帝，妻陳氏為純皇后。眞正一人得道，雞犬升天！

而後，朱元璋回到新建成的奉天殿，正式接受百官朝拜。李善長又代表皇帝冊封馬氏為皇后，長子朱標為太子，定都應天，國號為大明，改元洪武。

大明朝從此建立。

朱元璋把自己建立的新國家國號定為大明，可不是隨隨便便就定下來的，當中大有來歷。「大明」一詞，出自《大阿彌陀經》中的一段經文：

佛言：阿彌陀佛光明，明麗快甚，絕殊無極，勝於日月之明、千萬億倍，而為諸佛光明之王，故號無量壽佛。亦號無量光佛……超日月光佛。其光明所照，無央數天下，幽冥之處皆常大明。

「諸佛光明之王」指的就是阿彌陀佛，「彌陀出世」指的是白蓮教徒韓山童所倡導的「明王出世」。

朱元璋曾當過和尚，讀過這段經文，一定早就明白「大明」二字的深刻涵義。定國號爲大明，正是對自己出身佛門的最好紀念。

從另一個角度講，人們經歷了元末的大動盪時期，一個新王朝的建立，意味著一個新世界的到來，正所謂天下「大明」。

朱元璋終於如願以償，圓了皇帝夢，而關於他與佛教的關係，在此引用兩個故事，作爲補記：

由於曾在安徽鳳陽縣南二里名刹皇覺寺當過僧人，成爲皇帝後，朱元璋支持佛教，對僧人有種特殊的感情，並派人尋訪舊日禪友。

當時，峨眉山有兩個和尚，一個叫寶曇禪師，一個叫明濟禪師。

寶曇，據說是宋代高僧斷岩禪師轉世，志在高山，來到峨眉山普興場募化修建普賢寺，以便教化世人去惡向善，皈依佛門，早成正果。

朱元璋得知寶曇下落，特召他進京。

寶曇見詔，即打點行囊，匆匆隨行入宮。

朱元璋與故人重逢，喜出望外，竟忘了身爲萬民之尊的威嚴，趕忙賜座金凳，並親自用龍袍爲寶曇撣塵，還勸說：「師父黃卷青燈，委實清苦，不如棄山進宮，共用榮華富貴，以樂天年。」

寶曇急忙匍伏在地，激動得涕淚交流，向朱元璋奏道：「老衲一介貧僧，辱承萬歲厚愛，卻之不恭、受之有愧。怎奈貧僧早已六根清淨，萬象皆空，聖上心有好生之德，僧只有菩提之樹，願賜以清淨禪院，爲聖上祈萬年之福！」言罷，遲遲不肯起來。

朱元璋見狀，只得從其素願，於是問：「禪師意欲何山修持？」答：「峨眉山。」

不日，賜以重金，叫寶曇自選一處清靜所在，在峨眉山靜心修持。寶曇回到峨眉山，選定舊址重建光相寺，因此地山高風大，房頂全用錫瓦蓋覆，故又名錫瓦殿。旭日樂升，錫瓦金光四射，故光相寺所在地又叫金頂。

明洪武三年（西元一三七〇年），朱元璋又要寶曇進京，意欲拜爲國師，寶曇辭謝聖恩，鑄一普賢金像，早晚課誦，祝大明江山風調雨順，國泰民安。

朱元璋惋惜之餘，親自題詩二首，以慰思慕之情，並賜建華嚴寺以便往來，賜白水寺茶園萬畝，以便品茗，其詩云：

斷岩知是再來身，今日還修未了因。

借問山中何所有，清風明月最相親。

山中靜閱歲化深，舉世何人識此心。

不獨峨眉幻銀色，從教大地變黃金。

寶曇圓寂後，朱元璋還親賜祭文和詩，均藏於峨眉普興場普賢寺中，後載入縣誌內。

明濟和尚對待朱元璋，卻是另一種態度。他曾在皇覺寺與朱元璋一齊當過行僧，一個是火頭僧，一個是司水和尚，兩人職務相近，故交情極深。

朱元璋上皇帝後，傳旨召明濟進宮，明濟心想：「朱元璋已為萬民之尊，可出身寒微，必定怕人知其底細，於己不利。莫非是召我進京，誅殺滅口！」便從龍興寺逃往峨眉山後牛心寺避禍，並改法號為廣濟，從此「隱姓埋名」，免遭橫禍。

朱元璋派人四處查訪，找到後，廣濟裝瘋賣傻，後被戳穿，只得藉口有病，婉言辭謝京都之行。朱元璋的一片癡心卻成了廣濟的一個心病，從此終年緘默，鬱鬱不樂，不久便死於後牛心寺。

24 贏得民心，天下就在手裡

無論是打天下，還是守江山，朱元璋從來沒忘記「水能載舟，也能覆舟」的道理。他需要的是眾志一心的境界和團隊協作精神，百姓自然是當中一股最強大的力量。誰贏得百姓的心，也就等於贏得了天下。

狼在捕到獵物後，不光只顧著自己享受，還想著跟不上狼群的老狼、傷殘狼、餵奶的母狼。因爲這樣，狼群才得以不斷地發展壯大。

朱元璋得天下後，沒有忘記與他的出身一樣的苦難大衆，因此下令屯田、減賦，以便達到富民強國的目的。

「流亡者衆，田多荒蕪」、「城中居民僅餘十八家」……面對戰爭留下的滿目瘡痍，朱元璋深深懂得人民的饑苦，推行休養生息政策，此舉贏得了民心，爭得了民意，從而使自己的隊伍不斷強大。

受到出身的影響，朱元璋對窮苦大衆有著發自內心的同情，經常引用魏徵與唐太宗論「民猶水也，君猶舟也，水能載舟，亦能覆舟」的軍民關係來告誡大臣，讓他們汲取教訓。

朱元璋一再強調「民者，國之本也」，還從統治階級的本能出發，進一步形象地把君統民比爲人馭馬，說：

民既不能安其生，君亦豈能獨安厥位？譬之馭馬者，急銜勒，勵鞭策，求馳不已，鮮有不顛蹶者。馬既顛蹶，人能無傷乎？元之末，……其驛傳一事，盡百姓之力而勞苦之，此與馭馬者何異也，其可蹈其覆轍耶。

朱元璋的一系列施政綱領，往往把百姓利益放在前面，透過減輕賦役，發展生產、軍屯、手工業等措施，力圖讓百姓安居樂業。

龍鳳三年（西元一三五七年），朱元璋親征婺州時路經徽州，曾召見當地儒士唐仲實、姚璉二人，詢問民事得失。

唐仲實表示當地守將鄧越役民築城，百姓頗有怨氣，他立即下令停工。

說話間，唐仲實又婉轉地反映「民雖得其所歸而未遂生息」的情況，意即百姓負擔過重。朱元璋坦率地承認，解釋說：「我積少而費多，取給於民，甚非得已，然皆爲軍需所用，未嘗以一毫奉己。」

「民之勞苦，恆思所以休息之，局嘗忘也。」顯示出相當的愧意與不得已。

後來，爲了調動農民的積極性，達到富民目的，朱元璋支持農民奪取地主的土地財產，奪來歸己，對待元朝的官田，也採取了「化公爲私」的方針，即把這些官田分給農民耕種，大受百姓歡迎。此外，對發生災荒的地區，實施隨時賑濟和減免田租的政策。

朱元璋悟出了一些規律，「步急則躓，弦急則絕，民急則亂」，總結說：保國之道，藏富於民，民富則親，民貧則離，民之貧富，國家休戚繫焉。

朱元璋還從儒家思想裡，學到了一些安民措施。

據《論語．子路第十三》記載，孔子與學生冉有等到了衛國，讚歎衛國人口衆多，景象繁華。

冉有問孔子：「居民繁庶了，下一步應該怎麼辦？」

孔子回答：「富之。」即讓老百姓富裕起來。

冉有又問：「老百姓富裕起來之後，下一步又應該怎麼辦？」

孔子回答：「教之。」即讓老百姓學文化，懂道理。

朱元璋曾經規定，從皇帝到百官有司，人人都要以勸農桑、興學校爲第一要務，朝廷議政有司督察、官吏考勤等等，無一不以農業、學校政績優良爲依據。在工商業稅制方面，朱元璋要求「斟酌元制，去其弊政」，切實減輕工商戶主的負擔。

出身貧苦農民家庭的朱元璋，深知廣大農民所以揭竿起義，正是忍受不了地主階級霸佔土地和財物，他要改變「貧者越貧，富者越富，紛紜吞噬，亂無寧日」的不平等現象，因此實行「給民戶由」的政策，支持農民搶奪地主的土地和財產。

而後，他編造「戶籍」，又置「戶帖」，記載百姓民戶的籍貫、人口、年齡和所從事的行業，相當於現在人們所用的戶口名簿。在官府發給百姓後，這種戶帖即爲「戶由」，記明民戶的產業和丁糧數目，作爲納稅當差的憑證，後來又逐步完善，記載包括土地在內的全部產業，在法律上承認民戶擁有的財產，包括土地。

據說，戶籍的出現，與朱元璋攻打諸暨時的一段經歷有關，也是他的一次管理田地的嘗試，成功後便一直推廣下去。事情是這樣的：

朱元璋征伐舉州時，地主俞元瑞從鄉下逃往處州城，處州被攻克後，他的家產被農民清算得「家業蕩然，遺田數商而已」，但查土地時卻無從查起，弄得義軍無所適從。

龍鳳四年，朱元璋下令清查土地畝數，以便依數納稅。他在婺州實行土地清理，讓每戶都報上土地的實際數目。

龍鳳九年（西元一三六三年），在徽州施行「民自實田」之策，防止官吏橫徵暴斂。「民自實田」的影響與結果，是過去地主隱瞞土地向農民轉嫁負擔的現象大爲減少，意義不可低估，這就是戶籍制的最初形態。

朱元璋把農業生產抓上去了，又減輕各種賦稅和徭役，廢除新歸附地區的舊政，對新歸附區的所有稅賦和徭役實施「盡行用免三年」政策。

減輕刑罰和「給民戶由」政策，實質上就是歷代明君都曾嘗試過的「與民休息」，這是戰爭之後必需的恢復生產、穩定秩序舉措，經歷史證明，非常有效。

爲了達到富國強兵的目的，朱元璋還加強了對江南根據地的稅收徵管力度。對於轄區內豐富的鹽、茶等資源，派人進行了細緻入微的取證調查工作，不僅徹底搞清了鹽、茶等物資的具體數目，還爲這些物資的交易量和交易金額，規定出了相應的稅率。據史書記載，在當時，官吏每年得到的俸祿都是從鹽稅中抽出來的，可見這項收入相當可觀。

為了減輕農民負擔，朱元璋實行軍墾屯田制。

連年戰亂導致人民流離失所，土地荒蕪，軍糧問題一直困擾著各路紅巾軍，朱元璋也是如此。經驗告訴他，沒有糧食，就沒有人願意站到招兵旗下，糧食問題與政治問題，實際上休戚相關。

朱元璋曾說：「為國之道，以足食為本，理財之道，莫先於農。」要從根本上解決軍餉供應問題，改善人民生活，必須恢復並發展農業生產，甚至軍隊力量也要投入於生產。

從滁州到和州，再到應天，朱元璋沒有一天不在為這件事煩心。到了應天之後，他除了考慮軍紀問題，考慮最多的就是糧食問題。軍隊一日無糧就會造成軍心不穩，軍心不穩必將大亂，士兵就會燒殺搶掠，更不用說行軍作戰了。而百姓無糧，則會四處逃荒。這個問題不解決，怎麼能夠統一天下？

朱元璋決定建立自我補給機制，讓軍隊在打仗時拿刀，勇猛作戰；閒時則拿起鋤頭，自力更生，自己動手，豐衣足食。

為此，他特地下令「聽從武官開墾荒田，以為己業」，文官撥給典職田，召佃耕種，由佃戶「送納子粒，以代俸祿」，以此減輕財政負擔，並推動轄區內荒地的開墾。後來，又命諸將分軍於龍江等處屯田。

龍鳳二年七月，建立江南行省，設營田司，以修堤防，專掌水利。這裡所謂的「營田」，主要是以軍士為主的屯田，所謂「營田司」，兼有組織兵士屯田之責。

朱元璋的屯田制度規定，無論哪一級部隊，都要開荒種地，實行屯田。為了顯示這項工作的重大意義，並使軍墾制度化、規範化，朱元璋真抓實幹，設立專職機構，任命專職官員加以管理，專門負責軍隊墾荒事宜，以提升這項政策的政治意義。

與此相應的，是龍鳳四年建立的民兵制度，要求佔領區中的各地政權，著手訓練民間丁壯，「農時則耕，閒則練習」。

龍鳳九年，朱元璋將民兵制度進一步推廣，把兩淮江南諸郡的民間丁壯全部組織起來，「練則為兵，耕則為農」。

解決了軍隊的補給問題後，朱元璋又果斷地廢除了「寨糧」制度（一種徵糧於民的做法），百姓們自然感激不盡。對於新歸附的州、縣、郡，免除當年賦稅或者勞役，如果碰上災年，也可以得到減免，體現出恤民、養民的仁懷。

明朝建立之初，朱元璋仍從經濟上著手醫治戰爭帶來的創傷，對受戰爭影響比較嚴重的地區非常關心，經常減免租賦和賑濟。據《明史．太祖本記》記載，明太祖在位三十一年，共下詔減免租賦並賑濟災民三十多次。

由於採取上述措施，明初的農業生產發展很快。洪武二十六年（一三九三年），全國墾田面積達八百五十多萬頃，比洪武元年增加了近四倍。黃淮流域大片荒蕪的土地，重新種上了莊稼，一改元末農村殘破局面，呈現繁榮景象。

對於軍風軍紀問題，早在朱元璋起義之初就提到議程上來了，他對此非常重視。他深深記得當年陶安、馮國用等人的一番教誨：「拔而取之以爲根本，成有勢之強。然後命將出師，倡仁義，收人心，不貪子女玉帛，則爲有德之昌，而後天下可定。」

作爲一個以建立專制政權爲目的的政治家，朱元璋深深懂得，一個封建專制政權的建立到發展壯大，與軍隊密不可分，可以說，不仰仗於紀律嚴明的軍隊，專制制度將會寸步難行。由此他認識到「興國之本，在於強兵足食」、「走王興伯，莫不由此」，時時處處注重對軍隊的建設。

有這樣一個和朱元璋整頓軍紀有關的故事：

浙江紹興新昌縣會墅嶺上的天姥山麓，有座太平庵。這座庵本來叫清涼庵，後來被改名叫太平庵，要從朱元璋征討方國珍說起。

天姥山山勢險峻，道路狹窄。山上有個一百多戶人家的村莊，因全村人都姓徐，所以叫徐嶴村。村前有幾十畝水田，是全村人的食物來源。

朱元璋不斷征討方國珍，可害苦了徐嶴村的人。因爲朱元璋的部隊紀律散漫，到處燒殺搶掠，無惡不作。因此，徐嶴村的人很恨朱元璋。

一次，朱元璋回兵路過徐嶴村，士兵們亂翻了一陣，一無所得，便把莊稼全踩壞了。離開村子，大約走了五里路光景，突然兩邊山上喊聲大作，土銃、竹箭、石塊等像暴雨般傾瀉下來。士兵們早已走得筋疲力盡，再加上毫無防備，根本沒有還手之力，被打得十分狼狽。朱元璋想到自己身經百戰，竟被一群鄉民弄得如此狼狽，惱怒異常，殺性頓起，於是下令要殺盡天下姓徐的人。

得力大將徐達聽到軍令後，連忙去找朱元璋，說：「大帥，聞說要殺光……」沒等徐達說完，朱元璋一想，要是把徐達也殺了，誰給我打天下呢？於是連忙更改軍令：殺盡徐嶴人，並派徐達帶一千精兵去執行。

等徐達趕到徐嶴，只見濃煙滾滾，原來徐嶴人料定朱元璋一定會來報復，先放一把火燒掉村莊，逃到深山野嶺去了。

第二年，朱元璋又帶兵路過天姥山，正當部隊前進時，士兵忽然報告：前面有個老和尚要見大帥。朱元璋策馬上前，見一個老和尚跪在路邊說：「將軍遠道而來，貧僧有失遠迎，萬望恕罪。敝庵已備淡酒數杯，聊表寸心，敬請將軍光臨。」

朱元璋見老和尚一片盛情，於是傳旨：「全體士兵原地休息！」自己同徐達、劉基等人隨老和尚到庵裡去。

原來在路旁綠樹掩映之中，有座小小的寺院，叫作清涼庵。在這兵荒馬亂之際，人們都忙著逃難，誰還來燒香拜佛呀？因此顯得很冷清。

朱元璋等人走進庵裡，看見香味誘人的酒菜擺滿桌子，眾人落座，邊吃邊談，氣氛很融洽。席間，老和尚說：「我看將軍天子之氣籠頂，不日定能成帝王大業。」

朱元璋聽了，心中大喜，嘴上卻很謙虛。

老和尚又說：「其實成大業並不難，只要將軍視天下百姓爲父母，大業必成。」

軍師劉基趁機說：「老師父言之有理，古今成大事者，莫不靠百姓相助。」

朱元璋一聽，明白了老和尚宴請自己的意思，頓時爲先前的行爲感到慚愧，馬上下了一道軍令：「百姓如我父母，全體將士不得任意傷害，違者嚴懲不貸！」

從此，士兵軍紀嚴明，秋毫無犯，百姓重返家園，安居樂業。

登上了皇帝寶座後，一天，朱元璋想起清涼庵的老和尚，派人去請，可是老和尚卻失蹤了，遍尋不著。無奈之下，朱元璋賜金兩萬，把小庵重修一新，並御題「太平庵」三個大字，「清涼庵」從此變成了「太平庵」。

姑且不論故事本身是眞是假，老和尚的話確實是眞理：打天下，是成是敗，全都離不開百姓。

據說，現在我們所說的「四菜一湯」，就是朱元璋發明的。

明朝洪武年間，全國鬧災荒，百姓生活艱苦，達官貴人卻仍舊花天酒地。朱元璋很看不慣這種作風，決定自上而下整治這股揮霍浪費的「吃喝風」，只是一時找不到合適的時機。他日夜冥思苦想，終於想出一個好辦法。

馬皇后生日那天，滿朝文武官員都來祝賀，宮廷裡擺了十多桌酒席。見大家都到齊了，朱元璋就吩咐上菜。

首先端上來的竟是一碗蘿蔔，朱元璋說：「蘿蔔、蘿蔔，勝過藥補。民間有句話說『蘿蔔進了城，藥鋪關了門』，願衆愛卿吃了這碗菜後，『官府進了城，壞事出了門』。來來來！大家快吃。」

朱元璋帶頭先吃，其他官員儘管心下納悶，也不得不吃。

第二道菜端上來了，大家一看，是韭菜。朱元璋說：「小韭菜，青又青，長治久安得民心。」說完，又帶頭吃起韭菜來，其他官員只好跟著吃。

接著，宮女又端上兩碗青菜，朱元璋說：「兩碗青菜一樣香，兩袖清風好臣相。吃朝廷的俸祿，要爲百姓辦事，應該像這兩碗青菜一樣清清白白。」

這回，當然還是朱元璋帶頭吃，衆官仿效，一時風捲殘雲。

吃完後，宮女們端上一碗蔥花豆腐湯，朱元璋說：「小蔥豆腐青又白，公正廉明如日月，寅是寅來卯是卯，吾朝江山保得平。」

把湯喝完後，衆官員想：這下可要上山珍海味了！可是等了好久，沒看見山珍海味的影子，大家都感到丈二金剛摸不著頭腦。

這時，朱元璋說話了：「今後請客，最多只能『四菜一湯』，皇后的壽宴就是榜樣，誰若違反，定嚴懲不貸。」接著宣佈散會。

從那次宴會後，文武衆官宴會還眞的無一敢違例，廉儉之風盛行一時。

準備在南京建宮室時，朱元璋特地把圖紙上雕琢考究的部分都砍掉，完工後，叫人在壁上畫上許多歷史故事爲裝飾，目的在於警戒自己。

當時有個官員想討好，說某處出產一種很好看的石頭，可以用來鋪設宮殿的地板，被朱元璋狠狠地訓了一頓。

別看朱元璋學歷不高，卻深知「玩物喪志」的古訓，心裡明白，元朝破滅的原因之一就是上位者過分追求身外之物、過分貪婪，導致分崩離析，人民紛起反抗。

爲了倡仁義、收人心，朱元璋在根據地建設上採取了一系列得民心的措施，不僅顯示了自己與當時元朝和各地方勢力政治上的不同處，還把這塊根據地當作未來政權的實驗地來管理、建設。

「得民心則昌，失民心則衰」，從這個論點看，朱元璋無疑是最大的受益者。無論是打天下，還是守江山，朱元璋從來沒忘記「水能載舟，也能覆舟」的道理。他需要的是衆志一心的境界和團隊協作精神，百姓自然是當中一股最強大的力量。誰贏得百姓的心，也就等於贏得了天下。

25 整頓吏治，懲貪獎廉

朱元璋並非不知有不少人是被冤屈的，可他就是要刻意造成一種聲威，好像皇帝無處不在，說不準什麼時候就要清查某件事，所有人都應保持謹小慎微、中規中矩的作風，否則就會大禍臨頭。

狼吃羊，似乎是天經地義的事，羊吃狼就違背常規了。可現實生活中，也不乏羊吃狼的例子，那是由於狼太過於驕傲自滿，鬆散懶惰，只想坐享其成，自然落得反被羊消滅的下場。

狼如果不奮進，鬆散懶惰，總會有一天被羊反撲。元朝之所以滅亡，就是因爲貪官污吏太多，羊群般的百姓走投無路，只有鋌而走險，滅掉這一隻狼。

據史書記載，明代考察官吏的制度裡，有八項最為重要：貪、酷、浮躁、不及、老、病、罷、不謹。這八項是在太祖之後約一世紀的時間裡逐步建立並完善起來的，朱元璋在世時，主要以貪和酷這兩條來整頓吏治，重點懲治狂妄之徒。

洪武二年（西元一三六九年），朱元璋下令：「今法令森嚴，凡遇官吏貪污遺害百姓，一律重判，絕不寬恕。」

朱元璋的執法決心是史無前例的，也正是因為執法嚴明，才使他成功殲滅各路紅巾軍及元政權，最終登上皇帝寶座。

朱元璋抱定治理亂世用重刑的主旨，用重典整頓吏治，決心肅清貪污，曾經制定過「凡貪污銀六十兩以上，處以梟首示眾、剝皮食草」的刑罰。

當時的府、州、縣衙門左邊的土地廟，就是剝皮的刑場，所以老百姓又稱土地廟為皮場廟。官府大堂座位旁，擺著塡滿稻草的人皮囊，令在任官吏時時刻刻心驚膽顫，不敢貪污禍害百姓。這一招確實有效，讓官員秉公執法、廉潔奉公，剛剛建立的明朝一派生機勃勃景象。

朱元璋的出身和經歷，使他知道民間疾苦，特別是在化緣求生那段期間，廣泛接觸了廣大人民群眾，瞭解了百姓的生活需求。凡此種種，都對他下的決策起到至關重要的作用。他讓百姓休養生息，制定種種法規限制官吏貪贓枉法，源於苦難歲月給予的生活體會。

朱元璋對貪官污吏懲處嚴厲，可從《大明律》的規定看出來：

受財枉法者，一貫以下杖七十，每五貫加一等，至八十貫絞；受財不枉法者，一貫以下杖六十，每五貫加一等，至一百二十貫杖一百，流三千里；監守自盜倉庫錢、糧、物，不分首從，並贓論罪，在右小臂上刺「盜官錢（糧、物）」三個字，一貫以下杖八十，至四十貫斬。

對監察官員貪污受贓，處罰更重：「凡風憲官吏受財及於所按治去處求索、借貸人財物，若賣買多取價利，乃受饋送之類，各加其餘官吏罪二等。」

同時還規定：「官吏宿娼，罪加一等，雖遇赦，終身弗敘。」

朱元璋對懲治腐敗下了很大力氣，事實證明，他是成功的。但也因此，明初刑罰的殘酷程度，超過以往的任何朝代。

《唐律》廢止了古代的墨、劓、非、宮、大辟五刑，而代之以笞、杖、徒、流、死（斬、絞）五刑。《大明律》除規定以上後五種刑罰外，還動用了殘酷的凌遲、黥刺、挑膝蓋、剁指、刖足、非、劓、閹割、錫蛇遊、刷洗、梟令、稱竿、抽腸、剝皮等酷刑，並經常使用連坐，誅連三族、九族。

由於懲處過於嚴酷，朱元璋創造了一個「奇蹟」——從洪武元年到十九年，竟然沒有一位官員做到任期屆滿，往往未及終考就遭到貶黜或被殺頭。也由於斬殺或罷免的官員太多，以至有些地方的衙門出現無人辦公的現象。

最後，朱元璋又不得不實行一種叫「戴死罪、徒流還職」的制度，讓這些遭判刑的犯罪官吏，帶著鐐銬回公堂辦公，以將功補過。

而在另一部法典《大誥》中，他則規定：凡各級官吏違背朝廷令旨，苛斂擾民，或者互相勾結、包攬詞訟、教唆害民的，百姓可以聯名到京師狀奏。

文中還特別提到，百姓可把損人利己的官吏綁縛京師。各地政府不得阻攔進京面奏的百姓，即使沒有文引路條，也要放行。膽敢有阻攔者，無論是官是民，統統要被族誅。

允許百姓「越級上訪」，無疑使百姓成爲保持官員廉潔的最強制約力，這在中國歷史上實屬罕見。

然而，上有政策，下有對策，即使在這樣嚴酷的法律面前，也有人不信邪，敢以身試法。最具代表性的，是在洪武年間發生的兩樁大案。

第一樁大案：「空印案」。

簡單來說，是朱元璋爲防範貪官而發起的一場全國性「打狼」運動。空印，就是只蓋過地方有關政府印章，無具體文字數字記載的空白文冊，類似於空白介紹信。

按當時財政制度規定，每年布政司和府州縣都得派吏員到戶部，報告各地方當年財政收支帳目，如有分毫不對數，整個報銷冊便被駁回，要再行塡造。

爲了防止已報文冊被駁回後，必須再重新造冊蓋印的徒勞往返現象，按習慣，會事先準備好已蓋上地方官印的空白文冊以備用，這是約定俗成的公開秘密。

洪武十五年，朱元璋發現這個秘密，勃然大怒，一口咬定是地方官吏在利用空印進行貪污，非嚴辦不可，於是下令各地方衙門主印官一律處死，並流放了成百上千人。

朱元璋並非不知其中有不少人是被冤屈的，可他就是要刻意造成一種聲威，好像皇帝無處不在，說不準什麼時候就要清查某件事，所有人都應保持謹小愼微、中規中矩的作風，否則就會大禍臨頭。

第二樁大案：郭桓案。

這一起案件，發生在洪武十八年（西元一三八五年）。

郭桓本來是戶部侍郎，由於御史余敏、丁廷舉告發北平布政使司李彧、按察使司趙全德等人勾結戶部侍郎郭桓等串通營私舞弊、侵盜官糧，朱元璋下令追查。

經過一番審訊，案情有了重大突破，查明郭桓等人在收受浙西秋糧時，確實賣掉了一百九十萬石米，但所得銀兩沒有上交國庫。郭桓接受了浙西等四府賄賂的五十萬貫鈔，同時，串通承運庫官范朝宗偷盜金銀，勾結廣惠庫官張裕擅自支取六百萬貫鈔。除去盜取庫中寶鈔、金銀，盜賣庫存和未入庫的稅糧以及魚鹽各種稅收，共折二千四百多萬石。

貪污數額如此之大，罪行如此之嚴重，牽連官員如此衆多，可謂大明建國以來最大的貪污案了。

朱元璋自然是絕不姑息養奸的，他要大開殺戒。

首先，他下令把有牽連的禮部尚書趙瑁、刑部尚書王惠迪、兵部侍郎王志、工部侍郎麥至德等斬首，並把六部左右侍郎以下全部處死，追繳贓糧七百萬石。案件供詞中所提到的各布政司官吏，也一律處死。

整起事件中，株連被殺的者超過萬人，是歷史上因爲貪污而將官吏斬首最多的一次。這樁嚴重的大案，株連之廣，令朱元璋氣憤難平。懲治貪官污吏制度已經奉行十幾年了，可還會發生如此之大的案件，實是令人心寒。他曾感歎「任用既久，俱係奸貪」，並對「我欲除盡貪贓官吏，奈何朝殺而暮犯」的狀況大惑不解。一時怒起，甚至下令：「今後犯有貪贓罪的，不分輕重，全部殺盡。」

不過，朱元璋治貪的手法也並非一味的「懲」，而是獎懲並用，對爲政清廉、安撫百姓的官吏，經常表揚和越級提拔，在他的大力倡導下，明朝初期出現過一些廉潔愛民的優秀官員。

寧國知府陳灌，他曾在地方設立學堂，聘用教師；訪民疾苦，禁止豪強兼併；伐石築堤，保民田畝；用刑寬恤，安撫百姓。

濟寧知府方克勤，在任三年期間，爲官清廉，生活儉樸，積極開墾荒地，興辦學堂，最終使得一方富足，人口增長數倍。而他自己則衣著布袍，十年不換，每天只吃一餐有肉的菜，清廉至極。他進京述職，朱元璋特恩賜表彰，並讓他繼續留任。

新化縣丞周舟，因廉潔勤政有功，後升爲吏部主事，可是在百姓的強烈請求下，明太祖朱元璋又把他放回原位，繼續治理地方。

陶後仲在福建任按察使時，治贓吏數十人，盡除宿弊，撫恤軍民，朱元璋下令表彰。

對於善始善終的官吏，朱元璋給予厚賞，並爲他們修建府第；他們壽終時，親自寫祭文，以彰其德，並將廉吏清官的事蹟列入《彰善榜》和《聖政記》之中。

正是因爲有這些防患於未然的措施，才使得在朱元璋這匹餓狼領導下的群狼，保持清醒的頭腦，沒有遭到羊群的反撲、消滅。

第 7 章

剛柔並濟，內方外圓

狼是一種極具耐性的動物，在牠們捕獵的時候，如果一次不成功，就要進行第二次、第三次……直到捕到獵物為止。

26 三思後行，做訣而不做絕

朱元璋就像一個走鋼索的人，極力平衡著兩方面的關係，忠誠守信，豪無怨言，顯示了自己良好的操行。也幸虧他懂得這樣做，才使得郭子興所統帥的這支紅巾軍隊伍始終保持著大體上的團結局面。

狼是膽大妄爲的，可也粗中有細。發現牧羊人遠離羊群，狼才會繞到羊群旁邊，發起突襲。捕到了羊，狼會一邊吃，一邊用眼睛盯著牧羊人，隨時準備撤退。

朱元璋的一生，在很多棘手的大事面前，都能沉著冷靜，採取柔軟而富有彈性的方法，使事態朝著對自己有利的方向發展。簡單說，就是隨時注意給自己留下台階，上去了更好，上不去，也能順利下來，不至於傷得太慘。

朱元璋是重感情的，俗話講「吃水不忘挖井人」，他始終像對待親生父親一樣地對待郭子興。

在郭子興、趙均用、彭大、孫德崖等錯綜複雜的爭權奪利過程中，郭子興曾經被趙均用等挾持，眼見就要被斬首。朱元璋知道後，什麼都沒考慮，毅然日夜兼程趕回濠州，採取一切方法營救。

他派出使者給趙均用身邊親信送去了金銀珠寶和美女，施以重賄，讓他們幫助說情。吃人嘴軟、拿人手短，趙均用身邊的親信們還眞爲朱元璋賣命，最終說動趙均用放了郭子興，讓他帶著自己的一萬部衆回滁州。

郭子興到了滁州之後，朱元璋主動把自己的兵權交還，以示對他老人家的尊重，還親自爲郭子興舉行盛大的閱兵式。

看到朱元璋訓練的三萬兵馬，兵強馬壯，郭子興確實感到由衷歡喜，覺得自己沒看錯人，朱元璋不但取得了很好的發展，而且還長江後浪推前浪，青出於藍而勝於藍，眞是一個好女婿、好將領。要是自己的兒子有他的三分之一強，那就心滿意足了。

可是，郭子興本來就是一個多疑的人，看到朱元璋的優異表現，歡喜的同時，也擔心自己將被取而代之。因此，他開始明裡暗裡地尋找機會，殺殺朱元璋的威風。

到滁州後不到一個月，便有人在背後誣告朱元璋對元帥不尊，郭子興因此對朱元璋橫加指責，並且時刻小心，提防帥位被奪。後來，甚至聽信讒言，直接將朱元璋關押起來。

恰巧當年收成不好，朱元璋時常挨餓。爲此，馬氏偷偷將滾熱的燒餅藏在衣服內給他送去，結果燙傷了皮膚，患難夫妻間的眞感情，由此可見。

雖然受到郭子興如此對待，朱元璋仍然「知恩圖報」，耐心地用行動消除對方的疑心，即使感到忍無可忍，仍要求自己拿出宰相肚裡能撐船的胸懷，容納一切，一次次地跳過陷阱。

可以說，這個階段是朱元璋參加義軍以來最委屈的時期，既要打仗，又要受審查；既立戰功，又不落好，還被誣陷。面對救命的恩人，也是自己的岳父，朱元璋實在很難做人。

他就像一個走鋼索的人，極力平衡著兩方面的關係，忠誠守信，毫無怨言，顯示了自己良好的操行。

但也幸虧朱元璋懂得這樣做，才使得郭子興所統帥的這支紅巾軍隊伍始終保持著大體上的團結局面，在戰場上克敵無數，未吃過敗仗。

27

勤政節儉，穩固城池重發展

朱元璋要求一切從儉，一方面是為了國家能長治久安，另一方面也是為了使權貴階層能夠長久地享有既得利益。他明確地知道，要做到這些，必須保證農民能夠從事簡單的再生產，確保財富之源。

頭狼在撒尿時可以抬起腿，其他狼則不允許，如果有敢違抗這一神聖法則的成員出現，頭狼會毫不猶豫把「違規者」的脖子咬斷。

從重處罰違規者，是要讓狼群中的每一份子都懂得守本分的道理。

從社會最低層爬上皇帝寶座的朱元璋，深知創業難、守業更難的道理，在新國家建立之初，兢兢業業，以身作則，勤政奉公。他要建立強有力的規則，使局面朝著好的方向發展。

明王朝的建立，是朱元璋人生中的又一個新起點。要管理好一個國家的裡裡外外，實在是很大的考驗，弄得不好，新生的政權很快就會被扼殺掉。當衆人享受勝利的快樂時，朱元璋的內心是複雜的，既有獲勝的極度喜悅，又有如何守城治國的憂患意識。作爲普天之下的「家長」，他與群臣的心態完全不同，無時無刻不爲明王朝的長治久安苦思冥想。

稱帝後面臨的難題，遠比與群雄和元朝進行軍事鬥爭時更爲複雜艱難。登基之後，朱元璋經常焦慮不安，夜不安枕、食不甘味，深刻地感悟到：「創業之時，其事實難，守成之後，其事尤難。」

他警戒群臣不要被暫時的勝利衝昏頭腦，要像謹慎治家一樣來治理國家，說：

處天下者應當以天下為憂，處一國者應當以一國為憂，處一家者應當以一家為憂。以人之身與天下國家相比，人之身為小。如果所行不謹，將會摔跟斗，如果所養不謹，將會身染頑疾。何況天下之重，豈可忘記警畏乎？

經過元末連年爭戰，天下滿目瘡痍，亟待振興。但將士們經過了數年的爭戰，終於得到太平，也會陷入享受的懶惰思想中，不求發展。要改變這樣的局面，需要皇帝在料理國家事務上勤於政事，以身作則。

朱元璋認爲元朝失去天下，主要在於君主委任權臣而不能親自處理政務，致使權臣專權自恣，蒙蔽君主，作奸犯科。

同時，他認爲張士誠被消滅，主要原因之一也在於其常年不理政事，使委任的權臣欺上瞞下，葬送掉大好前程。

爲了避免此類現象在自己身上重演，朱元璋除患病外，每天披星戴月，天未明便入朝，早朝結束後，再吃早點，稍事休息後，或閱奏章，或博覽群書。午後，再入朝理事，或批閱奏章，或與儒臣講論經史，直到太陽落山，才回到宮中。晚上躺在床上，還要在腦海中重溫一遍當日所行之事。

朱元璋曾說：

朕自即位以來，經常以勤勵自勉。天未亮便臨朝理政，傍晚時分才還宮。深夜臥床難寐，便披衣而起，時而仰觀天象，一旦發現星變，即刻憂心忡忡；時而思量天下之事，凡應當施行之事，便立即記錄在案，待天亮後下詔執行。

據說，若在吃飯的時候想起某件事，朱元璋會立即放下筷子，迅速將其筆錄下來，並把所寫的條子別在衣服上。他的衣服上經常別有很多字條，被他詼諧地稱之為「賣衣」（指破爛不堪、補了很多次的衣服）。

根據史書的記載，從洪武十八年（西元一三八五年）九月十四日至十一日的八天之內，朱元璋共批閱天下奏摺一千六百六十件，處理國事三千三百九十一件。平均每天批閱奏摺二百多件，處理國事四百餘件。勤政非同一般，的確是兢兢業業的好皇帝。

朱元璋希望群臣都像自己一樣，以百分之百的熱情投入到管理國家的事務上來。建國之初，曾派專人於五更時在京城城門的譙樓上吹號角，高唱：「為君難，為臣又難，難也難；創業難，守成更難，難也難；保家難，保身又難，難也難。」

朱元璋不僅以身作則，帶動文武百官，還非常注重對子孫後代的教育。他是從苦難中走出來的，認為苦難是人生的一筆財富，一個人的成長，要先經歷無數的挫折，然後才可能勝任天降的大任。因此，十分注意對皇太子的言傳身教，極力培養將來為政理事的能力。

朱元璋曾對皇太子及諸子說：「從前有道明君都勤於政事，關心百姓，所以能夠保有天下。但到了子孫手中，便廢棄祖宗之德，一味地追逐聲色犬馬的驕奢生活，使政教不修，禮樂崩弛，天棄於上，民離於下，家破國亡。」

「你們作爲我的子孫，應當效法古代的聖帝賢王，兢兢業業，日愼一日。以前代荒君爲鑑，不要重蹈他們的覆轍。如此，則可以永享富貴。」

不僅如此，他還命令各衙門：今後有常事啓奏皇太子，重事才通報自己。想以此來鍾鍊接班人的威信和處事能力。

歷史上還有一種說法，給朱元璋的勤政賦予了更深的涵義，就是收攬權力。朱元璋要行使絕對的獨裁權力，就必須勤於政事，這好比飽經風霜的老農要死守住那塊供給衣食的土地，就必須日出而作、日落而息，天天得面朝黃土背朝天，耕耘不止。

在朱元璋看來，作爲天子治國，道埋亦與此同。否則，權臣弄柄，天下非易主不可。爲了孫後代著想，他甘願奉獻自己的一切。

這是不是後人的多疑，不得而知，因爲史書中沒有這樣的記載，朱元璋的內心世界也不好去把握。但是，事物都具有兩面性，這或許正是朱元璋始終兢兢業業的原因之一。

無論我們相信哪一種，有一條是絕對不容懷疑的，無論爲了新興國家的振興也好，爲了保住朱家江山也好，朱元璋的勤政程度都可以說是前無古人，後無來者。

朱元璋在勤政的同時，也非常注意節儉。這兩者之間存在著必須的聯繫，互爲因果。作爲皇帝，只有處富不奢，才能勤於政事，不忘自己的本職；也只有勤於政事，才能認識到驕奢之害。

爲了讓自己處富不淫，朱元璋特地把唐朝李山甫的《上元懷古》詩抄寫在屏風上，暇閒時吟唱自省：

南朝天子愛風流，盡守江山不到頭。總為戰爭收拾得，卻因歌舞破除休。

堯將道德終無敵，秦把金湯可自由？試問繁華何處在，雨花煙草石城秋。

朱元璋認爲，孫吳、東晉、宋、齊、梁、陳六朝短命的一個主要原因，就是天子沉溺歌舞風流，追逐腐化奢侈，從而導致亡國。他非常重視這一教訓，把六朝天子作爲一面鏡子，決心不步他們的後塵，塑造自己的新形象。

爲了遏制奢侈之風，他盡可能地從自身的節儉做起，從而引導天下人民、文武百官的消費趨向。

他在處理政事之餘，不親近女樂歌舞、不飲酒作樂。每日飲食多爲粗茶淡飯，日用器物也儘量從簡。

據說，朱元璋的床，除了金龍裝飾之外，與百姓家的睡床沒有多大區別。皇帝用的車輿器具服飾等物，依照慣例該用金飾的，他下令以銅代替。

負責製造的官員大爲不解，認爲用不了多少金子就可完成，對此，朱元璋說：「朕富有四海，難道吝嗇這點黃金？只是考慮到提倡儉約。朕若不能身先示範，就難以約束百官。況且奢侈都是由小到大的。」

爲了遏制天下百姓追逐奢侈之風，朱元璋極力反對地方進貢名優特產，如潞州貢奉人參，金華進貢香米，皆下令阻止。在朱元璋看來，採擷人參十分艱難，必將勞民傷財，而國家的任務在於養民，怎麼能爲自己一人的口腹之欲而勞累民衆？

朱元璋不善飲酒，只能喝一點葡萄酒，西面部落一般進貢都有葡萄。但爲了減少對沿途百姓的騷擾，也令西面部落酋長無須進貢。

有商人進貢了一種叫阿刺吉的香料，漢語稱爲穀穗露，除可調粉作爲婦女的化妝品外，還可治療心病。但朱元璋認爲此物功用不過在修飾容顏，只能引誘奢靡之風，拒絕接受。

建國伊始，百廢待興，大興土木在所難免，土木工程方面的投資自然十分巨大。爲了減少此類投資，朱元璋多次下令停建或緩建不急之工程，以節省開支，減輕百姓負擔。

他認爲，大興土木之前，一定要考慮時節、財力和民情，如果時節可興但財力不足，就不能營建，如果財力有餘而民情不宜，也不得興修。凡有勞民之事，必先奏請批准後才能施行，嚴禁擅自役使民力。一般的工程都必須儘量安排在農閒時節，不急用的工程則一律緩建。

洪武二年（西元一三六九年），中書省奏請營建後堂，朱元璋怕勞累民衆而一再推遲。洪武十年（西元一三七七年），大內宮殿改建完畢，所花費用不多，朱元璋非常滿意，說：

君主所好，關係甚重。惟有躬行節儉，才足以養性。如果崇尚儕康，必將喪失德性。朕常常思量從前生活於淮右，多年挨餓受凍，食不裹腹，衣不暖身。現在富有四海，任何欲求都可滿足。但朕經常捫心自問，節制欲求，凡遇土木之興，一定思量再三，不得已才動土營建。所以，從未有過濫興土木之舉。

對於皇宮中各類人員的消費觀念及消費情況，朱元璋也極爲關注。

一次退朝後，見幾個兒子在宮中的一塊菜地上玩耍，便對他們說：「在這塊地方，大可以修一些亭台樓閣供你們遊玩，之所以讓內使種上蔬菜，爲的是不忍心傷害民財和勞累民力。從前，商紂王修建了許多豪華壯麗的歌舞樓台，成天飲酒作樂，根本不體恤民眾之苦，致使民怨沸騰，身死國亡。後來的漢文帝就與商紂王大爲不同。他曾想修一個露台，經計算，要花去一百兩銀子，便打消了這個念頭，所以當時的漢朝民安國富。一個奢侈，一個節儉，結果截然不同。奢侈者亡國、節儉者國富，儉以修身、儉以養德。孩子們，你們一定要記住我的話，時常以這兩個例子來警省自己。」

還有一次，朱元璋回宮，看見地上扔有一些零碎的絲綢，便召集宮女，對她們計算一匹絲綢從百姓養蠶、吐絲到織成後交納賦稅的帳目，嚴厲地責罵了一頓，並下令：今後再有如此浪費者，處以死刑。

在朱元璋的約束下，皇后嬪妃也都能按照要求，過著儉樸的生活，尤其是馬皇后，最能夠厲行節儉。

雖然貴爲皇后，她從不特別講究衣著打扮，平時穿的是用粉絲織成的衣服，常常是洗了又穿、穿了又洗。破了也捨不得更換，縫補以後，或繼續穿用，或賜給老弱孤寡之人，絕不輕易丟棄。

不但如此，每次宮中縫製衣服，她都要把剪下的邊角撿起來，做成被褥。

馬皇后曾對王妃、公主們說：「妳們生長於富貴之家，不知道種桑養蠶的艱辛。

宮中丟棄的這些亂絲敗縷，在民間極爲難得，被視爲珍品，所以我要織工將它們織成次等絹帛，分賜給妳們，使妳們知道百姓的疾苦。」

對於宦官的浪費情況，朱元璋也非常注意。

有一天，大雨如注，兩個太監穿著新靴子在雨中行走，全無愛惜之意。朱元璋見到了，把兩人揪來，訓道：「一雙靴子雖然花錢不多，但出自百姓之手，要費好多功夫才能做成。爾等爲何不愛惜，還如此糟蹋？」嚇得兩個太監膽顫心驚，連稱以後不敢，一定改正。

又有一次，朱元璋看見一個散騎舍人穿著一件極其華麗的衣服，便問他：「製作這件衣裳，要花多少錢？」

此人回答：「五百貫。」

朱元璋聽後大怒，喝斥說：「五百貫是數口農夫之家一年的費用，你卻只用來做一件衣裳，如此奢侈，實在是太過分了！」

朱元璋勤於政事，注意節約、抑制奢侈，是中國歷史上少有的勤政且節儉的皇帝。他說到做到，言行一致，爲了守住富有四海的「家產」，像勤勞的農夫一樣，過著苦行僧的生活，以確保子孫後代的統治。

為了明王朝的久長，朱元璋在稱帝後，決心犧牲自我利益，以自己的節儉來規範天下臣民的消費觀念，確保貧困者能夠活命，富有者不致淫欲過度。

在小農社會中，當人們一味地追逐財富和奢靡生活時，必將引起社會的動盪，威脅封建王朝的統治秩序。作爲最高統治者，朱元璋必須認眞解決有限的財富與無限的欲求之間的矛盾。

他認爲節儉不僅能抑制社會財富的浪費，更是一個人的美德，所以把節儉行爲上升到道德層次上來要求群臣。注意節儉，既可以修養個人的品性，亦可以尊重農民的勞動。

他曾對太子朱標說：「凡居仕食飲，一定要想到農民的艱辛，取之有度，用之有節。不顧農民的勞苦，一味地索取有限的勞動成果，他們就難以活命了。」

朱元璋具有長遠的眼光，身體力行，要求一切從儉，一方面是爲了國家能長治久安，另一方面也是爲了使權貴階層能夠長久地享有既得利益。他明確地知道，要做到這些，必須保證農民能夠從事簡單的再生產，確保財富之源。

既然要分享農民的勞動成果。就必須使農民能夠活下去。當農民自身難保，社會秩序就會大亂，生產停頓，到時候權貴階層需要的財富也就蕩然無存了。

朱元璋在不可能迅速創造社會財富的情況下，敏銳地察覺到，最好的辦法是透過節制人們的消費慾望來控制社會財富，使資源不被過度欲求浪費。群臣只要能少浪費一點，就足以救活無數饑民。

早年經歷留下的影響，使他具備極大的自覺性和極強的自我約束能力。而種種舉措，無論在當時還是現在，都具有深遠的意義。

28

廣納天下言，大開議政門

在朱元璋看來，虛懷納諫並不意味事事受制於他人或軟弱可欺。他可以承認自己並非聖明，但卻不能允許別人這樣認為，且必須將他奉若神明。也因為出身貧賤，他更需要社會輿論來神化、崇拜自己。

狼是多疑的動物，不會輕易相信自己看見的東西。

很多時候，獵人們為了捕獲一隻狼，會布下豐盛的誘餌，引誘狼去取食。但狼非常聰明，只要覺察到有危險，哪怕是餓得頭昏眼花，也不會去動那些所謂的「美味」。可對於不存在危險的美味，牠就不會放過了。

朱元璋的虛懷納諫與剛愎自用，表明他的性格具有兩面性，是他人性中多疑的表現，亦是施展統治權術的集中表現。

獨特的經歷和成功的經驗，使朱元璋充分認識到廣納衆言爲我所用的重要意義。如果沒有劉基、朱升等儒才的輔佐，皇帝之位不知道花落誰家呢！

榮登九五之尊後，朱元璋清醒地意識到，想要治天下，除了任用賢能的官員，自己還得認眞聽取衆人的不同意見。畢竟，衆人拾柴火焰高，一個人能耐再大，也比不上群策群力。

商湯能從言改過而成三代聖王，唐太宗能從諫如流而致貞觀治世。與其形成鮮明對比的，是商紂王因拒諫飾非而喪身亡國，唐玄宗因聽信奸臣之讒言而成安史之亂。透過總結歷史，他得出一個結論：只要君主能夠虛懷若谷、接受衆言，大臣能夠忠君愛國、勇於進諫，天下可大治。

朱元璋曾經說：「朕以一人處理天下事務，所見所聞，所計所慮，不能周遍。」又說：「朕一人日理萬機，所行之事有得有失，只有依靠衆言才能使朕知道得失。所以，廣開言路，期待衆臣進言。」

所謂諫言，並非悅耳順聽的頌揚之辭，而是逆耳刺心的批評之語。很多時候，忠言逆耳利於行，固執己見則往往是走向滅亡的徵兆。

朱元璋認爲，能夠在大庭廣眾面前悖逆君主意志者，必定是君子，而順從君主之意者一定是小人。因此，在他面前，馬屁一般是不管用的。

可作爲君主，對於諫言做到以誠相待、兼收並蓄是很難的，一來要聽意見，二來要保持皇帝的威信。爲了使臣下不致於因爲面對皇帝的龍顏而驚慌失措，應該對臣子和顏悅色，使其盡可能地吐露真言。即使臣子之言並非句句有理，也要本著言者無罪、聞者足戒，有則改之、無則加勉的精神對待。

因此，朱元璋宣佈：臣民進諫，有善言者予以獎勵，並立即執行，進言且非者，也不治罪，至於進讒獻媚者，絕不寬貸。

爲了鼓勵臣子犯顏直諫，不要顧慮重重，朱元璋說：「臣子不能向君主進諫，是臣子失職；君主不能虛懷納諫，是君主不能以君道自處。臣子果遇此類君主，諫言不被聽取，反受責備，雖然得罪昏君，但有功於國家和人民。」

洪武二十八年（西元一三九五年）欽定的《皇明祖訓》中，朱元璋特別規定：今後大小官員及百工技藝之人，凡有可言之事，允許直到御前奏聞。其言合乎情理，立即交相關衙門執行。各衙不得阻滯，違者以奸邪論處。

朱元璋不是在做表面工作，而是動眞格的，目的在確保臣民的上疏能直接送達自己手中，不致於因事涉有關部門被截留。事實上，大多數上疏並不是針對朱元璋本人，而是針對各類官員，如果經過各級官府的轉呈，勢必被扣壓，或被洩漏，或遭報復，絕對要避免。之所以不止一次地發佈臣民言事可直達御前的詔令，就在於設身處地地保護言事者的人身安全，使天下臣民敢言能諫。

什麼樣的土壤，長出什麼樣的植物，在朱元璋刻意鼓勵並營造的進諫氛圍之中，出現了一批敢說話的將士，監察御史周觀政就是其中一位。

周觀政負責監守奉天門，一天，他按照規定阻擋宦官攜帶女樂入宮。宦官因奉皇上之命，盛氣淩人地奪門而入，入宮向朱元璋打小報告，說周觀政多管閒事。

朱元璋聽後，認爲周觀政是按規定行事，沒有過錯，下令撤去女樂，並要求宦官向周觀政陪罪。不料，周觀政並不滿足，認爲皇帝的宮奴有過，一定要皇帝本人出面承認錯誤。朱元璋認爲周觀政言之成理，便出宮親自向他承認錯誤。

另外一個例子，發生在龍陽典吏青文勝身上。

當時，該地連年遭受水患，朝廷不僅不減免賦額，還屢屢派人催逼，致使無數百姓斃命，青文勝先後兩次赴京城爲民請命，可都沒有得到恩准。於是，他決定以自己的死來喚醒朱元璋，將起草的諫書放於袖中，然後咚咚咚地敲響登聞鼓，接著自殺於鼓下。朱元璋聞訊，感慨不已，立即宣佈減免龍陽稅糧，將每年的三萬七千多石減至二萬四千餘石。

至於一般的諫言，則數不勝數。

洪武十六年（西元一三八三年），太原、大同二府上書要求減免二郡鹼地稅糧，朱元璋聽從其言。

洪武十八年（西元一三八五年），國子監祭酒宋油獻守邊策，要求效法漢朝趙充國屯田邊地以抵禦匈奴的辦法，朱元璋聽從其議。

洪武二十九年（西元一三九六年），崇明縣寶慶觀的道童孫守常上書，要求免除該地因改建城池，侵佔民田地而遺留下的租稅，朱元璋答應了這一要求。

可朱元璋不是聖人，也超越不了歷史，再加上缺少應有的監督，他的納言受諫不可避免地深受個人意志影響。正好在他性格的要素中，具有剛愎自用、自以爲是的特點，因此，許多諫言的是非標準，都取決於他個人的好惡與喜怒，說一套、做一套。雖然說了一些漂亮動人的話，但他很難將這些話不折不扣地體現於自己的行動之中。儘管多次下詔，要求天下臣民勇進直言，可當某些言論刺痛了私心，他仍免不了原形畢露，非將諫者置於死地不可。

青文勝是以死相諫，言官周衡卻因諫而死。事情的經過是這樣的：

朱元璋建都南京，不久下詔：「江南地區久經戰亂，今年的賦稅一概免除。」夏糧收上來了，果然沒有徵稅。可是到秋收時，朱元璋卻改變了主意，說是該征的賦稅還得徵收，江南地區也不能例外。言官周衡諫道：「陛下曾說過免除江南地區今年的賦稅，如今又要徵收，不是失信於天下了嗎？」

朱元璋起初一怔，隨即寬厚地笑道：「好，你提得好！朕就依你，這秋稅索性一免到底吧！」

過不了幾天，周衡向皇上請假回去探望父母，朱元璋關切地問：「愛卿回去，需要幾天？」

周衡答道：「啓稟陛下，臣家住無錫，離京城不遠，六天足夠了。」

朱元璋點點頭說：「好，朕就給你六天假，第七天等你來上朝。」

沒料到周衡在路上遇上了劫匪，被扣押了一天，因此遲一天返回，第八天才來上朝。朱元璋一見他就變了臉色，冷笑道：「朕不該失信於天下，卿如何失信於朕？欺君之罪，合當處死！」

武士們一擁而上，將周衡拖出大殿，他只能喊冤：「陛下，陛下！臣前天夜裡在江上遇到了劫匪……」

周衡被五花大綁拽到法場，監斬官笑瞇瞇地問：「周大人，你還認識我嗎？」他抬起頭，不由大吃一驚——竟是前天晚上的「劫匪」！頓時明白了，原來是皇上設下圈套殺自己。

可憐的周衡，就因爲駁了朱元璋的旨意而當了冤死鬼。

當時，江南地區老百姓家家焚香，戶戶祈頌：大明天子聖壽無疆！誰也沒有想到，這所謂的「德政」，是言官周衡用腦袋換來的。

朱元璋痛恨歷史上的昏君，想把自己塑造成名垂青史的明君，但在其政治行爲中，又時時暴露出自私殘忍、一意孤行的特性。

虛懷納諫與剛愎自用，表明了他性格的兩重性，亦是施展統治法術的集中表現。在朱元璋看來，虛懷納諫並不意味事事受制於他人或軟弱可欺。他可以承認自己並非聖明，但卻不能允許別人這樣認爲，且必須將他奉若神明。也因爲出身貧賤，他更需要社會輿論來神化、崇拜自己。

他自幼受到地主豪紳的欺凌與壓迫，也遭到一般人的蔑視與譏諷。行乞生涯中，處處低三下四、磕頭乞討，受盡了磨難，也深深感受到了落魄潦倒者在人世間的可悲境地。因此，他或多或少有一種強烈的報復心理，認爲一切都得以自己的意志爲轉移。迎合他的諫言，自然採納；至於他不滿意的主張，即使再正確也不易接受，甚至待之以無情的殺戮。

雙重性格特點，反映了朱元璋既有雄才大略的一面，又有自私短視的一面，眞實地再現了他複雜的性格，從某種層面上看，也是人性化特質的展現。

29

大處著眼，要處著手

朱元璋帶兵作戰的一生中，取勝之道在於從不輕視任何對手，且清楚地曉得，自己是去衝擊別人，必須考慮到每一個細微的環節。今日，考察朱元璋的種種智慧，他的明辨大局、知己知彼，絕對不容忽略。

在每次攻擊前，狼都會去瞭解對手，不會過份輕敵，所以狼一生的攻擊，很少有失誤。朱元璋始終保持清醒的頭腦，察人、察勢，明辨大局、知己知彼，而後採取行動，絕不輕敵冒進，從而不斷地取得勝利。

在與陳友諒等人的較量過程中，朱元璋妥善分析了所有對手的優勢和劣勢，斷定陳友諒性情急躁冒進、張士誠優柔寡斷、方國珍懶惰偷生，只想騎牆觀望，而元政權實力雖已大大削弱，可瘦死的駱駝畢竟比馬大。正因爲有審慎的觀察，能夠因人因時因勢採取不同的戰略戰術，所以取得最後的勝利。

朱元璋過江之後，面對的最強勁敵人是陳友諒和張士誠，他對兩人的性格特點一清二楚，在戰鬥中利用對方的弱點做文章，終獲全勝。

至正二十年（西元一三六〇年）五月，朱元璋和陳友諒的大戰開始。朱元璋初戰不利，太平丟失後，陳友諒大軍揚帆東下，直指應天。朱元璋的部下十分混亂，有主張拚死一戰的，有主張暫避其鋒的，還有主張投降的。怎麼辦？再這樣下去就會被人消滅了。

這時，最先冷靜下來的是朱元璋，他開始分析陳友諒的性格。

一場戰爭，必然摻和著領導者的智慧，同時，也帶有領導者的性格缺陷，在勢不如人的時候，找到對手領導者的性格弱點，就等於找到最佳的攻擊點。

經過分析，朱元璋認爲：陳友諒志得意滿，急於求成，正所謂驕兵必敗。他上弒其主、下脅其衆，名號不正，必然上下離心，矛盾重重。倘使這時能打開府庫，分發金銀，激勵將士，在戰法上誘敵深入，以伏兵奇擊，打勝這一仗絕對可能。

對！宜早不宜遲，說幹就幹！

於是，他部署陳友諒舊交康茂才去詐降，引陳友諒前來。

當時，很多人對誘強敵前來的用意不甚理解，連李善長這樣的能臣都提醒朱元璋：康茂才去約降，豈不是加速陳友諒的作戰進程？

朱元璋說，這正是我的用意。以我現在的力量，陳友諒已是勁敵，我們後面還有強大的張士誠。我最擔心兩方同時發力，前後夾擊。陳友諒性情急躁冒進，張士誠優柔寡斷。如果時間拖久了，陳由熱變冷，張由冷變熱，雙方步調協調一致，就不好辦了。激陳友諒速來才能分化兩股敵人，便於各個擊破。後來的事實證明，狀況演變正如朱元璋所預料，李善長不得不佩服朱元璋的謀事之智、知人之明。

朱元璋察人並非一成不變，而是根據情勢的變化，判斷敵人可能採取的行動，針對具體問題展開具體分析，不會在一棵樹上吊死。

消滅陳友諒以後，於至正二十五年十月正式發佈命令，征討張士誠。

在未正式做出聲討決定前，他就是否馬上對張士誠用兵以及如何作戰等問題，與群臣進行了反覆謀劃。

大將常遇春認爲打鳥先覆其巢，應直搗張士誠大本營蘇州。朱元璋不同意，認爲張士誠出身鹽販子，好勇鬥狠，敢玩命、講義氣，且和手下的張天棋等互爲手足。

如果張士誠被逼到絕路上，另外兩人不會坐視其滅亡，一定會拚死相救，那將是一場硬碰硬的惡仗，勝負難料。所以，正確策略是先消除周邊力量，截斷退路，再穩打穩紮向蘇州逼圍。

事實證明這一策略是正確的，朱元璋取得了最後的勝利。

而對另一對手方國珍，朱元璋可是看透了他的肝肺。

吳元年（西元一三六七年）九月初一，朱元璋派參政朱亮祖率浙江衢州、金華等處地方駐軍討伐方國珍。朱元璋交代朱亮祖：「方國珍魚鹽販子出身，懶惰偷生，騎牆觀望。今天出兵征討，勢當必克。他沒有妙著，只有泛海逃遁罷了。三州之民，疲困已甚，城下之日，毋妄殺一人。」

正是洞悉對方的性情，朱元璋才設計了不戰而屈人之兵的策略，以兵威制敵，減少了軍隊損失，也減輕了百姓的痛苦，輕鬆贏得戰爭的勝利。他的這一招，不可謂不高。

朱元璋的一生，多半處在複雜紛亂的戰局中，他不但要對敵人的情況瞭若指掌，還對整個局勢有所把握。要做到這點，必須見識遠，不囿於一時得失，不能急於求成，實在難啊！

朱元璋在渡江前，曾與元軍進行過多次惡戰，把當時江北元軍主將蠻子海牙打得東奔西竄。大多數將領頭腦膨脹起來，在如何奪取金陵的戰略問題上發生了分歧，很多部將都主張「直驅金陵」，即從南京對面渡江，直拔台城。

無論從軍事上還是政治上看，這都是一種冒險戰略。

朱元璋反對這種冒險，主張對金陵周圍實行迂迴包抄，使金陵在戰略上完全處於孤立無援的絕境，然後一舉拔之。恰如古人云：「盤根錯節之既經，必有迎刃即解之一日。」

南京政權建立以後，朱元璋在經濟、政治、軍事等各方面提出了穩紮穩打的戰略，這些戰略思想與急功近利、斤斤計較眼前得失和個人小利等是不同的。

掃滅南方的對手之後，推翻元政權指日可待。不斷的勝利和一心想儘快坐天下的思想，使將領中不少人認爲應以百萬之師直搗元都。

當此同時，朱元璋不僅看到自己的優勢，也看到了元軍的優勢。

元軍經過紅巾軍的打擊以及本身的火併，實力已大大削弱，但畢竟還佔據著半壁江山，擁有衆多人口和無數堅固的城池，如果北伐策略不當，不但達不到倒元目的，還會遇到極大困難。

他提出的策略是「先取山東，撤其遮罩，旋師河南，斷其羽翼，拔潼關而守之，據其戶檻，然後進兵元都」，也就是說，先肅清周邊守敵，等到「天下形勢入我掌握」，「彼勢孤援絕」之時，才一舉奪取元都。這是一個極為穩健的辦法。

朱元璋的明辨，不僅表現在對敵我力量的正確判斷上，還表現在對百姓力量的充分認識和「統一戰線」策略的執行上。

紅巾軍建立初期，標榜要匡復宋朝，韓林兒詐稱是宋徽宗的子孫，雖然暫時可以產生政治刺激作用，可是這時離宋朝滅亡已經有九十年，遺民故老死亡殆盡，百姓們對一個屈辱的朝廷，並不懷念。而且，韓家父子是著名的白蓮教世家，突然變成趙家子孫，誰都知道是冒牌貨。

朱元璋北伐時，提出應該用自己的方式生活，保存原有的文化系統，這一嶄新主張，取得了全民的熱烈擁護，瓦解了元朝治下漢官、漢兵的敵對心理。朱元璋更進一步指出，蒙古、色目人只要參加這個文化系統，就一體保護，就是新王朝的子民。這一舉措，不但弱化了敵人的抵抗，還分化了敵人的力量。

攻下徽州後，朱元璋召休寧名儒朱升問時務，朱升對曰：「高築牆，廣積糧，緩稱王。」這是他後來賴以取得成功的法寶。

中國歷史上的許多次農民起義，大都習慣於東飄西蕩，土地隨得隨失，勝利成果得不到保持和鞏固。另有些農民起義領袖或其他豪雄，雖建立了據點和基地，卻無遠大理想與長遠打算，貪圖一時享樂而無遠見，同樣不能有成。

朱元璋重視全面的建設工作，從而使勝利得到強大的基礎和保證。

朱元璋帶兵作戰的一生中，很少有失敗的戰役，取勝之道在於從不輕視任何對手，且清楚地曉得，自己是去衝擊別人，要想取勝，必須考慮到每一個細微的環節。

今日，考察朱元璋的種種智慧，他的明辨大局、知己知彼，絕對不容忽略。

第 8 章

心狠如狼，爲求江山永固

狼是一種複雜的動物，兼具很多性格特徵：野、貪、殘、暴，狡猾、狠毒、陰險，所以相關的形容多不脫狼子野心、狼心狗肺、引狼入室……

30

心狠如狼，手硬如刀

國君是尊還是卑，國家是安還是危，關鍵就看一代帝王能否駕馭得住群臣。朱元璋乃是把玩權術的高手，聰明的權謀家，他知道要使國家穩定，儘早達到盛世的局面，必須確保皇權的至高無上。

狼的捕獵與殺戮，並不是生活的目的。狼眞正追求的，是維護自己神聖不可侵犯的自由、獨立和尊嚴。

朱元璋大興「文字獄」，懲貪官、殺功臣，爲的是確保自己手中的權力不受侵犯，朱家天下不旁落於他人。

朱元璋從來沒有釋出過自己的權力，也看不得別人的權力膨脹。他是一個對權力永遠不滿足的人，所以隨時都在提防著身邊出現第二個朱元璋。

明朝建立後，一批跟隨朱元璋打天下的將領成爲公卿將相。可以想見，這些權力暴發戶一旦手握權柄，就權欲膨脹，希求無限的自由和絕對的特權。

他們對皇位究竟有沒有野心呢？這是朱元璋時常在思考的問題。

其實，關於這一點憂慮，並不是子須烏有，早在他和陳友諒、張士誠交戰的時候，已經有預兆了。

至正二十二年（西元一三六一年），朱元璋正與陳友諒、張士誠苦戰時，智囊劉基曾預測說六七月間不吉不利，萬事應小心。雖然帶有迷信色彩，但在戰亂的兇險複雜形勢下，朱元璋還是格外小心。

他不知道，一場預謀行刺的活動正在醞釀，手下部將邵榮和趙繼祖因心懷不滿，決心反叛。

七月的一天，朱元璋在南京的三山門外閱兵，邵榮等則在門內埋下伏兵，欲借機行刺。

也是朱元璋命不該絕，在閱兵就要結束的時候，突然刮起大風，將旗幟打在朱元璋的身上和臉上。這些天他時時把劉基的警告和預言提在心上，對這個小小的意外，立時覺得不祥，便急急更換了衣服，在親軍的嚴密護衛下繞另外一條路回府。

這個緊急舉措使元帥宋國興心裡疑懼，便主動向元璋自首告發。於是，一場即將爆發的軍變被消滅。

朱元璋當了皇帝之後，深知以一人之力防天下之人，根本防不勝防，所以他特意加強制度，想以此防備變故的發生。但是，人的貪欲和野心有時是制度管不住的，朱元璋因此特重心防，以奴性思想洗其腦、以高壓突查驚其心，使愚弱者甘受奴役，豪強者懼其威勢。

洪武四年（西元一三六九年），朱元璋想起《孟子》中說的「民貴君輕」一類的話，大爲光火，下令將孟子像逐出文廟，不得天下祭祀。

其實，在明朝剛建立的時候，他還在用這句話來教導他的官員，這傢伙的狼心果然就像小孩子的臉，說變就變。

不准祭祀孟子，這對那些儒生們來說，如同被掘了祖墳。刑部尙書錢唐要冒死進諫，朱元璋傳下令來，敢有爲孟子諫者，朕將親手射殺。

錢唐讓內侍轉告：「臣爲孟軻而死，死有餘榮。」說罷，撥開內侍，直向奉天殿方向走去。

內侍們飛跑進去稟報，朱元璋果然怒氣衝衝地持弓搭箭，等著錢唐的到來。雙方的距離越來越近，朱元璋一箭射去，射中了錢唐左臂。錢唐沒有倒下，也沒有後退，為了心中的孟聖人，他鐵了心，一個趔趄又站穩了，繼續前行。

朱元璋也不客氣，再發一箭，中了右肩，哪料錢唐仍毫不退縮。

朱元璋怒不可遏，一定要結果了他，又發一箭射向胸部。錢唐立即倒下來，但仍然掙扎著向皇帝座前爬去。看著錢唐痛苦而堅毅的神色，朱元璋被震懾住了，放下箭來。

在錢唐的死諫之下，孟子這才又有了進文廟「看」冷豬頭的資格，但那些輕君重民的話卻被刪掉了。

孟子「民貴君輕」的思想，對朱元璋是種挑釁，他不能讓臣下有這種思想，更不能讓百姓和將士信奉這種思想，即便自己本身其實對孟子十分欣賞。

朱元璋的狠心之處，還展現在對功臣的大開殺戒上。

朱元璋身邊有一批才能超群的人，大多都是明王朝的開國元勳，為明王朝立下了汗馬功勞。心狠手辣的朱元璋害怕在自己死後，子孫無法駕馭這些智力超群的人及其後代，為了保住朱家王朝，連徐達這樣的哥兒們都不惜殺害。

徐達在歷次戰鬥中，常常是攻無不克、戰無不勝，屢建奇功。朱元璋登基後，封徐達爲銀青榮祿大夫、上柱國、錄軍國重事、中書右丞相、信國公兼太子少傅。平定元大都之後，封魏國公，食祿五千石。

作爲開國第一功臣，徐達知道功高震主，故對朱元璋待之甚愼，不敢有絲毫的驕奢。但其夫人張氏任性好強、膽大敢言，對朱元璋強化皇權和確立個人權威的政治形勢認識不清，依然以戰爭時期兩家的親密關係來待人接物。在馬皇后面前，時常越分違禮，信口開河。

一次，她對馬皇后說：「我們都是窮苦人家，可現在妳家遠富於我家。」道出了開國功臣對朱元璋富有四海的極度不滿。

面對徐夫人的大不敬，馬皇后及時地通報丈夫，朱元璋乍聽此語，想到的絕不僅僅是婦道人家的閒言碎語，而是背後深藏著的政治陰謀。是不是徐達借妻子之口，來表露內心的不滿？

戰爭塑造了朱元璋和開國功臣特有的性格，戰時的爾虞我詐、聲東擊西等謀略，使他們在和平時期相互猜疑，很難再持續曾有的信賴關係。特別是在屢興大獄、誅殺功臣的背景下，朱元璋對於此類言論更爲敏感。

雖然徐達有赫赫戰功，一旦發現其心存不滿，非嚴厲處置不可。為了爭奪權力，父子、兄弟之間尚且流血，何況區區一位功臣！

為了殺雞給猴看，朱元璋急令武士闖入徐達家，將其夫人斬首。這對徐達的心理打擊十分沉重，他從此積鬱成疾，臥床不起。

實際上，徐達深知朱元璋有陰險狠毒的一面，早在打天下的時候，他就差點被斬首一回。不過那一回是假的，目的在整肅軍紀，事情是這樣的：

西元一三五六年，打下應天後，計劃攻打鎮江。此時有幾個士兵在街上買東西不付錢，甚至還有將領調戲民女，朱元璋聽到後，惱怒萬分，想派人把他們抓起來殺掉。轉念一想，此時正在用人之際，不能因為此事影響軍心，但嚴明軍紀同樣重要，必須想個確實有效的方法。

朱元璋考慮了半夜，終於想出一計，派人把大將軍徐達找來，商量了一番。

第二天，正當隊伍準備出發攻打鎮江時，有消息傳來說，因為徐達對部下管束不嚴，軍中屢次發生欺壓百姓的事情，朱元璋下令斬徐達，說要先殺了他，再來追究下屬的責任。

接著，眾人便看到徐達被反綁著押了過來。

許多將士都爲徐達不平，紛紛向朱元璋求情。經過諸位將士反覆求情，朱元璋答應先饒過徐達，同時當衆宣佈，此次出兵攻下鎮江後，不許燒房子、不許搶財物、不許殺百姓，只有做到這三條，徐達才能將功折罪。

事後，朱元璋握住徐達的手說：「老弟，讓你受苦了。」二人相視而笑。

回想起當年這一招，徐達感歎，昔日的假戲如今要變成眞的了，也或許，對於朱元璋來說，從來沒有什麼是假的。遙想當年，大夥一起玩扮皇帝的遊戲，殺了地主的牛，朱元璋撒了一個牛鑽進山縫裡去了的彌天大謊，順利騙過地主。這一回，目標終於指向了自己。

徐達清楚知道，朱元璋殺害自己的妻子不是最終目的，之所以沒有直接殺自己，無非是想再製造一次牛鑽山縫的謊言罷了。

然而，心直口快的徐達，哪裡是老謀深算的朱元璋的對手？

爲了掩飾自己想殺害徐達的意圖，朱元璋一再裝出無限關懷的姿態。一天，他告訴徐達：「你的宅第過於狹小，不如搬到我爲吳王時的那所舊宅居住。」

徐達認爲那是朱元璋故居，堅決不予接受，朱元璋也勉強不得，只好作罷。後來，朱元璋設宴招待群臣，命人將徐達灌醉，然後派人把他扶到內宮休息。徐達酒醒之後，發現自己身居內宮，驚恐萬狀，連忙稱罪，急忙出宮，朱元璋看到這一幕，甚爲高興。

面對朱元璋的軟硬兼施，徐達整天提心吊膽。內心的極度不安折磨著這位蓋世英雄，洪武十七年（西元一三八四年），因氣鬱所積而得癰疽之瘡。

這是朱元璋最希望看到的局面，畢竟，徐達一來是自己兒時的夥伴，二來是明王朝的開國元勳，眞親手殺了他，於情於理都很難說過去。再說，還有很多人需要斬除，殺掉徐達，必定會打草驚蛇，弄不好，還會迫使這些人結盟反抗。

於是，朱元璋親自探望徐達，並爲他撰文祈禱，在文中提到了徐達定亂創業的功勳，祈求神靈保佑，使其全生數年。朱元璋此舉，使徐達感激涕零。

徐達是一個單純的人，也是一個性情中人，往日的患難之情再現於他的眼前，掃蕩著胸中積淤的悶氣，失去的自尊終於又重新回到了心頭，病情亦隨之好轉，不久便能離開病榻自由活動了。

然而，他錯了，朱元璋對於他的康復絕對是不高興的。對於徐達的這一變化，朱元璋喜在臉上，恨在心裡。

洪武十八年（西元一三八五年）的某一天，朱元璋召來一位御醫，詢問徐達的病忌食何物，御醫答道：「忌食蒸鵝。」

沒過幾天，朱元璋便派人送來御賜膳食，正是蒸鵝。

徐達心知朱元璋意欲何爲，面對死亡的威脅，臨危不懼，畢竟君叫臣死，臣不得不死。且多年從風風雨雨中走過來，死亡倒更像是對內心種種憂慮不安的解脫。他毅然決然地吃下了朱元璋賜的蒸鵝，沒過多久，這位曾叱吒疆場的將軍就命歸黃泉了，時年五十四歲。

朱元璋漂亮地幹了，徐達悲慘地死了，爲了蒙蔽衆人的眼睛，還刻意表現出異常的哀痛，厚葬徐達，並追封中山王。

中山王又怎樣呢？即使給一座金山，命也已經沒了！眞是標準的貓哭耗子。朱元璋這一招，做得天衣無縫，也著實蒙住了很多只會在戰場上逞勇的武將。而那些善於思考的儒才，其實把一切都看在眼裡，並感受到巨大的恐懼。

劉基是輔佐朱元璋的主要智囊，有不賞之功，在很多事關成敗的大戰中，他盡心竭力，進言獻策。無數事實證明，此人的確是一個不可多得的人才。

明朝建立後，他遠權避謗，爲的是不受人猜忌。但看在朱元璋眼裡，仍感不安。他想，劉基是一個學貫天人的神秘人物，既能以神妙的術數輔佐我朱元璋，爲何不爲自己想？莫非是在等待時機？還是讓他消失了省事，免得總是有塊心病。

和徐達一樣，劉基也是死於朱元璋的「關心」。

朱元璋「不動聲色」就要了兩個大臣的命，不殺不打，當然也不是安樂死，而是遮人耳目、掩耳盜鈴。用君要臣死，臣不得不死來形容，再貼切不過。

所有功臣中，死得最慘烈的是傅友德。

傅友德早年投奔朱元璋，打仗極其勇猛，又深諳兵法，立有大功，是第一位封公爵的人。膝下二子，都英武過人，朱元璋認爲，這是對朱家江山的威脅，若是不除掉，早晚要出事。

洪武二十七年（西元一三九四年）十一月二十九日，朱元璋主持一個宴會。在步入宴會廳時，見擔任守衛任務的傅友德的兒子傅讓沒有按規定佩帶劍囊，便一臉怒氣，故意找碴，說傅讓傲慢無禮。說罷入席，但已經私下派人除掉這個「傲慢」的小子。

席間，朱元璋談到此事，讓傅友德把兩個兒子叫來。傅友德戰戰兢兢地離開坐席而去，不料才走到大殿門口，衛士便傳旨：「帶二人的首級來見。」

兩顆人頭被交到手中，傅友德終於再也控制不住，大吼道：「你不就是要我們父子的人頭嗎？」說完自刎而死。

在朱元璋眼裡，最重要的是權力和利益，誰損害或威脅到這些，就是他的敵人，無論是功臣還是親屬。

假如說徐達他們的死，只是朱元璋手段上的狠毒，那麼李文忠的死，則完全暴露了朱元璋性格上的殘酷。

李文忠是朱元璋的外甥，十二歲時母親去世，兩年後投奔朱元璋。當時，李文忠見朱元璋一身華麗的衣服，便拉著他的衣襟玩耍，朱元璋看著心疼，心想，假如不是那一場饑荒和動亂，現在一家人和和睦睦，該有多好啊！觸景生情，便對李文忠說：「外甥見舅如見娘。」

李文忠得到了朱元璋的重用，他沒有辜負舅父的期望，表現英勇機敏，頗有大將氣度，立下不少戰功。

洪武三年（西元一三七〇年）大封功臣，李文忠進封曹國公，爲開國六公爵之一，同時出任最高軍事長官大都督府左都督，這時他只有三十一歲。

在李文忠孤幼平凡時，朱元璋扶持照顧他，可等到他升騰發達了，又猜疑他。朱元璋的兒子們能力平平，沒有一個能趕上這個外甥的，這一點令他憂心忡忡。

後來，朱元璋得知李文忠隱瞞了一段欲投降張士誠的過往，當即起了殺心。一次，李文忠進諫，朱元璋大怒，說：「這話是誰教你的？」等李文忠回家一看，幕僚全被捉去殺了，他在驚懼之下，大病一場。

第二年初，朱元璋去看他，他想坦白那段過往，被朱元璋止住。三天後，這位叱吒戰場三十年的大將撒手西去。

消息傳出，舉朝震驚，不知道他爲什麼猝然而死。正在朝野迷惘之際，朱元璋突然將爲李文忠看病的醫生及其家屬一百餘口統統處死。

李文忠之死表面是個謎，但明眼人一看使知究竟何人所爲。

環境變了，統治者治國用人的政策也要發生變化。那些曾經追隨朱元璋打天下的開國功臣，沒有幾個得以善終。

開國大將湯和無疑是比較識時務的，知道權力本就該屬於皇帝，由於戰爭，權力免不了被分散到各個將領手中，等到戰爭結束，就應該卸甲歸田、物歸原主，所以主動提出辭呈。朱元璋大感高興，給湯和蓋了一座大府院，還給他很多的賞賜。

朱元璋這麼做，是在向大臣們傳達一個資訊：只要你們能快快把手中的權力交出來，就可以得到相應回報。

然而，並不是所有大臣都能明白這個道理，出於種種心理原因，不僅不願交出手中的權力，反而還想得到更多更大的權力。他們常常想的是，自己辛辛苦苦打下了江山，理應享受這份容華富貴，現在你老朱當了皇帝就不想要我們了，我們可不吃卸磨殺驢、過河拆橋那一套！有些人便開始作威作福、橫行霸道起來。

這些人的一連串舉動令朱元璋極為惱火，這不又成了元朝政府那種昏庸無道了嗎？因此，他決定硬下心腸，對大臣們實行「清洗」。很快的，小時候放牛的夥伴周德興被賜死了，功臣馮勝、廖永忠、朱亮祖等先後被誅殺……

兔死狗烹、鳥盡弓藏的做法，搞得人人自危。在當時，甚至出現了這樣一種尷尬景象，京官每天早朝之前，先與妻兒訣別，交代後事，傍晚時如能安全歸來，便是闔家慶幸，又多活了一天。

在連續的誅殺下，功臣宿將們相繼死亡，太子朱標實在看不過去了，便勸朱元璋：「陛下誅戮過濫，恐傷和氣。」

朱元璋沒有說什麼。第二天，他召見朱標，指著地上一條長滿刺的荊棘，叫他撿起來。

朱標看著滿是長刺的荊棘，不知該從何下手，這時，朱元璋說話了：「這根荊條有刺，你不能拿，我替你削光了再給你，難道不好嗎？」

朱元璋用這個比喻，說明自己實行殘酷的高壓政策，不僅是爲了維護眼下的統治，更是爲了將來的繼承者能穩坐皇帝寶座。

爲了控制並確保皇權掌握在自己選定的接班人手中，使朱氏江山永不改變顏色，失去兒子朱標後，他馬上立孫子爲皇太孫，顯然現出控制皇權心理的迫切。

不僅嚴密防範文臣武將，就連普通百姓，朱元璋也是時時防範的。

也許是受出生時那些神奇傳說的影響，朱元璋非常相信命運。在當了皇帝之後，有一天，他讓人把全國與他同年、同月、同日、同時出生的人全都找來，然後問算命的，這些人都與我同年同月同日同時生，爲什麼只有我當上？

算命的說：「他們與您的名字不一樣，名字代表一個人的運氣，他們的運沒有您好。」

朱元璋又在這些人中篩選，恰恰有幾人與自己同名，於是又讓算命的解答。

算命的說：「俗語說『一命二運三風水』，他們的命與運與您一樣，但是風水不好。」

朱元璋又問這幾個人的出生地，沒想到也有他的老鄉，又問該如何解釋。

算命的說：「他們的祖墳與您的祖墳地點不一樣，這牽涉到陰宅風水。」

更巧的是，當中有一個養蜂人的祖墳地與朱元璋的祖墳地基本在同一處，朱元璋又問算命的如何解釋，這回，連算命的都無法解釋。

朱元璋龍顏大怒，立刻要把養蜂人斬首，因爲這個人有可能威脅到他的王朝。

這時，劉基走出來問那個養蜂人：「你是做什麼的？」

對方回答說，是一個養蜂人。

劉基跟著問，養了多少箱蜂？

那人回答說，養了十三箱。

劉基轉身對朱元璋說：「他的命與您的命其實是一樣的，您現在掌管的是全國十三個郡的人生死，而他掌管的是十三箱蜂子的生殺大權，難道不一樣嗎？您是人的皇帝，而他則是蜂子的皇帝，並不威脅啊！」

朱元璋一聽也對，就把這人放了。

這個故事是否真實，不得而知，大概只能是個故事而已，不過，朱元璋防人之心甚重卻是事實。就是對自己的嬪妃們，也不放心。

洪武三十年（西元一三九七年），由於長期的勞累，積勞成疾，朱元璋在這一年十二月一病不起。他看到自己的身體狀況越來越差，開始擔心起漢朝時期呂后專權的現象在後宮裡上演，尤其在意的是後宮裡那個非常精明、做事頗有心計的李淑妃，認為必須把她除掉，才能保朱家的江山社稷。

於是，朱元璋開始佈局，設法誘魚上餌。首先在宮殿裡擺上一桌宴席，再派人把李淑妃的兩個哥哥找來。等到李淑妃來到，朱元璋拉著她的手說：「妳跟隨我這麼多年，吃不了少苦，與哥哥們必定長時間沒有見面。現在妳的兩個哥哥來了，快去和他們見見面吧！」

李淑妃聰明異常，一聽便知道自己的死期到了，對朱元璋跪拜後說：「陛下的意思，我明白了。死就死吧！還叫我見什麼兄長呢？徒增傷心罷了。」

回到宮裡後，李淑妃就上吊自殺了。

李淑妃是太子朱標的生身母親，曾經是朱元璋最寵愛的女人之一，對於這樣的人，他都能夠下毒手，還有會心疼的人嗎？一切可能威脅朱家江山的人，都是眼中釘、肉中刺。

利用這些殘忍的手段，基本上已經把能夠對皇權構成威脅的人全部清除了。儘管如此，他還是不放心。為此，洪武三十一年（西元一三九八年），朱元璋再次下令，嬪妃一律要為自己殉葬，只留下張美人撫養四歲的小公主。

朱元璋一心想為後人留下一個比較容易控制的局面，為欽定的接班人交遞容易拿得起的「荊棘」，卻犯下一個致命的錯誤，就是在消滅並抑制一個集團的同時，造就出另外一個更可能分散皇權的集團。

權力是把雙刃劍，它能殺死他人，也能傷著自己。國君是尊還是卑，國家是安還是危，關鍵就看帝王能否駕馭得住群臣。

朱元璋乃是把玩權術的高手，聰明的權謀家，他知道要使國家穩定，儘早達到盛世的局面，必須保住皇權的至高無上，時時刻刻防備各種敵對勢力的威脅。在這段過程中，他親手葬送了許多無辜的生命，則是權力鬥爭過程中一場又一場不可免的犧牲與悲劇。

31

廢除宰相，獨攬大權

廢除宰相制，皇帝直轄六部，皇權絕對集中，君主專政至此發展到了頂峰。然而，缺乏監督的權力必然導致腐敗，自二祖後，明代的皇帝因為缺乏監督，沒有危機意識終取滅亡，這是朱元璋始料未及的。

頭狼意味著握有絕對的權力，但也意味著責任，以及承擔更大的風險。所以，頭狼比普通的狼更需要懂得生存智慧和掌握更多的生存技巧，而這些生存智慧和技巧，都是在殘酷的競爭中練就的本事。

大明建立以後，朱元璋高高在上，要主宰一切，於是他開始動作了。

宰相一職，從秦漢時就開始設立，總理國家事務，是一人之下、萬人之上的人物，在歷朝歷代的發展過程中，有著舉足輕重的作用。他輔佐朝政，處理實際事務，故有「天下第二人」之說。而這樣的人，要處理國家的日常事務，大多為務實者，能力超群。

朱元璋哪能容忍這樣的人在自己的眼前晃？即使他知道廢除這個職務會加重身上的擔子，可朱元璋是一個事必躬親的人，更是一個權利慾望極強的人，他寧願自己累倒，也不願意他人分權。

於是，朱元璋決定廢除宰相制，一人獨攬大權。

這不是一時的衝動，而是在他建國為帝後，為了鞏固皇權，經過多年的思慮才決定的。

最初，他對設立宰相輔佐國政的制度，也是一如前代，並無疑慮。早在還是吳王的時候，也就是還在打江山時，便已經設立丞相的職位了。

直到明朝建國，宰相都稱為丞相，共有左、右二員。那時擔任左丞相的是李善長，擔任右丞相的是徐達，丞相所在機構稱中書省。明代曾任職丞相的只有李善長、徐達、汪廣洋、胡惟庸四人，時間從洪武元年到洪武十三年。胡惟庸以謀反罪被誅後，中書省隨之被撤銷，此後丞相的官位和職能便化為烏有了。

洪武九年時改行省為「三司」，是廢相的預備措施。這一措施的作用是在政治地位上把中書省和丞相架空，使皇帝取得直接指揮全國各地行政機關的權力。

洪武十年，朱元璋讓太師韓國公李善長和曹國公李文忠共議軍國政事，而原本以總攬國家政事為職責的中書省和丞相，反而被撇在一邊，連參議的資格都沒有，在事實上和主要職權上，把中書省和丞相變成了一個閒置機構和職位。

同年七月，朱元璋在自己身邊特設了個新機構，名叫通政司。通政司的職能是上令下達，下情上達，越過了中書省和宰相。

首先，來說說李善長。

李善長在朱元璋還是郭子興的部將之時，便與他在軍中共事了，關係很好，情誼很深。李善長這個人，史稱「少讀書，有智計，習法家言，策事多中」，被朱元璋稱為蕭何、張良式的人物，從指揮作戰到組織供應，從戰爭到內務，都能兼管，是一個稱職的「總理」。

建國之初，一切有關政、經等項的法規和制度，禮節和儀制，都是由李善長親自加以制定或者組織，所以在最初封公的六人中，居於首位（其他五人是徐達、常遇春的兒子常茂、李文忠、馮勝和鄧越），不難看出朱元璋是何等器重他，他的能力也足以擔當此任。

然而，建國之後，利益的紛爭使他們有了隔閡。

李善長「外寬和而內苛刻」，明朝建立，任相後他敢於任事，當機立斷的慣例並未有所收斂。而在已經身處皇位，成爲開國之君而又疑心極重的朱元璋看來，這樣的做法，卻太過於目中無人。

次數一多，朱元璋更覺忍無可忍，不除掉解不了心中的結。他對李善長的不滿，由此開始，只不過隱忍不發而已。

洪武四年，李善長患病在家，機會恰好到來。

李善長是急性子，對工作更是鞠躬盡瘁，自覺多日未能前往中書省治事，心有未安，便上疏懇請致仕（退休）。他這樣做，一則是略示未能任事心有不安；二則也是爲了試探，看看皇帝對自己究竟如何看待，這是歷代大臣慣用的一招。

萬事具備，只欠東風，李善長自己送上門來，於是順水推舟，得奏之後，並沒有下旨慰留，而是順其所奏，立即欽准其致仕。

當然，朱元璋心裡還是有一些歉意的，所以對李善長的家人也特加恩禮，洪武九年更將自己幼女臨安公主下嫁李善長的長子李棋爲妻。

接下來，就是徐達了。

朱元璋一直很欣賞徐達，他智勇雙全，又心胸寬廣，但是他日益膨脹的權力也使朱元璋看著不舒服。北伐時期，徐達帶兵在外，中書省無人，朱元璋就提拔了追隨多年的故人汪廣洋。

汪為人謹慎小心，廉明持重，與李善長的專斷截然不同，可以令朱元璋放心。但卻沒有丞相之才，辦事乏力，事事請示，又令他日漸失望。此時，李善長將胡惟庸薦入了中書省，汪則升為左相。

胡惟庸很早便以精明幹練被李善長看中，曾多次受到推薦和提拔。他們之間的情誼日見深厚，後來還成為了親戚，胡惟庸的女兒嫁給了李善長的弟弟李存義的兒子李佑，親上加親。

胡惟庸聰明能幹，又得李善長的指點和舊部的配合，使汪廣洋更加相形見絀，朱元璋終於找到藉口，請他下台，貶去了廣東。

對於胡惟庸，朱元璋雖基本滿意，但並不放心，始終在暗地裡察訪胡的言行。而胡在擠走汪之後，開始無所顧忌，趾高氣揚起來了，這絕對是朱元璋看不慣的，於是洪武十年又將汪廣洋再次調回中書省，以抑制胡惟庸。不過，這一招失敗了，汪廣洋本是庸才，得重任後更是小心翼翼，反使胡更加恣縱。

後來重臣劉基暴卒，出現了一些不利胡惟庸的說法，朱元璋本想藉此利用汪廣洋整倒胡惟庸，可汪廣洋縮頭縮腦，顧左右而言他。朱元璋一怒之下將其再次貶謫，後餘怒未息，又下詔書，遣專使前往宣詔，汪廣洋被賜死於途中。

處置了汪廣洋，給胡惟庸的震動很大。胡惟庸向來就獨斷專行，結黨營私，朱元璋放縱隱忍他，是要把他從小魚養成鯊魚，來個一網打盡的大動作。

洪武十三年（西元一三八〇年），有人告胡謀反，朱元璋大興牢獄，牽連者上萬。處死胡惟庸後，朱元璋下令廢丞相及中書省，並宣佈：「今後有敢奏言立中書丞相者斬。」

中書省被撤銷，丞相一職從此成爲歷史。

秦漢以來沿行一千五六百年的丞相制度，隋唐以來沿襲七百多年的三省制度從此被廢除。皇權與相權的矛盾解決了，皇帝的權力高到無以復加的地步。

朱元璋廢除宰相制，皇帝直轄六部，皇權絕對集中，君主專政至此發展到了頂峰。然而，缺乏監督的權力必然導致腐敗，自二祖後，明代的皇帝就因爲缺乏監督，沒有危機意識而終取滅亡，這是朱元璋始料未及的。

32

密佈情報網，用小吏管大官

有一種觀點認為，朱元璋的監視起到了威懾的作用，使臣下小心謹慎，不敢有非分之舉。但從國家的長遠發展來看，無疑是有害的。試想，每個人都不求有功，但求無過，國家還怎麼發展呢？

有個詞叫狼藉，說的是狼在離開的時候，會把自己的窩弄亂，以防獵人發現，這充分體現了狼的多疑。也正是多疑，才使得狼一次次逃過獵人的追捕。

明朝建立以後，朱元璋開始懷疑身邊的人了，他建立情報網，調查每一個文臣武將的言行。只要發現有人對自己的皇權不利，就先殺爲快。

朱元璋是個多疑的人，對任何人都不信任，總覺得處處都有炸彈威脅著自己。

要想清除身邊的危險，必須有人為他提供資訊。然而，那時候的資訊交流可不像現在這樣方便。因此，對朱元璋來說，如何獲取資訊成了大問題。

朱元璋沒被難倒，用最土但也是最管用的辦法，為自己建立了「情報網」。他利用人與人之間的矛盾來牽制對方，自己坐收漁翁之利，還「微服私訪」，不給別人喘息的機會。他會事先不打任何招呼，就到某地查訪，給那些官員來個突然襲擊。這樣做，一來是為了顯示自己的高明，同時也為了告誡大臣：一定要對本皇帝忠心耿耿，說老實話，我可不是好呼攏的！

在許多時候，朱元璋有意向臣僚們提出一些質詢，看他們是否老實回答，如確實直言無隱，便當面褒獎其眞誠，否則將面臨種種不測。

光靠自己收集情報還遠遠不夠，朱元璋還動用了大量常規方法和非常規方法，彌補不足。

監察機關原來是御史台，洪武十五年改為都察院，長官是左右都御史，下有監察御史百十人，分掌十二道（按照布政使司政區分道），職權是糾劾百官，辨明冤枉。凡大臣奸邪、小人勾黨、作威作福、擾亂政權、貪污舞弊、學術不正、變亂祖制，都可隨時舉報彈劾。

這個衙門的官就是皇帝的耳目和鷹犬，專門向皇帝打小報告。監察御史在朝廷監視各個不同的官僚機構，也有派到地方的，如巡按、清軍、提督學校、巡監、茶馬、監軍等。大事奏裁，小事立斷，這些機構裡的官員個個都很威武神氣。

都察院不只是對官吏，對老百姓也要監視。爲了更完善地監視老百姓，朱元璋制定了路引制度和里甲制度。路引制度就是給每人發放通行證，只有領到通行證，才能自由活動，領不到通行證就被圈在出生地動不了。所謂里甲制度，是在洪武十九年（西元一三八六年），朱元璋要百姓互相「知丁」，也就是互相監視。一人犯法，鄰里連坐，出差在外，得接受旅館檢查。

路引和里甲，使每個人都要接受官府的調查、監視、密訪。

除此之外，朱元璋還建立了龐大的特務系統——錦衣衛，負責偵察和刑訊。這些特務對人們的監視簡直到了無孔不入的地步，小至家庭瑣事、生活起居，都逃不過他們的眼睛。

例如，大將華高和胡大海之妻禮佛敬僧，與外籍僧人有來往，向他們學習西天教法，這一「情報」被錦衣衛搜集到，呈給皇帝。朱元璋大怒，將兩家婦女和僧人一起投到水中。

浙江七十多歲的老儒錢宰被征到京城編書，因年老力衰，精神疲倦，一天不覺吟道：「四鼓咚咚起著衣，午門朝見尚嫌遲。何時得遂田園樂，睡到人間飯熟時。」

第二天，文華殿賜宴，朱元璋對錢宰說：「昨天做的眞是好詩。可是，我何嘗嫌過你？『嫌』字何不換成『憂』字？」

錢宰嚇白了臉，忙跪下謝罪。

朱元璋還利用僧道做特務。在一般人心目中，僧道方士是一類超凡絕俗之人，是絕不可能幹特務勾當的，朱元璋恰好利用了人們這種心理，以達到刺探情報而又使人難以察覺的目的。山西按察副使張孟兼與朱元璋派去的鍾山僧人吳印共事，張孟兼頂撞了吳印，朱元璋竟然大發雷霆，將張孟兼活活打死。朱元璋的理由是：頂撞了吳印，就等於頂撞了皇帝。

朱元璋還建立了「奴軍」，也叫「鐵冊軍」。按公侯等級賜予十多人至百十人不等，名義上是服侍護衛公侯，實際上，這支軍隊負有監視功臣的任務。功臣的行動，隨時隨地都得向他報告。

朱元璋監督功臣的手段，遠不止這些。

在戰爭過程中，爲彼此提防，多招耳目，朱元璋收了很多義子。這些義子不僅爲他出生入死，而且把各將帥的情況隨時報告給朱元璋。

朱元璋小時候的朋友湯和應該是他的親信了，在守常州的時候，曾爲一個不大的事請示朱元璋被駁回，心裡很不自在，酒醉後說：「想我湯某鎮守在這裡，就像坐在屋脊上，想往東倒就往東倒，想往西倒就往西倒，誰能把我怎麼樣！」這酒後胡言也被監視的義子報到朱元璋那裡，使朱元璋很是惱怒，雖沒治他的罪，卻一直耿耿於懷。

朱元璋甚至在朝臣中物色耳目，讓他們互相監視，以便控制。

張昶曾是元朝的戶部尚書，後來投降朱元璋，做了參政。楊憲則是在朱元璋攻克南京後投奔而來的，朱元璋見他機靈敏銳，就讓他做監視將帥的檢校。楊憲很快與張昶結爲朋友。

張昶在學識能力方面的優勢，使楊憲心存嫉妒，便時時窺測他的陰事。

一天，張昶對楊憲傾訴：「我如能回到元朝，仍不失富貴。」又說：「我是元朝舊臣，勉強留在這裡，實在是思念故居。我的妻子兒女都在北方，不知現在怎麼樣了……」張昶不知道，楊憲正是皇帝安插監視他們的耳目。不久，這些話上達到朱元璋那裡，張昶被殺。

這種監視制度，弄得人人自危，朝野上下一片驚惶。朱元璋這個明朝開國君主，也因此給後人留下了無數茶餘飯後的談資。朱元璋的監視起到了威懾的作用，使臣下小心謹慎，不敢有非分之舉。但從國家的長遠發展來看，無疑是有害的。試想，每個人都不求有功，但求無過，國家還怎麼發展呢？

33

從嚴治官，依律治國

儘管朱元璋在懲治貪官污吏過程中，存在著嚴重的偏差，但是，確實收到了很大的成效。一大批腐敗的官員遭到懲處和打擊，官場風氣逐漸發生變化，明初吏治日趨清明，社會安定和諧。

朱元璋取得天下後，他對這份用心血換來的事業非常看重，不允許有人踐踏他得之不易的成果。他要讓自己的事業千秋萬代地傳下去，所以必須整頓吏治。

朱元璋對官吏的要求非常嚴格，絕不容許出現腐敗，也容不下官員的昏庸無能。爲了建設一支廉潔高效的官員隊伍，他制定了嚴格的考核制度，考核過關者升，沒有過關者絕對不會手下留情，使得明初政府辦事效率大大提高。

從制度上來評定官員的成績，這是朱元璋的一大創舉。在中國幾千年的封建社會中，都是以皇帝的好惡來評定官員的成績，說簡單點，就是皇帝說你行，你就行，說你不行你就不行。雖然朱元璋沒有超越歷史，因爲在評定的過程中，他的意見舉足輕重，甚至是最關鍵的，但對於絕大多數官員來說，還是客觀的。

其實，朱元璋的初衷並不是爲了制定一個客觀的考核制度，而是出於自己的懷疑，害怕被官員蒙在鼓裡，害怕朱家江山淪落，這才迫不得已採取這樣的措施。但是，這一措施在客觀上卻起到了提高各機構辦事效率的作用，也保證了政府官員的清正廉潔。

朱元璋出生於窮苦人民的家庭，飽嚐人間艱辛，因此，他堅決懲治官員的腐敗是發自內心的。他多次強調：不禁止官吏的貪暴，百姓就無法生存下去。這一弊端不革除，就不可能達到善政。

他決心吸取元朝吏治敗壞，以致亡國的歷史教訓，刻不容緩地開始整頓吏治。

洪武元年（西元一三六八年），頒佈了《大明令》。

《大明令》裡嚴格制定了地方官員的考核制度。其中有一條就是各地府州縣官員三年任滿，赴京接受考核。進京的官員要帶著三年任職期間的政績文冊。

當然，這些憑據沒有任何人敢動手腳，朱元璋對此的態度是一經發現，即處死刑。官員們因此認認眞眞，不敢胡作非爲。

明代地方官實行政績考核標準，是朱元璋親手制定和頒行的《到任須知》。其中分爲「祀神」、「養濟院」、「獄囚」、「制書榜文」、「吏典」、「印信衙門」、「倉庫」、「會計糧儲」、「各色課程」、「金銀物」、「窯治」、「鹽場」、「書生」、「孝子節婦」、「官戶」、「儒士」、「詞訟」、「弓兵」等，這些都是地方官員應盡的公務和職責，考核的依據也是憑這些條款規定的事項。朱元璋要求地方官員按此條款，一一施行，缺一就是不合格，不能過關。

官員們都知道，一旦惹怒了朱元璋，不僅是自己沒命，而且要株連九族。然而政治也是一個奇怪的東西，無論是光明正大，還是暗藏殺機，無論是康莊大道，還是一路荊棘，都會有人前仆後繼。

而想要撈點資本的人，在沒有捷徑接觸朱元璋的情況下，唯一的辦法就是讓自己的考核憑據厚重一點，說不定哪天就會被看中。

洪武二十六年（西元一三九三年）頒佈了「考滿」這種官吏的常規化考核制度。仿照古代，規定中央地方各級官員任九年的任職期間，必須每三年考核一次，這第一個三年的考核叫做初考，第二個三年叫做再考，在第九年叫做通考。

具體到地方官員，府、州、縣屬官先經由本衙門正官初考，府、州、縣正官由上級正官初考，隨後層層上報核實，再送吏部考核。

布政司、按察司屬官也先由本衙門正官初考，報吏部考核。布政司和按察司的正官和副職，要經都察院初考，吏部複考。各衙門根據官員任職期間功過事蹟攢造文冊，報送吏部，經過核實，擬定評語。評語的好壞與官員的升降問題直接掛勾，分爲稱職，平常，不稱職三種。誰都想稱職，可是這就要看你的政績如何了。

「考滿」不是朱元璋發明的，制度的雛型源於元朝，當時是這樣規定的：府同知一考無過失的，可升做知府；知縣二考無過失的，升爲知州；縣丞一考無過失的，可升任知縣。到了洪武二十六年（西元一三九三年），朱元璋將它改爲府、州、縣官三年考滿，評語是平常和稱職的，在相同品級內調用，而不稱職的正官、副職則要降官，首領官要降爲吏。

早在洪武五年（西元一三七三年），朱元璋便制定了六部職掌，以便控制在京的官員。洪武二十六年頒佈的《諸司職掌》，更詳細規定了中央各部門的主要職責。京官四品以上九年任滿，由太祖親自決定升降，五品以下三年任滿，由本衙門正官按稱職、平常、不稱職等寫出評語，經監察御史考核，再由吏部複考。

除「考滿」制度外，朱元璋還對官員進行「考察」。

「考察」制度共分爲兩種：京察和外察。京察針對的對象是中央各機構和兩京所在地的順天府、應天府各級官員，而外察針對的則是外地的地方官。

政令剛開始頒佈時，朱元璋規定地方官員每年需朝見天子一次，到了洪武十八年（西元一三八五年）又改爲三年一次。每次朝見完畢後，都由吏部和都察院對官員進行考察，並將京察和外察的結果，報請皇帝批准公佈。

「考滿」和「考察」這兩種考核官員方式，雖說都是出自朱元璋之手，都是用來控制整頓官僚機構，保證國家機器正常運轉的重要手段，但二者有著明顯的不同。「考滿」多與升遷聯繫，而「考察」是以罷黜官員爲主，兩者相輔相成，構成了明朝一重要的考核制度，乃是官僚管理制度的重要組成部分。

値得一提的是，無論是考滿，還是考察，朱元璋對官員的考核，主要還是看從官經歷的辦事能力。這與朱元璋求實的性格密不可分，他終生反對虛言浮誇，更厭惡有人敢於欺瞞他，所以非常希望他的官員們都能盡心盡職，多有政績。這也是他對國家安定、王朝穩固的一種強烈期盼。

朱元璋對官吏要求的嚴格程度，在古代的皇帝中，是出了名的。

朱元璋身邊有許多大功臣，他們都是隨同自己打天下的人，當這些人得到權力之後，有些人的經濟貪欲又開始作祟了，同元朝末年的貪官污吏一樣，又開始仗勢欺壓百姓，破壞王朝的法規法紀。

朱元璋對這些人深惡痛絕，在他看來，這是一群胸無大志，鼠目寸光之輩。首先，他從自己身邊的人抓起。至正二十四年（西元一三六四年），朱元璋告誡徐達、常遇春等人，讓他們對自己的家奴要嚴加管教，加以約束，切記不可使家奴「恃勢驕恣，逾越禮法」。「上樑不正下樑歪」，家奴有時不只是仗勢欺人，更多的是受主子支使，所以說問題根本不在家奴，還是在主人身上。

徐達是行事恭謹處世精明之人，受到這種告誡，自然會收斂，可是其他功臣呢？朱元璋告誡徐達約束家奴，其實是告誡功臣本人，只不過這種說法婉轉些罷了。後來鑑於功臣們恃功犯法的現象屢戒不止，情況日益嚴重，朱元璋特命工部造鐵榜，鑄上申誡條令，規定處罰、處刑的行爲，嚴重的還要處斬。可是，效果並不理想。

在立榜之後，涼國公藍玉仍蓄假子、莊奴數千，強佔東昌民田，百姓告狀，御史審問，藍玉以棍棒驅走，私買雲南鹽，破壞鹽法；江夏侯周德興自恃是太祖的故人，營宅逾制，窮極奢華；營國公郭英恃功恃親私養惡奴，殺無辜；永嘉侯朱亮祖在嶺南尤貪婪殘暴，橫行不法；德慶侯廖永忠器用僭用龍鳳；潁國公傅友德食祿三千石，其他賞賜亦厚，仍不斷乞請懷遠田千畝……

面對公侯們對這鐵榜條文的不理會，朱元璋發怒了，不得不加大對新權貴打擊的力度，罷官攬權，斬殺功臣。

朱元璋之所以這樣做，就是爲了穩定統治局面，抑制亡國致命的貪欲。凡是不利於自己權利的因素，他統統要加以排斥，無論你是功臣元勳，還是皇親國戚，只要犯了法、觸了令，都得以身伏法，絕不手軟。

朱文正是朱元璋的親侄兒，因立有戰功，官拜大都督。在鎮守江西期間，貪財好色，驕奢荒淫，朱元璋先將他罷官免職，最後大義滅親，將其處死。而晉王朱棡同樣頂風作案，將出土文物占爲己有，大修別墅宮殿，選美女以供玩樂，朱元璋又來個大義滅親，同樣也治了他的罪。

這裡還有一個最典型的例子：

明初時，朱元璋在邊境地區實行茶馬貿易，主要是用內地茶葉換取邊地馬匹。爲了保證這一貿易正常進行，他曾下令兵部禁止私販茶葉。可是私販茶葉到邊境的事情還是屢禁不止，於是朱元璋又申禁約，要求四川、陝西等地的官府和衛所嚴禁私販，違者重處。即使是在這種嚴打情況下，還是有「勇夫」敢於頂風作案，此人就是朱元璋的駙馬爺歐陽倫。

離禁令下達還不到兩個月的時間，歐陽倫派管家周保，押了五十輛滿載茶葉的大車，運往蘭州一帶販賣，打算將賣到的錢換成戰馬，帶回內地。

陝西布政使司等官員惹不起駙馬家人，不僅俯首聽命，還爲他們徵派民車幾十輛。一路上，關口的官員知道是駙馬的車隊，誰也不敢阻攔，因此車隊一直通行無阻。想不到快到目的地，就在蘭州黃河大橋的橋頭，出了「岔子」。

原來負責守橋的小吏，是一個忠於職守、不畏強權的人。車子一到，他立即下令停車檢查，發現車上裝的全是禁運的私茶，便將車隊扣押，準備上報，等待處理。

押車的管家周保，平日狗仗人勢，專橫慣了。他從車上跳下來，指著那個小吏的鼻子，大聲吼叫起來：「你好大的膽子！這是駙馬爺的車隊，你也不睜開眼睛看看。難道你活得不耐煩了！」

小吏堅定不移地說：「我執行朝廷的命令。就是皇上親自派來的車隊，也要接受檢查！」

周保受了頂撞，氣不打一處來，回頭把手一招，身後立即衝出幾十個如狼似虎的家丁，上前揪住小吏，一頓拳腳，打得他鼻青臉腫、渾身是傷。

車隊揚長而去後，小吏忍著身上的疼痛，掙扎著從地上爬起來，回家趕寫了一道奏章，託人千里迢迢地告到朱元璋那裡。

朱元璋收到奏章，得知有人公然違反禁令，販賣私茶，甚至毆打執法官吏，那還了得！但將奏章仔細一看，違反禁令的不是別人，竟是自己的女婿歐陽倫！

起初他還有點不相信，可派員調查核實，證明奏章上說的全是眞話，不免爲此感到爲難。依法懲辦吧！歐陽倫就得殺頭。他一死，自己的女兒豈不成了寡婦？命運就悲慘了。不依法懲辦吧！朝廷的法規成了一紙空文，以後還有誰來秉公執法？又怎麼能使全國百姓服氣呢？

經過幾番思索，朱元璋毅然下令讓歐陽倫立即自殺，仗勢欺人的周保判處死刑。同時根據罪行輕重，對追隨歐陽倫作惡和包庇的官員們分別進行了懲罰。河橋巡檢司小吏因揭發有功，得到嘉獎。

這歐陽倫乃是安慶公主的丈夫，而安慶公主是馬皇后親生之女，也是朱元璋平日最寵愛的公主之一，可以說，歐陽倫也應該算是朱元璋面前的紅人了。可是，只要觸犯了律法，同樣會被朱元璋處死。

朱元璋公私分明，很多皇親貴戚都因爲種種原因而命送官場，當中包括自己的侄兒，也有外甥。正因爲朱元璋從嚴治官，官吏都謹慎行事，不敢鬆懈，也不敢違抗命令。這對於一個新生政權來說，是至關重要的。這些舉動對於威懾野心，團結百姓，政令下達和執行，不可缺少。

洪武一朝，可以說是中國封建王朝歷史上對貪污賄賂打擊最激烈、斬殺貪官污吏最多的時期了。儘管朱元璋在懲治貪官污吏過程中，存在著嚴重的偏差，但是，確實收到了很大的成效。經過長期的嚴酷鬥爭，一大批腐敗的官員遭到懲處和打擊，官場風氣逐漸發生變化，明初吏治日趨清明，社會安定和諧。

34 草木皆兵，大興文字獄

為了維護個人威嚴，為了確立專制皇權的獨裁統治，朱元璋對文人學士進行無辜的殺戮，使文人學士敢怒不敢言，畏首畏尾，嚴重地窒息著明代思想文化的發展，進而阻礙了整個社會的進步。

爲了迫使全國老百姓絕對服從他的思想統治，朱元璋一方面用功名利祿引誘知識份子死讀經書，另一方面又以嚴格的文字獄來箝制人們的思想言論。

在中國封建社會，文化專制歷來是與政治專制密切聯繫、互爲補充的。封建統治者們不僅要以嚴酷的法律來規範人們的行爲，更爲殘酷的，是設法從思想上來控制老百姓。

朱元璋知道，要想控制思想，最重要的就是控制文化，治本於心。

《明太祖實錄》記載：

本於心者，道德仁義，其用為無窮；由乎法者，權謀術數，其用蓋有時而窮。

在加強封建專制統治的過程中，朱元璋也不忘加緊推行文化專制，強化思想統治。按照他的觀點，文人是最難治理的。

在朱元璋看來，知識份子既可愛又可恨。由於胸懷經綸，有治世安邦的才能，所以打天下和治天下不能沒有他們。但是，如何讓他們死心塌地爲主子效勞，是最頭痛的事。

朱元璋出身寒微，祖祖輩輩皆爲佃戶。儘管他在險惡的戰爭環境中出生人死，榮登九五之尊，但其貧寒的家世難免爲士人所不齒。

表面上的顯貴與內心的自卑，使朱元璋經常把「朕本淮右布衣」、「江右布衣」這類的話掛在嘴邊，對自己寒微的出身總覺得不光彩。特別是他又參加了被稱爲「賊」的農民起義軍隊伍，所以經常擔心士人揭他的短。

在立國之初，朱元璋深知「世亂用武，世治宜文」，對大臣的倚重由武夫向文人轉變，一切典章制度和朝廷禮儀皆出自文臣之手。

對於這一轉變，引起了武臣的不滿，他們開始挑撥離間，向朱元璋進言，說文人學士善於玩弄文字遊戲，借助冠冕堂皇的文字來譏諷人事。

起初，朱元璋置之不理，畢竟對挑撥的人，他見得多了。身居高位，經常都會遇見今天你說他不好，明天他說你失職，後天又有人來說有人侮蔑皇帝。沒有大度的心胸，每天光聽這些讒言都會被氣死。

但是，有一件事卻引起了朱元璋的高度重視，於是出現了明王朝的另一個文化專制統治——文字獄。

事情是這樣的：

武將們看朱元璋並沒有要對文人採取措施的跡象，反而更加受到重用，於是想出了一個辦法。他們對朱元璋說：「陛下可不要過於相信文人，文人最會以文譏訕人。如張九四（張士誠）也是厚付文儒的，可他要文人幫他取一個名字時，這班儒士竟給取名爲『士誠』。」

朱元璋說：「這個名字不是很好嗎？」

武將們乘機說：「當然不好，張九四上大當了！《孟子》書上說『士誠小人也』，這句話也可以破讀爲『士誠，小人也』，這名字是罵張士誠是個小人。他哪裡曉得？」

朱元璋一聽，點點頭，感覺很有道理。

從此，朱元璋在閱覽群臣奏疏及詩句時便心存疑忌，在文字中進行挑剔，吹毛求疵，斷章取義，常以莫須有的罪名，加害作者。

這種以文字的禁忌來屠殺鎮壓知識份子，使其聽命於皇權指使的行爲，就是明朝的「文字獄」。

朱元璋早年當過和尚，而和尚的特徵是光頭，因此，他對於「光」、「禿」一類的字眼特別敏感。同時，和尚又稱僧，朱元璋也對「僧」及其同音近音字也極不喜歡，凡在奏章中遇到此類情況，便認定是作者暗寓譏諷之意，定斬不饒。

如常州府學訓導蔣鎭爲本府所作《正旦賀表》中，有「睿性生知」一語，因「生」近「僧」音而遭誅殺；尉氏縣教渝許元爲本府作《萬壽賀表》，其中有「體乾法坤」一語，「法坤」音近「發共」，是古代剃去男子頭髮的刑罰，朱元璋認爲是暗諷他曾當過和尚一事，許元因此喪命。

朱元璋起自紅巾軍，紅巾軍被時人咒之爲「賊」、「寇」，所以最恨人罵他當過「賊」、「寇」，對與「賊」、「寇」等相近的字音也不放過。

浙江府學教授林元亮爲海門衛作《謝增俸表》，中有「作則垂憲」一語，「則」

音近「賊」，林元亮因此被誅。

因詞句中出現「則」字而遭斬首的不只是林元亮，還有北平府學訓導趙伯寧爲都司作《萬壽表》，中有「垂子孫而作則」；福州府學訓導林伯景爲按察使撰寫《賀冬表》，中有「儀則天下」，桂林府學訓導蔣質爲布政使按察使作《賀正旦表》中有「建中作則」；澄州學正孟清爲知府作《賀冬至表》中有「聖德作則」；杭州府學教授徐一英在《賀表》中有「光天之下，天生聖人，爲世作則……」

在朱元璋看來，這些簡直是在惡毒地詛咒他從當和尚到作「賊」的不光彩經歷，他在盛怒之下將這些人一一斬首。

此外，朱元璋還望文生義，曲解作者用詞之意，對「攻擊」他及朱氏王朝的文人學士，處以極刑。

懷慶府學訓導呂睿爲本府作《謝賜馬表》，表內有「遙瞻帝扉」一句，「帝扉」嫌於「帝非」。和尚來復在詩中寫有「金盤蘇合來殊域」及「自慚無德頌陶唐」等語句，朱元璋認爲「殊」字可分爲「歹」與「朱」，暗藏犯上作亂、推翻朱氏王朝之意，而自「慚無德頌陶唐」意寓朱元璋無德。來復有口難辯，終被斬首。

蘇州知府魏觀與名士高啟來往甚密，魏觀在張士誠宮殿遺址上重修知府衙門時，請高啓撰寫的《上樑文》中有「龍盤虎踞」，朱元璋閱覽高啓之文後，憤怒不已，將魏觀、高啓二人腰斬於市。

金事院養法作詩有「城南有鎭婦，夜夜哭征夫」，朱元章認爲此詩抨擊時政，動搖軍心，便將其投於水中，使他溺水而死。

除了文字，還有人因圖畫被猜忌致死。

有一年，朱元璋在景運街觀燈，看到其中有一條燈謎，上面畫著一個婦人，抱著個西瓜騎在馬上，那馬腳畫得大了一些。朱元璋尋思了一陣子，恍然大悟道：「這一班遊民不是在這裡譏笑皇后嗎？」

原來他的理解是：婦人懷抱西瓜，「懷」與「淮」諧音，馬皇后正是淮西人，又因姓馬，是大腳，而畫的馬也是大腳，更認爲是有意譏諷，便連夜傳出諭旨，命禁軍統領姚深把景運街的居民全都滅了。

不難看出，朱元璋所強加給表文詩句作者的罪名，都無事實根據，均爲冤假錯案。本來是頌揚朱氏王朝強盛和恭維朱元璋聖明的表文詩句，被他用低級的文字遊戲便胡亂附會，使作者遭滅頂之災。

欲加之罪，何患無辭？以文字殺人的行爲，既荒唐可笑，又殘酷無情。在中國文字獄史上，沒有比朱元璋更誇張的了。

爲了維護個人威嚴，爲了確立專制皇權的獨裁統治，朱元璋對文人學士進行無辜的殺戮，使文人學士敢怒不敢言，畏首畏尾，嚴重地窒息著明代思想文化的發展，進而阻礙了整個社會的進步。

朱元璋是一個「治本於心」的高手，他大力提倡儒家思想，用孔孟之道來約束文武百官及百姓，規定各級學校「一以孔子所定經書誨諸生」，科舉考試一律用八股取士，而且只能從四書五經中出題。

當然了，要是朱元璋覺得這樣行得通的話，那還情有可原，但他卻喜歡做文章要「明白顯易」、「無取浮薄」。這是典型的把快樂留給自己，把痛苦扔給別人。

朱元璋還大搞神道設教，提倡宗教，力圖用宗教迷信麻醉人民，滿足思想統治的需要。

朱元璋把科學技術視爲「奇技淫巧」，禁止人們鑽研科學技術，導致了科技的落後，爲後來被西方列強洋槍大炮的新科技打開國門埋下了禍根。中國一向領先於世界的科學文化開始從先進地位跌落下來，這是朱元璋的一大失誤。

35 滿臉豪氣，一把清淚

朱元璋自己歷經了曲折複雜的生命歷程，回顧他的一生，無論是在政治上、軍事上、經濟上還是文化上都彰顯了一匹餓狼的特性，拚搏不懈和團隊協作的狼性精神，為世人津津樂道。

朱元璋的一生，是狼性的原始動力使得他永不服輸，拚命掙扎。他具有卓越的才能，非凡的勇氣，超人的智謀，是一匹十足的餓狼。

朱元璋雖然當過和尚，但是，他對權力的慾望絕對不是一個出家人所能比的，無論是司法、行政還是軍權，對他都有十足的吸引力，希望全部攬入自己的懷中。這也是朱元璋權智的一個核心——削分下權，專攬上權。

其實，不光是朱元璋，開國之君大多集權專權，一是因爲他們有極強的權力欲，二是他們大多智謀超群，精力過人，這是他們的資本，他們有這樣的能力去威懾別人。但是，像朱元璋這樣使皇權達到空前集中，皇帝兼宰相，萬事繫於一身，君欲重臣欲輕的，還是少數。

專權固然可以使皇帝權柄加重，但也容易被權力捆住手腳。因為治理天下非一人之力所能完成，縱然智慧超群，也沒有事必躬親的精力和時間。更為重要的是，當老皇帝歸西，新皇帝若沒有足夠的智慧和精力，身邊的人就可能分享大權，造成難以想像的惡果。

這是朱元璋最擔心的，因此到了晚年，他的所作所為，都本著為子孫後代留一條坦途的目的，然而卻行不通。

朱元璋專權的第一個大動作是從司法權下手。他建立了君主集權制度，臣下任何一部分權力都是分散的，司法部門的權力當然也不例外。

明朝的司法權，被分割在許多機構中。

一是朝廷「三法司」，即刑部、都察院、大理寺。刑部受理刑案，都察院察劾，大理寺駁正。

二是五軍都督府斷事官，軍隊內部的刑案都在五軍內部審訊。

三是各省提刑按察使司，可自行審理各省刑案。

四是都察院各道監察御史和各道按察分司，參與各地案件。

此外，朱元璋還創設了一個特殊機構——錦衣衛，具有特務、軍事、監察和法司等多種職能和特性。它直屬皇帝，凌駕於各部門之上。

接著便是大規模的集權措施。朱元璋將地方、外朝、軍隊的大權都集中在自己手裡。對地方，他實行架空削弱、收權於中央的做法。

元代的行中書省是從中書省分出去的，職權太重，到後期中央鞭長莫及，幾乎沒法控制。元末紅巾軍起義，各地長官擁兵自重，不服中央，成爲割據一隅的軍閥。朱元璋十分清楚這種行政體制的弊端，決定削弱地方官的權力。

洪武九年（西元一三七六年），朱元璋下令廢除行中書省。將行中書省改爲承宣佈政使司，置左右布政使各一人，掌一區的政令。布政使是朝廷派駐地方的代表、使臣，秉承朝廷旨意宣揚政令。

全國分浙江、江西、福建、北平、廣西、四川、山東、廣東、河南、陝西、湖廣、山西十二布政使司，後增置雲南布政使司。布政使司的分佈，大體上繼承元朝的行省，布政使的職權卻只掌民政、財政，與元朝相比，輕重大不相同。

此外，朝廷還把原屬於行中書省的地方司法和監察權獨立出來，單獨設立提刑按察使司以掌之。又設都指揮使司，簡稱都司，專管地方軍事，合稱「三司」。

實際將地方最高一級的職權一分爲三，三權彼此獨立行使職權，互相制約，這樣皇帝對地方的控制力就加強了。

另外，省一級建制正式確立以後，省以下的地方行政機構也由元朝的路、府或州、縣三級制，簡化爲府州、縣二級制。這樣大大加強了中央對地方政權的直接控制，簡化了下達政令的層次，使皇帝可以對地方進行垂直管理。當然，這不是孟德斯鳩提倡的立法、行政、司法三權分立，而是三權集中在皇帝一人身上。

朱元璋集權制度最重大的舉措是廢宰相。歷代皇權與相權反覆爭奪，皇帝以不同的形式壓制、削割宰相權力，朱元璋卻來了個斬草除根。

洪武二十八年（西元一三九五年），朱元璋臨死前留下一道遺囑，其中有一項內容就是把廢相定爲不可動搖的祖法常規，今後所有嗣君都不許議立丞相，臣下如有奏請置相者，文武大臣群起而攻之，重刑以處置之，斷然以死命令的方式杜絕了任何復辟相權的可能。

讓影響皇權的相權徹底消失，這對加強皇權確實作用不小。可是，丞相被廢，丞相的職事還得有人來幹，皇帝精力有限，不可能行使相權，相權轉移到內閣、六部中去了，鐵腕閣臣篡權便可能出現，這對皇權同樣不利。

皇權有兩個輪子，一個是官僚機構，一個是軍隊。朱元璋從一開始便採用文武分途的統治體制，文官統於中書省，武官統於大都督府。

五軍都督府制是由大都督府改制而來的。明代初年，中央除設有兵部外，還設有大都督府，其長官爲都督，權力很大，「節制中外諸軍事」。爲了保險，朱元璋任命侄兒朱文正爲都督。

儘管是親侄兒，朱元璋還是很不放心。

洪武十三年（西元一三八〇年），胡惟庸案發後，朱元璋在廢中書丞相的同時，下令廢大都督府，設中、左、右、前、後五軍都督府，將原來大都督府權力分成五部分，全國軍隊由五軍都督府分領。五軍都督府職責是掌管軍籍，訓練統領軍隊，但不能調動軍隊。

軍隊的調動、軍官的任免升調、軍令的發佈、軍隊的訓練由兵部負責。但兵部不能統領軍隊，不能指揮軍隊作戰。遇有戰事，由皇帝下詔任命統軍將領，兵部頒發調兵命令，都督長官奉命率部出征。戰事一旦結束，總兵歸還將印，軍隊各回原來的衛所屯耕。所謂衛所，是朱元璋吸取前代制度的經驗設計的。在全國範圍內，每郡設所，幾個郡設一衛，一衛有五千六百名士兵，類似地方軍區和軍分區。衛所軍官負責管理軍隊的操練、屯田，但不能調兵。

這是一張權力網，相互牽制，任何一方都不能單獨行事，除了皇帝。這也是朱元璋煞費苦心設計的一套精緻的制度，就是要將軍隊分交多個機構進行管理，各機構間互相牽連，任何單獨部門都不能調動。這樣就從制度上防止了個人、部門對軍隊的控制，使軍權集中在皇帝一人手上。

軍衛法實施以後，取得了很好的效果，整個明朝都沒發生武將擁兵叛亂之事，但是也造成了軍隊戰鬥力下降的事實。兵不識將、將不練兵，衛所後來成了空殼。用今天的話來說，就是表面上哪一個部門都在管，實際上哪一個部門都不管。

當然了，對於一個權力慾望極高的皇帝來說，行政、軍事、監察三種治權分別獨立，親自統領，就可以統一發號施令。

百官分治，對皇帝負責，系統分明，職權清楚，法令詳密，組織嚴緊。而在整套統治機構中，互相箝制，以監察官來監視一切臣僚，以特務組織來鎮壓控制一切官民，都督府管軍不管民，六部管民不管軍，大將在平時不指揮軍隊，動員復員之權屬於兵部，供給糧秣的是戶部，供給武器的是工部，決定戰略的是皇帝。

朱元璋的權智無孔不入，不僅是文武百官都監控，連他自己的家人、嬪妃和宦官都一樣被約束。

朱元璋深知宦官和外戚對於政治的禍害，堡壘最容易從內部攻破。歷史已經有了前車之鑑，東漢和唐朝的禍亂，就是他們作的孽。而宦官專權也是一種普遍的歷史現象，朱元璋認為，宦官在宮中是少不了的，可是只能作奴僕使喚，灑掃奔走，人數不可過多，也不可用作耳目心腹。作耳目，耳目壞，作心腹，心腹病，對付的辦法，要使之守法，守法自然不會做壞事，不要讓他們有功勞，一有功勞，就難以管束了。

朱元璋訂下規矩，凡是內臣都不許讀書識字，又鑄鐵牌立於宮門，上面刻著：「內臣不得干預政事，犯者斬。」又規定內臣不許兼外朝的文武官銜，作內廷官不能過四品，並且，外朝各衙門不許和內臣有公文往來。

他立下規章，皇后只能管宮中嬪婦的事，宮門之外的事不得干預。宮人不許和外界通信，犯者處死，斷絕外朝和內廷的來往以至通信，使之和政治隔離。朱元璋的母族和妻族都絕後，沒有外家，明朝後代帝王也都遵守祖訓，后妃必選自民家。

外戚只是高爵厚祿，當大地主，住大房子，絕對不許干涉政事。在洪武一朝三十多年中，內臣小心守法，宮廷和外朝隔絕，和前代相比，算是家法最嚴的了。

這種專權的制度精緻得看起來像藝術品，幾乎沒有什麼漏洞，可權力仍是由人掌握的，像木閘門一樣，剛開始的時候可以水洩不通，但是時間一長，總免不了漏水，而且總有一天要被積壓很久的水沖垮。

獨攬大權於一身，使朱元璋贏得了天下臣民的敬畏之心，同時也使他付出了沉重的代價。如果把「國」看成是「家」，那麼，作爲一國之君的朱元璋便是一家之主。爲了經營這份龐大的家業，朱元璋費盡了心血。

他深知作爲這一家業的開國皇帝，自己負有一切責任。他要畢其精力爲自己的子孫安排好各方面的事，讓他們享受「祖宗之法」的恩澤，使他們在對「祖宗之法」的守成中一代代地傳下去。

雖然朱元璋是個暴發戶，但不是及時行樂的無庸之輩。他是一個工作狂，在戰爭中如此，在治國期間也如此。繁重的政務、強烈的憂患意識、皇權對他的異化、衆多后妃對他的包圍等諸多因素，使朱元璋的生活變得異常特殊。

在這種特殊的生活中，他變得孤獨、猜忌、殘暴、任性和固執。而馬皇后和太子先他而去的殘酷現實，使他傷心不已。他的精神支柱倒塌了，未來的夢想破滅了。在極度的悲傷下，他險些也隨他們而去。

後立的皇太孫朱允炆是一個仁慈的書生，這是朱元璋的文字獄出現的一大漏洞，「炆」的意思是「沒有火苗的微火」，這樣一束微火，怎能去治理一個龐大國家？能支撐自己不被風吹滅就燒高香了。朱允炆根本不像朱元璋那樣果敢明快，朱元璋對他能否繼承自己的未竟之業，心裡實在沒有把握。

為了防止自己死後武臣挾持皇太孫，威脅明王朝的安全，朱元璋決心在晚年除掉對未來新天子可能形成威脅的武將藍玉、傅友德、馮勝等先後被殺。

由於積勞成疾，朱元璋的身體越來越弱。洪武三十一年（西元一三九八年），他的病情惡化，自知不久於人世，便帶病祭太廟，並親自焚香禱告，祈求皇天保佑，使他長壽，子孫賢能。但是，皇天並沒能延續他的生命，這一年閏五月初十，朱元璋帶著滿腔的憂傷離開了人世，終年七十一歲。

他在遺詔中說：朕受皇天之命，歷大任於世，定禍亂而仁兵，安生民於市野，謹撫馭以膺天命，今三十有一年，憂危積心，日帶不怠，專志有益於民。奈何起自寒微，無古人之博智，好善惡惡，不及多矣。今年七十有一，筋力衰微，朝夕危懼，慮恐不終。令得萬物自然之理，其奚哀念之有？皇太孫允炆仁明孝友，天下歸心，宜登大位，以勤民政。中外文武臣僚，同心輔佐，以福吾民。葬祭之儀，一如漢文勿異。佈告天下，使知聯意。

朱元璋死後，葬於應天城外的鍾山之下。在紫金山南麓，人們給他修建了帝王陵墓——明孝陵。

鍾山有東、中、西三峰，在古代的風水學上，這被稱爲「華蓋三峰」。按照中國的傳統，以中峰的地位最高，而孝陵所處的獨龍阜，恰好處於中峰南面的玩珠峰下，梁代高僧寶志和梁武帝蕭衍最早將這塊地盤視作風水寶地。

在孝陵之西，有一座小山，人稱「小虎山」，正處於孝陵之右的「虎砂」位上，與孝陵之東的「龍砂」之相左右對列；而直對孝陵陵宮的「梅花山」，則是孝陵風水中的「案山」，有著十分重要的象徵意義；其西南方向的前湖及逶迤南下的「鍾山浦」也具有靈動的「朱雀」風水特徵。這樣孝陵陵宮及寶城就具備了左青龍、右白虎、前朱雀、後玄武的風水「四象」，加之孝陵的三道「御河」都呈由左向右流淌的形式，這種水，在風水上稱「冠帶水」，亦十分難得。

朱元璋因勢利導，將三條河納入自己的寢陵範圍，既可以保留洩洪通道，又讓河流為陵墓增色，這是尊重自然規律使然。如果朱元璋為建造自己的寢陵將三條河填平，山洪暴發，其後果可想而知。

孝陵就置身於這種天造地設的優美環境中，在中國明代早期之前的歷代帝陵中，像明孝陵這樣擁有完善風水景觀的陵墓，眞可謂鳳毛麟角。

朱元璋死後，諡號「高皇帝」，廟號「太祖」。朱元璋就是明太祖，因為他的年號是洪武，人們也叫他洪武皇帝。

在朱元璋去世後的第六天，也就是洪武三十一年（西元一三九八年）閏五月十六日，朱允炆登上皇位。朱元璋死後的第二年便改元建文，然而，就在建文元年（西元一三九九年）六月，朱元璋的第四個兒子朱棣起兵「靖難」。建文四年（西元一四〇二年），朱棣率兵攻入南京劍門，朱允炆不知所終。

朱元璋認為已經為接班人掃清了障礙，可以安心，卻萬萬沒想到，他剛死，就翻天覆地了。這一方面是朱元璋對宗室相對信任，限制打擊較少，更主要的則是大權都集於皇帝一人之手，可又趕上一個能力弱，不想好好幹的人當了皇帝，就好比一台機器的中樞出了問題。而皇帝周圍的宦官、僕役就有可能像吸血蟲一樣，就近分一杯羹。專權的後果產生了權力的異化，這是朱元璋沒能想到的。

雖然朱元璋做了很多過激的事，造成了很大的危害。但是，對於處在風口浪尖上的他來說，更多的時候是不得已而爲之。畢竟，在險惡的環境中，他不吃掉別人，就會被人吃掉。

朱元璋在是是非非中地度過了一生，明王朝在他建立之後，延續了十二代，出現了十六個皇帝，經歷了二百七十六年。

朱元璋自己歷經了曲折複雜的生命歷程，回顧他的一生，無論是在政治上、軍事上、經濟上還是文化上，都彰顯了一匹餓狼的特性，拚搏不懈和團隊協作的狼性精神，爲世人津津樂道。

・全書完

大爆笑三國 全集

七月來雪 著

無厘頭三國演義，三國歷史另類爆笑解讀

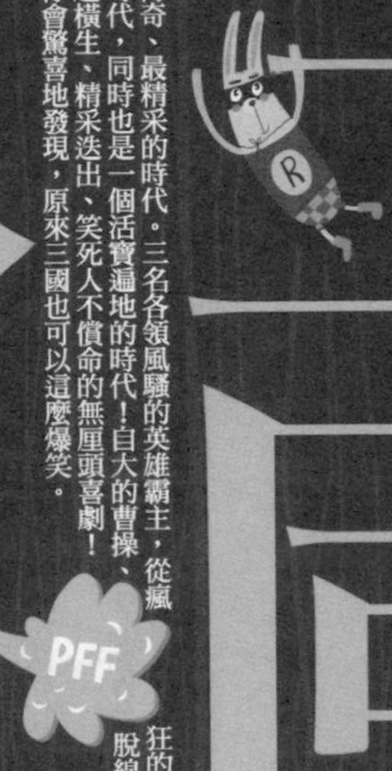

三國，中國歷史上最傳奇、最精采的時代。三名各領風騷的英雄霸主，從瘋狂的時代浪潮中脫穎而出，上演著談談打打、爾虞我詐[illegible]。

那是一個英雄輩出的時代，同時也是一個活寶遍地的時代！自大的曹操、脫線的孫權、神經質的劉備率領各自的粉絲團，賣力合演了一幕幕妙趣橫生、精采迭出、笑死人不償命的無厘頭喜劇！

看著他們搏命搞笑，你會驚喜地發現，原來三國也可以這麼爆笑。

群星會

212

洪武大帝朱元璋

作　　者　神馬浮雲
社　　長　陳維都
美術總監　黃聖文
編輯總監　王郡淩
出 版 者　普天出版家族有限公司
新北市汐止區忠二街 6 巷 15 號
TEL / (02) 26435033 (代表號)
FAX / (02) 26486465
E-mail：asia.books@msa.hinet.net
http://www.popu.com.tw/
郵政劃撥 19091443 陳維都帳戶
總 經 銷　旭昇圖書有限公司
新北市中和區中山路二段 352 號 2F
TEL / (02) 22451480 (代表號)
FAX / (02) 22451479
E-mail：s1686688@ms31.hinet.net
法律顧問　西華律師事務所・黃憲男律師
電腦排版　巨新電腦排版有限公司
印製裝訂　久裕印刷事業有限公司
出 版 日　2024 年 7 月第 2 版第 1 刷
ISBN◉978-986-389-932-7　　條碼 9789863899327

國家圖書館出版品預行編目資料

洪武大帝朱元璋 /
神馬浮雲著. —第 2 版. —：新北市, 普天出版
2024.07 面；公分. -（群星會；212）
ISBN◉978-986-389-932-7（平裝）